鉴江新语

吴　松——著

经济日报出版社

图书在版编目（CIP）数据

鉴江新语 / 吴松著. -- 北京：经济日报出版社，
2023.2
ISBN 978-7-5196-1282-5

Ⅰ. ①鉴… Ⅱ. ①吴… Ⅲ. ①中国文学-当代文学-作品综合集 Ⅳ. ①I217.2

中国国家版本馆 CIP 数据核字（2023）第 022500 号

鉴江新语

作　　　者	吴　松
责任编辑	王　含
责任校对	蒋　佳
出版发行	经济日报出版社
地　　　址	北京市西城区白纸坊东街 2 号（邮政编码：100054）
电　　　话	010-63567684（总编室）
	010-63584556　63567691（财经编辑部）
	010-63567687（企业与企业家史编辑部）
	010-63567683（经济与管理学术编辑部）
	010-63538621　63567692（发行部）
网　　　址	www. edpbook. com. cn
E - mail	edpbook@126. com
经　　　销	全国新华书店
印　　　刷	成都兴怡包装装潢有限公司
开　　　本	880mm×1230mm　1/32
印　　　张	9.5
字　　　数	300 千字
版　　　次	2023 年 2 月第 1 版
印　　　次	2023 年 2 月第 1 次印刷
书　　　号	ISBN 978-7-5196-1282-5
定　　　价	68.00 元

序

吴松时评文章常见于报刊，偶有读到。早年在纸媒当编辑，接触此类文字较多，实在不好写，写好写精更难。

案头放着一本吴松新书《鉴江新语》打印稿，厚厚实实的足有三四百页，想想这里面，融入吴松多少心血，一字一句都是来源于他内心，来源于他的生活，是时间叠起的厚度，更是他业余写作累积下来的成果。

吴松是多面手，写时评也写文学作品，集于本书的文章，多以时评随笔杂论为主。成熟的作者，文字是没问题的，就在于能否写出新意、写出个性，这至关重要。吴松的文字虽然不是字字珠玑，却也有内涵，有读头，有不少篇什还能读出新意来，读出他内心那团火焰，灼热而有光，这就足够了。

"燕山絮语"是本书的重要章节。早年读过邓拓先生《燕山夜话》，年轻时读的，喜欢得很，全书50余篇，篇篇皆经典。不过此"燕山"非彼"燕山"，吴松的"燕山"则是上村燕山吴氏始祖龙脉之地，厚土长天，逾越千年。吴松在《燕山絮语》一文中说到："农历二月十六日是祭拜始祖廷瑜公祭日，每年的这一天，吴氏后裔都会从全国乃至世界各地云集燕子岭，公祭始祖廷瑜，顶礼膜拜，盛况空前。"

燕山吴氏始祖廷瑜，宋朝进士，官至枢密使（相当于现在的国防部长），后因议事贬谪岭南，谪居今茂南袂花上村，故后被追封为"平南信国公"谥号。从吴松《燕山絮语》一文中，可知吴松也是宋朝名臣之后裔，当然，这不足以让吴松在先祖光环下沾点名门之气，只是说明他这篇文章写得好，多有可圈可点之处。

吴松笔端涉及面广，题材广泛，从民生到教育，从市井到乡村振兴，从国情到家风家教，等等，无不入文，且都见于报章，是个勤奋的业余写手。一文一议，以小见大，真知灼见，着实难得。

吴松读的是中文专业，从农村基层干起，后到市委机关，再到高校任职，可见经历丰富，生活积累厚实，这对于他日后的创作是笔财富。用得好，出好文章；用得不好，是浪费。我想吴松是能用好这笔生活素材的，而且要用心用情，把它用得更精更好。好文章，是锤炼出来的。吴松，需要的是在锤炼方面下足工夫，不辜负生活，不辜负时光，多出精品佳作。

张慧谋

壬寅年农历三月

作者系中国作家协会会员、广东作协诗歌委员副主任、茂名市作家协会主席，广东鲁迅文学奖、《中国作家》鄂尔多斯文学奖获得者。

目　录
CONTENTS

◇ **真知灼见**

燕山絮语

燕山絮语

　　"千年古村，深藏历史文化底蕴；千年古墓，凝聚百万裔孙思根。"茂南区袂花镇上村可谓历史悠久，文化底蕴深厚，而上村燕山吴氏始祖廷瑜墓，历经千年，却始终维系着百万后裔思根报祖，后裔们不仅弘扬吴太伯至德精神，还传承吴廷瑜扶提遗志。农历二月十六日是公祭日，每年的这一天，吴氏后裔都会从全国乃至世界各地云集燕子岭，公祭始祖廷瑜，顶礼膜拜，盛况空前。

　　那里，是缅怀先祖的理想之地。可我却未曾去过，不知算不算是人生一大憾事。今年农历二月十六日，正好赶上周末，兄弟几个难得聚在一起，何不到袂花镇上村燕子岭千年始祖墓瞻仰、缅怀、祈福呢。

　　初次驻足燕子岭，黑压压的人群，人山人海，人头攒动，人声鼎沸，足有几万人吧。看着这震撼的情景，着实令我们感慨万千，兴奋激动之情溢于言表。站在燕山吴氏始祖廷瑜千年古墓前，举目张望，四周全是低矮的小山坡，视野开阔，各种各样而高矮不一的树木，漫山遍野，郁郁葱葱，摇曳多姿。古墓所在的斜坡长满野草，披绿叠翠，如茵如黛。古墓正前方是一望无垠的田野，春意盎然，绿油油的禾苗长势喜人，微风吹拂，绿浪滔滔，空中偶有燕子呢喃，上下翻飞，山野间顿时变得热闹起来。拜台前摆放着琳琅满目的祭品，不远处依次排满了五花八门的祭献鞭炮……

站立燕子岭，遥想先祖，心潮澎湃，沉重而复杂，久久不能平静。我们的先祖乃吴太（泰）伯，勾吴国之始君王。据《史记·吴太伯世家》记载："吴太伯，太伯弟仲雍，皆周太王之子，而王季历之兄出。季历贤，而有圣子昌，太王欲立季历以及昌，于是太伯、仲雍二人乃奔荆蛮，文身断发，示不同用，以避季历。季历果立，是为王季，而昌为文王。太伯奔荆蛮，自号勾吴。荆蛮义之，从而归之者千余家，立为吴太伯。"太伯"三让天下"的故事和"三让天下"的至德精神，无人不知，无人不晓，备受历朝历代文人学士和骚人墨客所景仰、赞颂。孔子《论语》曰："太伯可谓至德也矣。三以天下让，民无得而称焉。""民无得而称焉"的意思是说，百姓不知用什么话来称颂他。"伯乐相马""举贤"被世人称为"大德"，而"让贤""让天下"则可堪称"至德"，因而，孔子称太伯为"至德"。司马迁《史记》则把太伯列为"世家"首位。可想而知，"天下"都可让，那世间任何事情，勿可比之矣，太伯可称得上至德至圣之人了。

燕山吴氏始祖廷瑜，宋朝进士，官至枢密使（相当于现在的国防部长），以失议事谪降交趾四州知正职事。北宋仁宗皇佑四年，广源州侬智高起事反宋，攻陷邕州、端州等12郡，进而围攻广州，沿途见官就杀，广南西路完全瘫痪，大批官员四散逃亡。狄青平反侬智高后，朝廷到处抓捕并刑杀离散官吏。始祖廷瑜遭乱休官，不得复还故里。其见博铺乡小楼村地广人稀，颇具形势，极具发展潜力，于是，急流勇退，辞官去职，隐身求安，居此垦荒招民承佃，耕读传家，宏昌教化，始启文明。其时，交趾烽烟四起，古道瘦马仓皇，望荒而行。始祖廷瑜乘船从鉴江南下欣赏风光，栖居于椰林下（今椰子村），山光水色，椰林绿树，半角草堂，书声琅琅。"小舟从此逝，江海寄余生"，一个朝廷重臣就这样淹没于世外纷争，成了渔樵耕读的隐士。相传，始祖廷瑜来粤之前，冯宝冼夫人一家早因冯君衡事件（冯君衡，高力士之生父），被武则天杀散，其族隐姓埋名。高凉大地万马齐喑，一片荒凉，唯独上村一枝独秀，风光无限，人丁兴旺，皆因上村地形为燕子巢，村旁的燕子岭，飞燕形真，振翅欲去。燕飞为吉，故始祖廷瑜携妻小远结新巢于上村。1073 年，80 岁的始祖廷瑜仙逝。宋神宗念其为国平定西南立下汗马功劳，着令准其独占大岭修墓，长眠于燕子岭，占地 2.5 平方公里，并追封为"平南信国公"谥号。

谦让、举贤是中华民族传统美德，至德（吴）文化是优秀民俗文化，至德精神乃中华文明最崇高的境界，吾辈理应大力宣扬。为此，我市至德文化发展促进会进行了有益的尝试和探索，多次组织人员赴无锡、南雄珠玑巷等地考察和挖掘民俗文化，开展至德文化活动，并在上村吴氏廷瑜千年古墓所在地燕子岭规划建设"茂名燕山生态民俗园"，打造粤西古今文化教育展览基地和茂名市民俗文化产业示范基地。这对挖掘和弘扬历史文化，推动文化旅游发展和社会主义新农村建设，促进文化强市建设具有积极而深远的现实意义。

原载《茂名日报》2015.06.09

弘扬扶提崇德文化　打造生态民俗园

　　最近，我市媒体以"弘扬扶提崇德文化"为主题，对千年文明古村茂南区袂花镇上村的历史文化进行了专题报道，旨在传承"扶持培国脉，提拔保民心"的传统家规家训家风，弘扬扶提崇德文化，致力把燕山生态民俗园打造成为粤西古今文化教育展览基地和茂名市民俗文化产业示范基地。

　　我市优秀传统文化资源丰富，底蕴深厚，源远流长。扶提崇德文化作为我市优秀传统文化的组成部分，是中华优秀传统家教、家风、家训、家规的一个缩影，诠释了一种"扶持培国脉，提拔保民心"的扶提崇德精神，体现了一种忧以天下、乐以天下、唯国是命的家国情怀，彰显了一种扶持栋梁培国脉、服务百姓安民心的为官之道和以人为本的执政理念。这种厚重的扶提崇德文化培植于千年文明古村袂花上村，可追溯到上村开基先贤吴廷瑜进士，"扶持培国脉，提拔保民心"的家规家训正是其所遗留，激励着后人团结拼搏，奋发有为，砥砺前行。由此而形成的扶提崇德文化，散发着中华优秀传统文化的思想精华和道德精髓，昭示了中华优秀传统文化讲仁爱、重民本，守诚信、崇正义、尚和合、求大同的时代价值，凸显了深沉厚重的历史积淀、博大精深的文化精神和高远深邃的思想境界，展现了"不忧一家之贫，而忧四海之饥"忧国忧民的崇高品德，而这种品德恰恰是对谦让至德精神和"三让"家风的一种传承、弘扬和发展。

扶提崇德文化是中华优秀传统文化的延续和发展，传统历史文化的积累和沉淀。时至今日，扶提崇德文化所倡导的爱国亲民思想和谦让至德精神备受推崇，影响深远。上村的千年历史文化之所以散发着无穷的魅力，是因为后辈们秉承先人遗志，发扬良好的家规家训家风，致力推动传统文化的传承和发展。早在2012年，市民盟提出了"关于挖掘和利用燕山生态民俗文化"的提案，2014年市政协文化组再次提出"关于扶持引导茂名燕山生态民俗园建成我市民俗文化基地"的提案，社会各界也热烈响应，各方推动下，扶提庙被确定为市级文物保护单位，燕山墓纳入不可移动文物保护名录，燕山生态民俗园被茂南区政府列入旅游开发规划项目。群众参与扶提崇德文化建设热情高涨，在燕山生态民俗园建设"崇德书画馆"，并以"至德书院"为基础建设"上村崇德文化中心"，致力把燕山生态民俗园创建成优秀传统文化与现代文明高度融合的民俗文化平台，打造成茂名廉政文化教育基地、新农村文化建设示范点、茂名传统文化教育基地，为打造粤西古今文化教育展览基地和茂名市民俗文化产业示范基地奠定坚实基础。

当然，打造粤西古今文化教育展览基地和茂名市民俗文化产业示范基地仅仅依靠群众自发力量是远远不够的，还得有赖于各级党委、政府的支持和社会力量的参与。我们只要以社会主义新农村建设为契机，以挖掘和弘扬优秀民俗文化为主线，以"回归反哺"工程作为引资主体，全面推动当地文化、旅游、经济融合发展，不久的将来，以弘扬扶提崇德文化为主题的茂名燕山生态民俗园必将成为社会主义新农村建设的一枝奇葩。

原载《茂名日报》2016.03.21

弘扬扶提崇德精神　推动廉政文化建设

"扶持培国脉，提拔保民心"，这是茂南袂花镇上村扶提庙的一副古联，也是上村开基先贤吴廷瑜进士所遗。字里行间彰显了一种忧以天下、乐以天下、唯国是命的家国情怀，展现了一种爱国亲民的扶提崇德精神，展示了一种扶持栋梁培国脉、服务百姓安民心传统的家规家训家风。这种传统的家规家训家风是我市廉政文化建设的一个缩影，是中华优秀传统文化思想精华和道德精髓的弘扬和传承。

中华优秀传统文化作为社会主义文化事业的重要组成部分，之所以能在风云激荡的世界文化当中立于不败之地，是因为中华优秀传统文化以源远流长的历史积淀、博大精深的文化精神、高远深邃的思想境界作为根基。"扶持培国脉，提拔保民心"的家规家训家风作为中华优秀传统文化的组成部分，颇具历史价值和社会现实意义，不仅有利于培养青少年社会主义思想道德教育和爱家爱国教育，而且对推动我市廉政文化建设也有着举足轻重的作用。"扶持培国脉，提拔保民心"作为吴氏先贤廷瑜的遗训，其倡导的扶提崇德精神与社会主义核心价值观是一脉相承的，与廉政文化建设和思想道德建设也是紧密相连、高度一致的，爱国亲民的为官之道和以人为本的执政理念成为我市党风政风民风的一种典范和引领，体现了一种忧以天下、乐以天下、唯国是命的家国情怀，彰显了一种"不忧一家之贫，而忧四海之饥"忧国忧民的崇高品德。扶提崇德是廷瑜优良品德和崇高精神境界的形象再现，是对太伯谦让至德精神的一种传承和发扬，也正是这种扶提崇德精神激励着后人团结拼搏，奋发有为，砥砺前行。

弘扬扶提崇德文化，是推动廉政文化建设的务实创新之举，也是培养青少年爱国思想教育最为有效的途径。我市各级党委、政府十分重视廉政文化建设，各地建立了许多廉政文化教育基地，而且这些廉政文化基地都与中华优秀传统文化息息相关，与传统的廉政文化密不可分。弘扬和传承扶提崇德文化，传承和弘扬的不仅是中华优秀传统的家教、家风、家训、家规，更重要的是对传统文化思想精华和崇高道德精髓的传承和发展。早在 2012年，市民盟专职副主委张强就在政协会议上提出《关于挖掘和利用燕山生态民俗文化》的提案，要求把燕山生态（民俗）园打造成为民俗文化与现代文明高度融合发展的文化传播平台；梁健燕、吴普寅等市政协委员也曾于 2014 年和 2015 年两度提出弘扬扶提崇德文化系列提案。茂名电视台《今日聚焦》之《提案踪影》，多次以"弘扬扶提崇德文化"为专题，以提案建言的形式重点报道了千年古村茂南袂花上村厚重的历史文化；《茂名日报》"热评"版也曾以《弘扬扶提崇德文化 打造生态民俗园》为题作了评论。可见，我市社会力量和主流媒体都在为弘扬和传承"扶持培国脉，提拔保民心"的扶提崇德文化鼓与呼，为推动我市廉政文化建设助一臂之力。为深入挖掘和诠释中华优秀传统文化讲仁爱、重民本、守诚信、崇正义、尚和合、求大同的时代价值，最近，中纪委向全国收集传统"家规家训"，市纪委把上村"扶提崇德"的家规家训收集整理并呈送省纪委，作为廉政文化教育题材，从而把弘扬扶提崇德文化推向了新的高度。这是我市廉政文化建设的一种务实创新之举，也是培养青少年爱国思想教育一种生动实践和活的教材。

当然，推动全市廉政文化建设，弘扬扶提崇德精神只是一个方面，也是培育和践行社会主义核心价值观的题中之义，关键的是凝聚社会力量，营造浓厚的廉政文化氛围，弘扬、传承和发展中华优秀传统文化，从而促进党风政风民风根本转变。

原载《茂名日报》2016.07.11

让扶提崇德文化焕发新光彩

　　最近，茂南区袂花镇上村举办了以"凝聚、创新、分享、共赢"为主题的茂名燕山扶提崇德文化节，3万多吴氏后人参加。活动旨在传承"扶持培国脉，提拔保民心"家训家规家风，弘扬至德精神，让扶提崇德文化在新的历史时期焕发新的光彩。

　　扶提崇德文化作为一种地方传统文化，不仅是对至德精神的一种弘扬和发展，也是对"扶持培国脉，提拔保民心"家训家规家风的一种传承和升华，颇具历史意义和现实意义。袂花上村作为一座具有上千年历史的文明古村，历史可追溯到开基始祖宋宝元进士吴廷瑜，文化底蕴深厚。《茂名日报》"廉洁茂名"和省纪委南粤清风网"南粤优美家风·家规家训"亦曾专题介绍吴廷瑜的事迹，市领导还亲笔作批示，引起社会强烈反响。

　　习近平总书记强调，中华民族传统家庭美德铭记在中国人的心灵中，融入中国人的血脉中，是支撑中华民族生生不息、薪火相传的重要精神力量，是家庭文明建设的宝贵精神财富。在中华传统文化当中，良好的家训家规不仅体现一个家庭一个家族的美德，而且关乎一个国家一个民族的兴衰盛败。因而，弘扬中华传统家庭美德，"要从弘扬优秀传统文化中寻找精气神"，不断吸收中华传统家训家规的精华，创造性转化，创新性发展，为形成新时代的良好家风提供丰厚滋养。难能可贵的是，近千年来，"扶持培国脉，提拔保民心"作为一种家训家风，一直启迪和教化上村后人如何立德、如何做人和如何为官，奠定了扶提崇德文化在中华传统文化当中的应有价值。上村把缅怀先祖的活动上升到弘扬扶提崇德文化这个高度，与崇尚文明、传递正能量结合起来，培育国家血脉，弘扬至德精神；与传承家训家规家风结合起来，挖掘扶提崇德文化，提升传统文化品位，这是对传统文化的一种创新发展和一种精神追求。当天参加活动的人员达 3 万之众，秩序井然，文明风尚如春风荡漾，不仅把"三让"家风演绎得淋漓尽致，而且把扶提崇德文化推向了一个新高度。

不少传统家训家规家风蕴含传统美德，贯穿于治国理政、社会文化、个人行为等方面，在当今有着独特的价值和特殊的意义，不仅是党员干部政德教育的主要内容，也是坚定文化自信的重要途径。因而，我们要传承和发展扶提崇德文化，而且要创新思路，创新载体，深挖内涵，让其在新的历史时期焕发新的光彩。

原载《茂名日报》2017.03.28

传承优秀家风家训　擦亮扶提崇德文化

　　茂南区袂花上村开基先贤吴廷瑜进士遗传的家风家训"扶持培国脉，提拔保民心"，是我市重要的文化遗产，市委书记李红军对此曾作出批示："望多发掘一些此类优秀的传统家训，激励广大青少年崇德向善，努力为国家、为社会作贡献。"这是市委、市政府对优秀传统家风家训传承发展的高度重视，也昭示了独具魅力的扶提崇德文化凝聚新力量，提振精气神，催人奋进，砥砺前行。

　　我市优秀的传统文化资源丰富，底蕴深厚，源远流长。扶提崇德文化就是我市优秀传统文化的代表之一，是中华优秀传统家风家训的一个缩影，诠释的是一种"扶持培国脉，提拔保民心"的扶提崇德精神，表现的是一种忧以天下、乐以天下、唯国是命的家国情怀，彰显的是一种扶持栋梁培国脉、服务百姓安民心的为官之道和以人为本的执政理念。这种厚重而富有地方特色的扶提崇德文化根植于千年文明古村袂花上村，散发着中华优秀传统文化的思想精华和道德精髓，体现中华优秀传统文化讲仁爱、重民本，守诚信、崇正义，尚和合、求大同的时代价值，凸显深沉厚重的历史积淀、博大精深的文化精神和高远深邃的思想境界，展现"不忧一家之贫，而忧四海之饥"忧国忧民的崇高品德，激励和鞭策着后人团结拼搏，奋发有为，砥砺前行。

习近平总书记在党的十九大报告中指出，深入挖掘中华优秀传统文化蕴含的思想观念、人文精神、道德规范，结合时代要求继承创新，让中华文化展现出永久魅力和时代风采。文化是国家和民族精神的延续，而优秀的传统文化则是国家、民族文化和精神的集中体现，具有深远的意义。茂南袂花上村作为一座具有千年历史的文明古村，一代又一代的上村人以其独有的方式秉承先人遗志，传承优秀家训家风，推动扶提崇德文化发展，把扶提崇德文化与社会主义核心价值观融合在一起，与"好心茂名"精神融合在一起，经过长时间的历史文化积累和沉淀，时至今日，扶提崇德文化所倡导的爱国亲民思想和谦让至德精神仍然备受推崇，影响深远，展现出无穷的魅力。这种由崇德向善的家训家风演变而成的扶提崇德文化，不仅在茂南上村演绎得活灵活现，而且在高州南塘彭村、电白水东彭村、茂南镇盛彭村等吴氏后人居住地也得以衍化和发展。具有400多年历史的电白彭村"游火把"已发展为传统民俗文化"火把节"；高州南塘彭村"良心称"展现出"好心茂名"精神和崇德向善的高尚品格；茂南镇盛彭村凭借厚重的扶提崇德文化底蕴，倾力打造彭村湖生态湿地公园新农村示范片；茂南袂花上村以弘扬扶提崇德文化为主题，打造茂名燕山生态民俗园，随着"崇德书画馆""至德书院""上村崇德文化中心"的落成，粤西古今文化教育展览基地和茂名市民俗文化产业示范基地指日可待。

优秀传统家庭美德是支撑中华民族生生不息、薪火相传的重要精神力量。优秀的家训家风不仅体现家庭、家族的美德，而且关乎国家、民族的兴旺发达。奋进新时代，迈向新征程，我们要从历史中寻找有益于未来的文化因子，激活历史资源，凝聚人文精神，擦亮扶提崇德文化，焕发新的光彩。

原载《茂名日报》2018.03.26

传承扶提家训　厚植好心文化

扶持培国脉，提拔保民心。这是千年古村茂南区袂花镇上村开基先贤吴廷瑜遗留的传统家训家风，字里行间流露出一种拳拳的家国情怀，展现出一种忧国忧民的为官之道，体现出一种高尚情操和人格魅力，是厚植好心文化具体而生动的实践和真实写照。这种优秀的传统家训家风告诫后人，扶持得以发展富裕，不要忘记"供国税""培国脉"，要潜心培育更多国家、民族之栋梁，得到国家提拔任用之后，要干出让百姓满意的政绩，不负为政之德。这种"思居官为国为民"的高尚情操和以人为本、一心为民、情系百姓的博大胸怀备受后人敬仰和推崇。

吴廷瑜是吴泰伯（即太伯，春秋吴国君主）第 78 代孙，宋宝元进士，官至枢密使。他为官刚正不阿，为人耿直，遇事敢言，因被诬告险遭死罪。平反后举家南下，定居茂南袂花上村，组织民众治理江河，发展生产，营造安居乐业的家园，并告诫后人要"上供国税，下诒孙谋"，因而深受百姓的尊崇与爱戴。近千年来，"扶持培国脉，提拔保民心"作为一种优秀的传统文化和奋发向上的家族精神，成风化雨，润物无声，教导后人如何立德、如何做人、如何为官。从吴廷瑜后裔的播迁地史迹当中，我们看到了那种厚重的爱国爱民情怀和浓重的好心文化因子。如今的茂南北淰、吴川肖山、百官山等地崇文尚武，建树颇丰，就得益于扶提家训家风和好心文化基因。高州、电白、茂南三大彭村，更是吴氏后人承传扶提家训家风的典范，值得引以为豪。茂南彭村英才辈出，传承发扬家训家风，换来了广东名村、广东省宜居示范村庄、广东省卫生村、茂名市文明村、茂名市十大美丽村庄等殊荣；电白彭村铭记"培国脉""保民心"，平价让出祖先遗留下来的大部分土地用于国家建设，成为电白区政府所在地；高州彭村秉承家训家风，孕育了淳朴仁孝诚信文明新风，以"良心秤"称出了全国乡村旅游示范村、全国妇女之家示范点、全国和全省民主法治示范村、全国无邪教示范村、广东省文明村、茂名市十大美丽村庄。由此可见，"扶持培国脉，提拔保民心"倡导的文化内核，与优秀的传统文化一脉相承，与好心文化高度契合，是对好心文化的一种传承和发扬。

家训家风"扶持培国脉，提拔保民心"发展到今天，已成为一种优秀的传统文化，不但符合社会主义核心价值观的基本要求，而且融合了新时代元素，赋予了新时代内涵和新时代特质。"扶持培国脉，提拔保民心"表面看来是一种家训家风，其实，经过千年的演变，这种家训家风已成为一种富有新时代精神和新时代特质的扶提崇德文化，精神实质就是"爱国、亲民、清廉、仁孝、开拓、重教"。高州帅堂、安沙等村吴氏家训家风"敦促后人效法先祖为国为民献功立业""忠孝仁爱信义和平是谓八德，勤劳恭俭礼义廉耻国之四为"等，不仅切合社会主义核心价值观的基本要求，而且充分体现优秀传统文化与新时代文明的高度融合，成为厚植发展好心文化的重要组成部分。

文化是民族的血脉，是人民的精神家园。为了传承发扬扶提崇德文化，茂南上村把优秀的传统文化与新时代文明有机结合起来，与好心文化和好心茂名精神有机结合起来，与社会主义核心价值观有机结合起来，致力推动扶提崇德文化创造性转化和创新性发展。迈进新时代，随着茂名上村扶提崇德文化中心、扶提崇德讲堂、上村新时代文明实践站的相继亮相，家训家风"扶持培国脉，提拔保民心"必将与好心文化一起融入现代文明，与新时代融合发展，同频共振，绽放永久魅力和新时代风采。

原载《茂名日报》2019.03.14

从吴廷瑜遗训说开去

　　燕山吴氏始祖吴廷瑜作为茂名历史上一位传奇人物，知名度和影响力尽管不及潘茂名、冼夫人等历史人物，然而，他的为官之道、为政之德、人格魅力却影响深远。廷瑜遗训"扶持培国脉，提拔保民心"，成风化雨，润物无声，激励着一代又一代吴氏后人砥砺前行，奋发向上。由此而形成的扶提崇德文化在茂名传统文化当中占有一席之地，成为好心文化不可或缺的重要支撑，为传承发扬好心文化注入了澎湃动力，凝聚起磅礴力量。

　　廷瑜遗训"扶持培国脉，提拔保民心"，经过千年的演变和积淀，时至今日，已融入了新时代元素和好心文化元素，赋予了新时代丰富的内涵，独具地方特色的扶提崇德文化愈加绽放出永久魅力和新时代风采。廷瑜遗训的精神实质就是"爱国、亲民、清廉、仁孝、开拓、重教"。廷瑜一生效忠国家，把爱国兴邦作为实现人生理想的最高价值取向，毕生奉献国家民族事业。遗书中"不得归里，但着外地安置。瑜思居官为国为民，岂知祸在萧墙"，尽显忍辱负重、坚贞不屈的气节和忧国忧民的爱国情怀。廷瑜作为朝廷命官，体恤民情，深谙本固邦宁之道，定居茂南上村便"告官陈请开垦招民承佃"，治理江河，发展生产，构筑和谐邻里，深得民心。上村的廷瑜后裔传承遗训，树立爱国亲民理念，弘扬和践行社会主义核心价值观，推动乡村振兴，建设美丽乡村。廷瑜为官清正廉明，严谨自律，正直正气，从开封到交趾（越南）再南迁上村，轻车简从，留下了千年遗训"扶持培国脉，提拔保民心"。廷瑜宅心仁厚，教导子孙崇仁尚德，仁孝修身。裔孙传承祖德，把传承祖训与新时代文明、家庭美德有机结合起来，彰显了中华民族新时代仁孝之道，从现代仁孝题材《吴廷瑜家训》被佛山市"广府家训馆"收录展出亦可窥见一斑。廷瑜南迁茂南上村，见此地广人稀，于是决定"乃立室家，诒谋耕读"，"击壤开基，税熟贡新"，繁衍生息，开拓发展。并推荐两个儿子（范仲淹学生）前往当地书院任教，高州"至德书院"成为培育人才、发展教育事业之地。从吴廷瑜的身上，看到了国家的希望、社会的发展和家庭的兴旺，更加挺起了民族的脊梁。

"上供国税，下诒孙谋"是吴廷瑜遗书当中的主要精神之一。立遗书嘱咐子孙"上供国税"，这在茂名乃至全国实属罕见。众所周知，"上供国税"是历朝历代的国策，也是民众应尽的义务和责任。没有人民上缴国税，就没有国家的繁荣稳定发展。廷瑜立遗书嘱咐儿孙后代要"上供国税，下诒孙谋"，不仅忧以天下、乐以天下、唯国是命的博大胸怀和人格魅力跃然于遗书当中，而且把"身处逆境，仍不改本色，不忧一家之贫，所忧四海之饥，忠勤如故，忧乐恒常"的为官之道和为政之德淋漓尽致地表现了出来。这种忠诚爱国、亲民爱民的高尚情操成为党员干部学习的榜样。

上村千年古庙扶提庙始建于宋代仁宗后期，是为缅怀吴廷瑜而建，以颂扬其开创的业绩和爱国亲民的高尚品德。"扶提庙"的庙名是由廷瑜遗训"扶持培国脉，提拔保民心"上下联首字组成，敦告后人发展富裕要供国税、培国脉，提拔任用要关爱百姓、安抚民心。扶提庙历经 5 次重修，如今的扶提庙是 1995 年为迁让茂名乙烯铁路而重建。"唯恃祖德教化，家族精神历久弥光，奇峰罗列力撑半壁。"茂南上村吴氏后人秉承祖训，发扬风格，以国家利益为重，顾全大局，义无反顾地让出千年古庙的土地，其气度、魄力令人钦佩。笔者由此想到了当今征地拆迁，尤其古庙古坟征迁，有的群众无论如何做工作就是寸土不让，这种行为与新时代的文明进步相去甚远。"乐以天下，忧以天下。传承至德，满天彩霞。"愿至德精神历久弥光，满天彩霞，照耀好心茂名。

原载《茂名日报》2019.03.22

弘扬扶提崇德文化　绽放好心茂名魅力

　　茂名日报社"两报一网"近日同时报道，茂名日报社全媒体小记者以"了解乡村历史　感悟扶提文化"为主题，走进茂南区袂花镇上村，了解千年古村历史，感悟扶提崇德文化。小记者和家长们接受了一次优秀传统家风家训的熏陶和洗礼，引起社会广泛关注和热议。

　　"扶持培国脉，提拔保民心"，这是一副人文厚重、内涵丰富的对联，诠释的是一种"扶持培国脉，提拔保民心"的扶提崇德精神，表现的是一种忧以天下、乐以天下、唯国是命的家国情怀，彰显的是一种扶持栋梁培国脉的为官之道，体现的是一种以人民为中心、服务百姓安民心的执政理念。其实，这也是一种优秀的传统家风家训，并构成了扶提崇德文化的重要内核和富有茂名地方特色传统文化的一部分。"扶持培国脉，提拔保民心"作为优秀的传统家风家训和奋发向上、积极进取的家族精神，教导后人如何立德、如何做人、如何处事、如何为官，经过千年的积淀，成风化雨，润物无声，发展到今天已衍变成一种富有新时代精神、富有新时代特质、充满茂名传统文化气息的扶提崇德文化。扶提崇德文化起源于茂南区袂花镇境内燕山吴氏开基始祖吴廷瑜家训"扶持培国脉，提拔保民心"以及其临终遗书。吴廷瑜是吴泰伯（即太伯，春秋吴国君主）第78代孙，宋宝元进士，官至枢密使，为官刚正不阿，为人耿直，遇事敢言，因被诬告险遭死罪，被贬至岭南，任四州知政职事，最后定居茂南袂花上村。他组织民众治理江河，发展生产，营造安居乐业的家园，备受百姓尊崇与爱戴。其留下的遗嘱谆谆告诫后人"上供国税，下诒孙谋"，互相扶持发展富裕，不要忘记"供国税""培国脉"，要潜心培育更多国家、民族之栋梁，得到国家提拔任用后，要干出让百姓满意的政绩，不负为政之德。字里行间无不流露出一种拳拳的家国情怀，展现出一种忧国忧民的为官之道，凸显出一种高尚情操和人格魅力。这种"思居官为国为民"的高尚情操和以人为本、一心为民、情系百姓、崇德向善的博大胸怀备受后人敬仰和推崇，成为厚植好心文化具体而生动的实践和真实写照。

　　扶提崇德文化的精神实质就是"爱国、亲民、清廉、仁孝、开拓、重教"，其所倡导的文化内核与优秀的传统文化高度契合，与冼夫人的"好心文化"一脉相承，是对好心文化的一种传承和发扬，不但符合社会主义核心价值观的基本要求，而且融合了新时代元素，赋予了新时代内涵和新时代特质。从吴廷瑜后裔的播迁地史迹当中，我们不但看到了厚重的爱国爱民情怀，更看到了浓重的好心文化因子。当今的茂南北淦、吴川肖山、百官山等地崇文尚武，建树颇丰，这得益于扶提家训家风和好心文化基因；高州南塘镇、电白水东街、茂南镇盛镇三大彭村，更是吴氏后人承传扶提家训家风的典范，值得引以为豪，也值得全市各地借鉴和推广。茂南彭村凭借厚重的扶提崇德文化底蕴，传承发扬家训家风，倾力打造彭村湖生态湿地公园新农村示范片，换来了广东名村、广东省宜居示范村庄、广东省卫生村、茂名市文明村、茂名市十大美丽村庄等殊荣；电白彭村铭记"培国脉""保民心"

的家风家训，平价让出祖先遗留下来的大部分土地用于国家建设，成为电白区政府所在地；高州彭村秉承家训家风，孕育了淳朴仁孝诚信文明新风，以"良心秤"称出了全国乡村旅游示范村、全国妇女之家示范点、全国和全省民主法治示范村、全国无邪教示范村、广东省文明村、茂名市十大美丽村庄。这些文明村庄的塑造，为擦亮扶提崇德文化品牌，推动茂名传统文化的传承，厚植发展好心文化提供了强有力的支撑。

厚植发展好心文化，阐发扶提家风家训，擦亮扶提崇德文化品牌，成为茂南袂花镇上村追逐文明的总抓手。千年文明古村上村把优秀的传统文化与新时代文明有机结合起来，与冼夫人的"好心文化"有机结合起来，与社会主义核心价值观有机结合起来，致力推动扶提崇德文化创造性转化和创新性发展，围绕"弘扬至德精义，阐发扶提家训，厚植好心文化"这个主题，倾力打造茂名燕山生态民俗园。令人欣慰的是，上村结合疫情防控要求，决定取消耗资巨大的2021年燕山扶提崇德文化节，而变成了以"分散、节约、简朴"为主基调的燕山扶提崇德文化系列活动，办好文化实事，注重厚植好心文化，阐发扶提家训，重点打造扶提崇德文化品牌和内涵建设。诸如，协助茂名电视台拍摄吴廷瑜扶提家训视频续集《阐发扶提家训　厚植好心文化》和《茂名日报》小记者走进吴廷瑜家训馆；开展"扶提家训与好心文化"视频简报进村入户、书诗画楹联作品征集与展览、"家训讲堂"乡村巡回播放、传统祭祀融合现代文明形成新祭祀习俗；建设燕山生态民俗园进园东路"扶提好心广场"、东门楼、"阐发扶提家训厚植好心文化"碑廊、环园西路、环园路扶提好心林、吴廷瑜扶提家训展览馆；推进燕山新时代文明实践平台（《传统文化与现代文明》）、扶提崇德书画展厅暨名家字画石刻、古井修缮、《中华姬吴谱》（粤西卷）编纂等文化建设等，守初心、跟党走，简形式、重实事，承祖训、行孝德，用好心、造文明，打造粤西古今文化教育展览基地和茂名市民俗文化产业示范基地，展现优秀传统文化的创造性转化和创新性发展，擦亮扶提崇德文化品牌，为中华优秀传统文化的复兴添砖加瓦。

"上境乐尧天倚月飞歌扶善彰仁兴社稷，村坛凝俊彦崇文尚德提贤毓秀振乾坤"。厚重而富有地方特色的扶提崇德文化，沐浴着千年古村乃至燕山血脉，积淀千年，薪火相传。我市传统文化资源丰富，底蕴深厚，源远流长，扶提崇德文化作为茂名优秀传统文化的组成部分，与冼夫人的"好心文化"一脉相承，散发着中华优秀传统文化的思想精华和道德精髓，激励后人团结拼搏，奋发有为，砥砺前行，体现了中华优秀传统文化讲仁爱、重民本、守诚信、崇正义、尚和合、求大同的时代价值，彰显了深沉厚重的历史积淀、博大精深的文化精神和高远深邃的思想境界，展现了"不忧一家之贫，而忧四海之饥"的崇高品德。

习近平总书记在党的十九大报告中指出，深入挖掘中华优秀传统文化蕴含的思想观念、人文精神、道德规范，结合时代要求继承创新，让中华文化展现出永久魅力和时代风采。奋进新时代，迈向新征程，展现新作为。让我们从历史中寻找有益于未来的文化因子，激活历史资源，凝聚人文精神，擦亮扶提崇德文化，与新时代融合发展，同频共振，焕发新时代风采，绽放好心茂名永久魅力。

原载《茂名日报》2021.01.13

廉政心语

学雷锋与社会风气

雷锋精神，本来是一种助人为乐，大公无私，时刻都在为他人着想的高尚品格。然而，随着社会的进步，经济的突飞猛进，雷锋精神曾一度销声匿迹，在人们的头脑中，除了钱物，再没有别的。虽然党中央、团中央极力宣传学雷锋、树新风，但是"上有政策，下有对策"，基层干部草率组织一个学雷锋小组，以应付上头的检查，或只作为一个社会风气的点缀，没有什么行动，即使行动了，也多是形式主义，毫无用处。3月5日是毛泽东为纪念雷锋题词的日子，3月的第一个星期天是学雷锋活动日，到处可以看见学雷锋小组，雷锋精神在闪烁。但过了这天，雷锋小组哪里去了？雷锋精神又哪里去了？在公共汽车上，年轻人依然与老太婆抢座位；路旁有人被车撞伤了，鲜血淋淋，奄奄一息，围观者无数，有国家干部，有团干部，男女老少，可就是没有一个人愿意上前扶他一把；街上人来人往，打架的，盗窃的，人们见了，谁也不哼声。这样的例子不胜枚举。

雷锋精神发扬得如何，主要看社会风气。因此，要把雷锋精神发扬光大，除了宣传媒体大力宣传外，更主要的是，要扭转社会风气，不要做"说话的巨人，行动的矮子"。我们作为

20 世纪 90 年代的青年，要用实际行动学雷锋，从我做起，从日常生活中一点一滴的小事做起，要为树立新的风尚尽一份绵力。

原载《青年周报》1994.04.29

廉政短信作用不可低估

　　近日，笔者的手机收到了如此信息："每逢佳节倍思亲，中秋佳节寄廉语。党纪国法铭记心，八项规定严执行。廉洁自律做表率，良好风气塑形象。两袖清风赏明月，举家团圆共婵娟。"这是市纪委、市监察局通过手机信息平台发给手机用户的廉政短信。虽然短短几句，但读后感触良多，清风扑面，作用不可低估。

　　自十八大以来，从中央至地方都制定和出台了改进工作作风的有关规定，结合开展党的群众路线教育实践活动，深入进行了作风问题的专项整治，高频率、多层次、全方位的监督检查在全国遍地开花，教育宣传工作也五花八门，招数迭出。我市纪委、监察局作为纪检监察主管部门也不例外，使出浑身解数，廉政短信就是其中一种颇见成效的教育宣传形式。市纪委、监察局把廉洁自律的有关内容编写成短小精悍、言简意赅、易读易记的廉政用语，通过手机信息平台发到用户手上。这样的教育效果是不言而喻的，成效可谓立竿见影。当人们收到信息的时候，一般情况下，都会自然而然地打开信息，浏览一下信息的大概内容，如此一来，人们就会用心用脑去阅读去记忆这些廉政短信，起到了警钟长鸣的作用。这些廉政短信读来朗朗上口，时刻警醒和教育党员干部在做人、做事上要廉洁自律、慎用权力，要从政为民、一心为公，拒腐防变。

"作风建设永远在路上"，要真正落实八项规定精神，党员干部必须持之以恒，以身作则，率先垂范，党风带动民风，政风带动社会风气，从而促进工作作风的根本转变。这样，廉政短信的作用便达到了目的和预期效果。

原载《茂名日报》2014.09.11

禁止参加高价培训
是压缩权力寻租空间之举

最近，有媒体报道，中组部发文"严禁领导干部参加高收费"的培训项目，并明确"领导干部一律不得参加"EMBA、后EMBA、总裁班等高收费社会培训项目，引发了领导干部纷纷退学的"热潮"。这一举措是压缩权力寻租空间之举，大快人心。

众所周知，所谓EMBA，就是高级工商管理硕士，是我国开放式教育的一种模式，旨在为企业界培养高级管理人才。意想不到的是，这种模式甫出，不但成为企业老总的"香饽饽"，而且成为各级党员干部追逐文凭的终极目标。尽管研修班学费一路看涨，少则二三十万，多则五六十万，但是，领导干部却趋之若鹜，情有独钟，个中原因非比寻常。入读EMBA的人群当中，各怀心思，各有追求，为充实自己，提高驾驭市场经济能力有之；为捞取光鲜"文凭"装潢门面有之；为结识人脉，建立私交，为权力寻租、官商间投桃报李有之。入读研修班的官员，学费一般不用自掏腰包，要么公款埋单，要么企业赞助。企业老总为官员赞助学费，必然有所索求，有所回报。利益输送当中自然就埋下了腐败种子，为官商"结义"打开了方便之门，为"权力寻租"创造了空间。

研修班的利害关系和导致的恶果是不言而喻的，中组部出台这一举措就是最好的注脚。明确"严禁领导干部参加高收费"的培训项目，EMBA、后EMBA、总裁班等高收费社会培训项目赫然在列，这是铲除滋生腐败土壤之一副良剂，是压缩权力寻租空间之举。如此举措确实大快人心。举措一出，效果立竿见影，领导干部纷纷退出研修班。从这一点可以看出，研修班的确存在滋生腐败的土壤，披着高级培训外衣的"权钱交易"问题也就暴露无遗了。这样一来，所谓的"赞助"也就失去了生存空间，"权力寻租""权钱交易"也就失去交集的可能，这也彰显了中央反腐的力度、广度、深度和反腐的坚定信心与坚强决心。

　　"见善如不及，见不善如探汤。"意味深长，发人深思，令人警醒。在中央反腐高压态势之下，作为领导干部，要心存敬畏，不要心存侥幸，只有真心实意为群众办实事办好事，满腔热血投身到改革发展稳定各项工作中去，安分守己，克己奉公，谨慎用权，这才是正道。

原载《茂名日报》2014.09.27

"小红帽"彰显社会责任

　　今年3月5日是全国第52个"学雷锋活动日",3月则是我省第四个学雷锋全民志愿服务行动月。茂名石化公司以"事业化推进、项目化服务、常态化活动"为主旨,持续组织开展学雷锋全民志愿服务活动,"小红帽"犹如飘动的"红浮萍"广泛活跃于城乡,成为油城一道独特而亮丽的风景线。"小红帽"用实际行动一以贯之地践行社会主义核心价值观,弘扬雷锋精神和志愿服务精神,彰显社会责任担当。

　　众所周知,雷锋精神和志愿服务精神阐释的是一种助人为乐、毫不利己、专门利人的文化内涵,传播的是社会正能量,展现的是文明新风尚,坚守的是道德底线,彰显的是社会责任担当。自2012年始,省委宣传部、团省委、省文明办等单位连续4年开展"学雷锋全民志愿服务行动月"主题活动,今年则以清朗网络空间、深化邻里互助、扶贫济困助残为主题,依托"广东志愿者"服务平台,深入社区和农村广泛开展志愿服务。3月7日,市文明办、团市委等单位也在文化广场开展2015年学雷锋便民志愿服务集市活动,突出"邻里守望·志愿同行"主题,倡导文明,营造风尚,积淀文化,这也是培育和践行社会主义核心价值观目的之所在、意义之所在、动力之所在。而茂名石化公司持续推进的"小红帽"行动，不但再现了我市学雷锋志愿服务活动立足基层、活跃城乡的生动情景，而且诠释了全省所倡导的"邻里守望、和谐幸福"的活动理念，也凸显了我市学雷锋全民志愿服务行动月活动的针对性和实效性、超前性和前瞻性。

毋庸置疑，学雷锋全民志愿服务行动月的开展，为凝聚社会正能量、传播文明新风、树立社会风尚、弘扬雷锋精神和志愿服务精神营造了浓厚的社会氛围，也为广大的志愿者和民众搭建了志愿服务平台。然而，由于受到不良风气的影响，社会上对学雷锋志愿服务活动始终存在着不和谐的声音，而且时不时用"雷锋没户口，三月来四月走"来调侃学雷锋志愿服务活动。如此调侃尽管有失偏颇，但是，也确实折射出活动有不尽如人意之处。开展学雷锋全民志愿服务行动月，旨在通过为期"一个月"的学雷锋志愿服务活动，以引起社会关注，以点带面，激发全民参与热情。于是乎就有人拷问了，既然是学雷锋志愿服务，为何就只有"一个月"，而不是"无限期"的呢？因此，有人以"雷锋没户口，三月来四月走"来调侃学雷锋志愿服务活动也就不足为怪了。

令人欣慰的是，茂名石化公司推出的"小红帽"行动，使学雷锋志愿服务活动成为新常态，"通过经常性、有针对性的志愿服务活动，使学雷锋志愿服务形成一种风气、一种时尚、一种文化"，而这种文化的不断积淀，正是一种新风气、新时尚逐渐形成的过程，一种社会责任力量凝聚的升华。

原载《茂名日报》2015.03.11

弘扬勤俭节约传统　促进党风廉政建设

　　"俭则约，约则百善俱兴；侈则肆，肆则百恶俱纵。"这句出自《格言联璧·持躬》处世格言的意思是说：节俭就会有节制，有节制则百善都会兴起；奢侈就会放肆，放肆则百恶都会爆发。古人尚且深谙"成由勤俭败由奢"的道理，我们作为共产党人又该如何做呢？笔者认为，应大力弘扬勤俭节约传统，促进党风廉政建设。

　　纵观华夏历史，崇俭戒奢、勤俭治国理念都备受历朝历代明君所推崇。"俭节则昌，淫佚则亡"，这是春秋战国时期思想家墨子之思想主张；诸葛亮则以"静以修身，俭以养德"的修为境界成为后辈学习的典范；秦穆公奉行"以俭得之，以奢失之"的为政理念，勤俭治国，为秦的强大乃至后来的统一打下了坚实基础；汉文帝崇尚勤俭，"露台惜费"，力戒奢侈，开创了"文景之治"的开平盛世。如此例子不胜枚举。当然，也有不乏因奢侈而萎靡不振、由盛而衰的，譬如汉景帝，当时的社会世风日下，"淫侈之俗，日日以长"，上自皇帝，下至公卿大夫、庶民工商，无不争为奢侈，从而国势日颓，为亡国埋下了祸根。唐代诗人李商隐在《咏史》中也说得非常精辟，"历览前贤国与家，成由勤俭败由奢"。这正道出了如此一个道理：奢侈浪费不仅是消极颓废的表现，还是腐败问题得以产生和蔓延的温床。

崇俭戒奢、勤俭节约作为中华民族的传统美德，我们共产党人深谙个中道理，并把它发扬光大，不仅成为我们共产党的传家之宝，还成为凝聚民心、战胜困难的强大精神力量。自中央出台八项规定之后，得到了广大干部群众的衷心拥护，厉行勤俭节约、反对铺张浪费在全社会蔚然成风。然而，要从根本上遏制各种违规违纪违法现象，促进党风廉政建设，可谓任重而道远。特别"三公"经费问题饱受诟病，公务接待费作为其中"一公"俨然成了众矢之的，中纪委对此也进行了定期通报曝光。但是，"四风"问题毕竟具有顽固性和反复性，"病原体"并没有销声匿迹，树倒根在，重压之下花样翻新，顶风违纪现象仍时有发生。近日，从中纪委通报的数据来看，违规公款吃喝有所反弹，2月较1月上升了29.89%，这说明了仍有部分党员领导干部依然把禁令当"耳旁风"，我行我素。因而，要真正贯彻落实中央八项规定精神，关键是后续配套管理工作要跟上，避免走过场，一阵风，正如习近平总书记所言，"要切实做到一抓到底，善始善终，抓而不紧，抓而不实，抓而不常，等于白抓"。为了从制度层面切实加强公务接待管理，我市出台了《中共茂名市委办公室茂名市人民政府办公室关于规范党政机关国内公务接待管理的意见》（茂办发〔2014〕8号），以完善公务接待、财务预算和审计、考核问责、监督保障等制度为抓手，从公务接待范围、公务接待标准、公务接待行为、公务接待财经纪律、公务接待督查等5个方面，制定了严格的管理规定，操作性强，这乃是厉行勤俭节约、反对铺张浪费的催化剂，加强党风廉政建设的助推器，推动作风建设的晴雨表，规范公务接待管理之双刃剑，为构建"刚性的制度约束、严格的制度执行、强有力的监督检查、严厉的惩戒机制"的立体式、全方位公务接待管理新格局奠定了坚实基础。

厉行勤俭节约，反对铺张浪费，这是关乎党和人民事业兴衰成败的大事，我们只有从加强党风廉政建设的高度，严格贯彻执行《党政机关厉行节约反对浪费条例》《党政机关国内公务接待管理规定》《广东省党政机关厉行节约反对浪费实施细则》《广东省党政机关国内公务接待管理办法》等法规，才能更有效地规范公务接待管理，否则，规范性管理就无从谈起，法规就变成了一纸空文，形同虚设。由此看来，在中央反腐高压态势之下，这就得要考验各级党委、政府和各部门的执行能力和政治敏锐力。作为党员干部更不能丢了勤俭节约的传统美德，而应牢固树立节约光荣、浪费可耻的观念，弘扬勤俭节约优良传统，厉行勤俭节约，反对铺张浪费，从而进一步促进我市党风廉政建设。

原载《茂名日报》2015.04.16

以啄木鸟精神强化执纪问责

《茂名日报》近日报道，我市各级纪检监察机关始终保持作风建设高压态势，以啄木鸟精神持之以恒地纠正"四风"，盯紧重要节点，瞄准关键环节，聚焦热点问题，强化执纪问责，全力创建风清气正的政治生态。

自中央八项规定出台之后，我市各级纪检监察机关始终保持作风建设高压态势，坚持暗访、查处、追责、曝光"四管齐下"，严查顶风违纪行为，尤其对公款吃喝、公款旅游、公款购买赠送节礼、公车私用等顶风违纪问题，查处力度可谓前所未有，这从近日市纪委指名道姓通报的7起典型案例便可窥见一斑，彰显了各级纪检监察机关在严明纪律、强化教育、端正风气等方面成果丰硕，可圈可点。然而，个别党员干部仍视中央八项规定为无物，依然故我，我行我素，如此胆大妄为着实有点过了。

从通报的案例当中，我们不难看出，这几名党员干部真可谓"标新立异"了，上级文件已三令五申，明确规定不能违规领取补贴、收送礼金和使用公车，可他们却偏偏把八项规定当作"耳旁风"，明知故犯，而且理直气壮。这是何故呢？笔者认为，缘由有四：一是存在侥幸心理，认为身处基层，山高皇帝远，上级监管鞭长莫及，即使做了违规事情，也没人知晓。二是尚没吃透文件精神，把文件当作一纸空文，形同虚设。说白了，认为上级文件只是做做样子、摆摆设的，对基层来说没有任何约束力，自己的地头自己做主，该干啥还得干啥，谁敢太岁头上动土呢？三是廉洁自律意识薄弱，没能主动负起全面从严治党主体责任和严守廉洁从政底线。作为党员干部，缺乏一种最起码的自我监管和自我保护意识，不但对上级文件精神置若罔闻，而且带头顶风违纪。古语说得好：正人先正己。自身不正又何来正他人呢？四是法纪观念淡薄，认为作风建设只是一阵风，走过场，台风过后便是大晴天，漠视法纪，放纵自己，作风懒散漂浮，日积月累，当然自食其果了。

众所周知，每到重要时间节点，各级纪检监察机关都会通过发文、通报典型案例等形式警醒党员干部要严于律己，自觉带头执行中央八项规定，抵制节日歪风。尽管如此，顶风违纪行为依然屡禁不止，逆意而行的不乏其人，这与贯彻执行和监督是否到位不无关系，与执纪问责力度大小不无关系。因此，各级纪检监察机关只有以啄木鸟那种"除害、敬业、仁厚、求是"的精神强化执纪问责，才能把反腐工作推向深入。反腐当中，不但要善于发现问题，主动作为，面对问题不退缩，不放弃，不敷衍，不推责；而且要敢于正视问题，善于解决问题，敢于碰硬，敢于亮剑，敢于"说不"；还要宅心仁厚，实事求是，"无干于人，惟志所欲"。只有这样，才能确保党员干部的肌体不受细菌侵染，不受病害，永葆党员干部队伍的先进性和纯洁性。也只有持之以恒地以啄木鸟精神强化执纪问责，才能更好地创建风清气正的政治生态。

原载《茂名日报》2015. 05. 18

关怀与机制并举治理基层 "走读"

　　《茂名日报》近日报道，省调研组在我市主要领导的陪同下，深入高州、信宜等地检查治理基层干部 "走读" 情况，并召开座谈会详细了解经验做法以及面临的实际问题和困难。在作风建设新常态下，人文关怀与长效机制并举是刹基层干部 "走读风"，治理 "走读" 问题的关键，而且也只有在充满人文关怀的前提下形成抓常、抓细、抓长的长效机制，常抓不懈，才能更好地推动基层工作作风建设。

　　基层干部 "走读" 问题并不是新问题，而是一个历久弥新而且难以根治的 "顽疾"。提起治理干部 "走读" 问题，笔者记忆犹新，历历在目。21 世纪初，笔者还在镇盛镇工作，为了治理干部 "走读" 问题，镇委、镇政府把全镇干部职工名字、在岗情况、住镇情况、干部职工去向等动态记录公布在墙板上，互相监督，一目了然，并安排专人负责检查考勤。起初，大家挺觉新鲜，不折不扣地执行。然而，好景不长，干部职工认为此项制度欠缺人性化，慢慢地就敷衍了事了。毕竟，镇盛离市区只有 10 多分钟的路程，而且干部职工家属几乎都在市区，长此以往也不是办法，于是，此项制度也就不了了之了。可见，治理基层干部 "走读" 问题不是一朝一夕的事情，也不是一蹴而就的，这得要有一个相当漫长的过程，而且也要符合当地干部职工工作和生活的实际，决不能想当然。

时至今日，各级党委、政府尽管仍然十分重视基层干部"走读"治理工作，力度有增无减，而且层层加码，甚至动辄纪律处分。然而，治理效果却不尽如人意。我们须知，基层干部工作的重心在基层，白天工作在基层，如果晚上远离了基层，甚至挖空心思"走读"，那么，必然会影响工作效率和工作效果，甚至影响党群干群的"鱼水关系"。然而，凡事都有两面性，在如何对待治理基层干部"走读"这个问题上，我们必须又要一分为二，既要符合镇情街情，又要有人文关怀，绝不能搞一刀切。譬如，高州、信宜等山区镇离市区都有几十公里以上，乡镇干部职工住镇那是理所当然的，而且很有必要，镇委、镇政府就得想方设法为住镇的干部职工解决生活上所遇到的各种问题和困难。而茂南区的镇街则与山区镇不同，离市区近在咫尺，而且大部分干部职工的家庭都在市区，如果硬要干部职工住镇街，那未免太过形式了，似乎有点走过场了，欠缺一种起码的人文关怀。

治理基层干部"走读"问题，狠刹"走读风"，从本质上说是加强作风建设的主要抓手之一，也是转变基层工作作风、密切党群干群关系的主要途径，因而，各级党委、政府不仅要从人性层面给予干部职工恰如其分的关爱和关怀，还要从制度层面加以固化，形成抓常、抓细、抓长的长效机制，常抓不懈，使基层干部从思想上、意识上、行为上得以彻底转变，确保治理"走读"工作走上制度化、规范化、常态化，推动基层工作作风建设，从而为社会主义新农村建设注入活力和动力。

原载《茂名日报》2015.07.14

务实作风是推进重点工作的制胜法宝

《茂名日报》近日报道，市政府召开全市政府系统督查工作会议，通报了我市督办工作平台自 3 月份成立以来，充分发挥政务督查职能作用，围绕全局，健全机制，真督实查，盯紧重点工作，注重民生热点问题，创新督查手段，扎实开展督查，确保了市委、市政府重要决策部署落到实处。这不仅展现了各级领导干部主动作为、事必躬亲、扎实推进重点工作之务实作风，也彰显了各级领导干部深入践行"三严三实"的务实之举。

毋庸讳言，要做好每一件事情，如果没有一种精神力量作为驱动和支撑，激发潜能，没有一种务实作风和务实态度传递正能量，即使再简单的事情，也没法干好，甚至弄巧反拙。我市重点工作大多涉及民生工程或惠民工程，建设得好与坏，不但直接影响群众生活水平的提高，而且影响幸福茂名建设的进程，乃至全市经济社会的发展。因此，各级领导干部必须要有务实作风和务实态度，主动作为，事必躬亲，时时刻刻把重点工作挂心头，深入施工现场，督促施工进度，清除施工障碍，保障重点工作加快推进。前段时间，《茂名日报》曾报道了高州市在推进重点工作当中，始终把"创建国家级历史文化名城，建设广东现代化农业强市、产城融合宜居宜业之城"作为发展定位，以中心城区扩容提质作为重要工作，专门成立市政在建工程管理处，挂钩项目领导每天必到现场，为施工人员鼓与呼，为施工单位排忧解难，协调和疏通各方关系，从而加快推进了重点工程建设。高州市的做法表明了各级领导干部对群众心存敬畏，常怀爱民之心，一心一意谋发展，也凸显了务实作风是推进重点工作的制胜法宝。

诚然，在经济下行压力的情势之下，各级党委、政府和领导干部必须要有一个清醒的认识，推进重点工作毕竟涉及方方面面利益，越到关键时刻，困难就越多，难度也越大，因而，绝不能为赶重点工程进度而罔顾实际，突击冒进，甚至一窝蜂和"赶时髦"，而应牢固树立"人无我有，人有我优，人优我特"的工作理念，量体裁衣，量力而行，稳打稳扎，循序渐进，尤其是征地拆迁工作，涉及面广，关乎群众利益，牵一发而动全身，更要以务实之作风和务实之态度，能全速的则全速推进，一时难以推进的则暂缓，找准切入点再重点突破。只有这样，才能加快推进重要工作和重点项目建设，从而推动社会经济全速发展。

各级党委、政府只要以群众利益为根本出发点和落脚点，领导干部能以务实的作风，事必躬亲，群策群力，凝心聚力，定能加快推进重点工作进程，推动幸福茂名建设。

原载《茂名日报》2015.09.07

政务接待要主动适应作风建设新常态

《茂名日报》近日报道，全市接待干部培训班在茂名迎宾馆举行，这是我市自中央八项规定出台之后首次举办全市性接待业务培训班，旨在围绕我市"一体两翼三抓手"发展思路，政务接待工作主动适应作风建设新常态，服务全市综合性政务活动，提升全市接待服务水平，塑造茂名形象。

众所周知，接待工作不仅是党委、政府政务活动的重要组成部分，而且也是连接上下、沟通内外的桥梁和纽带，还是展示地方综合实力、文明程度和塑造形象的重要窗口。政务活动成功与否，从某种意义上说，接待工作起着决定性因素。在整个接待过程中，如果哪个环节出了差错或者脱了节，那么，接待工作就白搭了，势必影响政务活动的顺利开展，甚至影响全市的经济社会发展大局。因而，我们不能小看接待工作，更不能小看接待工作的细枝末节。细节决定失败。可见，成功的关键在于细节，"一步错，步步错""一着不慎，满盘皆输"说的就是这个理。中央八项规定出台之后，接待工作成为社会关注的焦点，全社会的目光都聚焦接待工作，因此，从中央到地方，各级领导干部考察调研都能率先垂范，坚守底线，远离红线，筑牢防线。作为接待干部也经受住各种考验，主动适应作风建设新常态，不折腾，不讲排场，不做表面文章，牢固树立"节俭而不怠慢，俭朴而不失礼仪，简约而不减质量"的接待理念，以务实、清廉的作风积极推行理性接待、绿色接待、低碳接待，从而有效地发挥了接待工作对经济社会发展的"助推器"作用。

其实，接待工作并不是我们想象的"吃喝拉撒""迎来送往"那么简单，而是一项复杂的社会系统工程，横到边，竖到底，涉及方方面面。如果接待干部政治素质不高，缺乏大局意识，或者执行力不强，作风漂浮，那么，接待工作就犹如一潭死水，没有生命力，没有活力。因此，在作风建设新常态下，接待干部务必要有过硬的工作作风和创新意识，才能更好地把握接待新规，尤其对食、住、行、迎送、警卫、踩点等关键环节，务必严格执行11个"禁止"和27个"不得"，这是政务接待工作的量化标准和不能突破的红线，否则，必将造成不良后果，乃至影响经济社会科学发展水平。基于此，我市举办如此规模大、规格高、范围广的全市接待干部培训班，可谓正当其时，也切合了我市正在开展的"三严三实"专题教育活动要求。因而，作为接待干部只有从讲政治的高度，主动适应作风建设新常态，强化服务意识，创新接待理念，才能以节俭、务实、高效的政务接待传递正能量，而且也只有做到"坚持绝对忠诚的政治品格、坚持高度自觉的大局意识、坚持极端负责的工作作风、坚持无怨无悔的奉献精神、坚持廉洁自律的道德操守"等"五个坚持"，才无愧于党委、政府的"形象代表"。

接待无小事。我们只要主动适应作风建设新常态，创新工作理念，充分发挥政务接待重要辅政作用，必能全力推动我市经济社会加快发展，全面提升茂名形象。

原载《茂名日报》2015.09.21

共产党员要"像个党员"

当下，我市各地正深入开展"两学一做"学习教育，掀起了"两学一做"学习教育新高潮，激浊扬清，荡涤灵魂，锤炼党性，提振精神，为加快茂名发展凝聚创新发展力量。

"学党章党规，学系列讲话，做合格党员"学习教育，主旨明确，重点突出，路径明晰。用老百姓的话说，"两学一做"学习教育可以解决有些党员"不像个党员"的问题。老百姓为何如此评价有些党员"不像个党员"呢？或许有的人也会反问老百姓，本人加入党组织多年，按时缴纳党费，正常参加组织生活，早就"是"党员了，何来"像"与"不像"之说？其实，对于老百姓评价有些党员"不像个党员"，我们只要对照一下党章党规，也许就不会喊冤了。我们姑且不说大是大非问题，仅仅从日常生活的细枝末节便可窥见"像不像个党员"了。有的党员信仰宗教，像不像个党员？有的党员笃信风水，迷信所谓的"大师"，像不像个党员？从大的方面说，有的党员对政治纪律和政治规矩置若罔闻，结党营私，拉帮结派，一门心思钻营权力，像不像个党员？有的党员搞小山头，拉小圈子，建"独立王国"，对上级的决策部署阳奉阴违，为实现个人政治野心而不择手段，像不像个党员？像不像个领导干部的样子？诸如此类，不胜枚举。因此，我们不能责怪老百姓用异样的目光看待某些党员,事实上,有些党员的确"不像个党员"。

既然是党员,就要像个党员,那么,如何才能像个党员呢?毋庸讳言,那就要尊崇党章,践行宗旨,履行义务,守纪律,懂规矩,做一个合格党员。一要通过"两学一做"学习教育,强化党员意识,矫正自己的思想观念和行为方式,使党员的思想、观念、行为与党的宗旨和党的性质相一致,铸造精神之魂,永葆共产党员本色,塑造共产党整体形象,树立党的威信和政府公信力,为全市凝聚起磅礴的创新发展力量。二要传承优秀传统文化,起表率立标杆。习近平总书记指出,博大精深的中华优秀传统文化是我们在世界文化激荡中站稳脚跟的根基。冼夫人文化、荔枝文化、化橘红文化等茂名本土文化,源远流长,文化底蕴深厚。作为一名党员,就要把传承弘扬茂名民风民俗与学党章党规结合起来,与秉承优良家风家规家训结合起来,为传承中华优秀传统文化做表率,做示范,树榜样,立标杆。三要践行核心价值观,引领道德风尚。社会主义核心价值观内涵丰富,是全面从严治党的基础性工程。作为党员,要结合驻点直联、"夜学夜谈夜访"、精准扶贫、换届选举等工作,以社会主义核心价值作为引领,引导群众讲道德、尊道德、守道德,追求高尚道德情操,凝魂聚气,强基固本,激发正能量,正党风,强政风,扬家风,促民风,构建风清气正的政治生态,实现干部清正、政府清廉、政治清明。四要以"讲政治、有信念,讲规矩、有纪律,讲道德、有品行,讲奉献、有作为"作为衡量合格党员的标准,以党章党规和习近平总书记系列重要讲话精神作为衡量合格党员的标准,以广大人民群众的评价作为衡量合格党员的标准。只要认真对照这些标准,我们就不难看出党员"像不像个党员"。

原载《茂名日报》2016.08.09

加强党内监督　全面从严治党

　　《关于新形势下党内政治生活的若干准则》和《中国共产党党内监督条例》是党中央着眼于解决新形势下党内问题而进行的重要顶层设计，开启了全面从严治党新的征程。党内监督作为党的建设的重要内容，只有规范党内政治生活，才能全面从严治党，不断地把党的建设推向新的高度。

　　党的十八大以来，从中央到地方都高度重视党内监督，对反腐败工作也始终保持高压态势，以舍我其谁的气魄和勇气，以"无禁区、全覆盖、零容忍"的决心和胆识"打虎""拍蝇""猎狐"，采取了一系列行之有效的措施整治"舌尖的浪费""会所的歪风""车轮上的铺张"，清理"超标办公用房""小金库""裸官""吃空饷"。每一项政策措施都收到了惩处一个、震慑一群、影响一片、教育全体的效果。我市也推出重大举措，集中整饬党风，严厉惩治腐败，净化党内政治生态，成效显著，群众无不拍手称快。然而，由于有的地方和部门党的领导弱化、党的建设缺失、全面从严治党不力，有的党员干部党的观念淡漠、组织涣散、纪律松懈，有的党组织和党员干部不严格执行党章，漠视政治纪律，无视组织原则，从而导致了主体责任缺失、监督责任缺位、管党治党宽松软，这是缺乏党内监督的具体表现。因而，必须把强化党内监督作为党的建设重要基础性工程常抓不懈，使监督的制度优势充分释放出来，使监督的力量充分凝聚起来，使监督的作用充分发挥出来。

监督是权力正确运行的根本保证，是加强和规范党内政治生活的重要举措。加强党内监督必须把纪律挺在前面，运用监督执纪"四种形态"，开展批评与自我批评，让"红红脸、出出汗"成为常态；党纪轻处分、组织调整成为违纪处理的大多数；党纪重处分、重大职务调整的成为少数；严重违纪涉嫌违法立案审查的成为极少数。"四种形态"体现了刚柔并济的权力运行监督机制，以重处分、重大职务调整、立案审查等刚性措施强化"不敢腐"，以咬耳扯袖、红脸出汗、轻处分和组织处理等柔性措施让党员干部把党纪内化于心、外化于行，不碰红线，坚守底线，为"不能腐、不想腐"夯实思想基础。

《准则》和《条例》为党内监督提供了根本遵循。从党内监督的内容到党内监督的对象，从监督的重点到监督的责任，从监督的职责到监督的权利，从党内单薄的监督到国家机关、民主党派、社会舆论的联合监督，条块结合，织牢了党内监督网，构建了严密的民主监督的党内监督体系。作为党员领导干部，要主动接受监督，不能讳疾忌医，也不能只是手电筒照别人，这是一种胸怀、一种自信的表现。《条例》明确监督主体，完善监督体系，强调党内监督没有禁区、没有例外。因而，各级领导干部必须有一种管党治党的责任担当，落实主体责任，强化党内监督，立足于小，立足于早，时刻保持警惕，紧绷纪律红线，树立规矩意识、自律意识、标杆意识、表率意识，增强政治意识、大局意识、核心意识、看齐意识，把监督责任牢牢扛在肩上，从而推动管党治党从"宽松软"走向"严紧硬"。

原载《茂名日报》2016.11.16

"为官不为"也是一种腐败

最近，笔者翻阅清朝志怪小说《阅微草堂笔记》，其中一则寓言故事颇为耐人寻味。故事说，有人梦中到了阴曹地府，看见一个官员在阎王面前自称为官清廉，所到之处只饮一杯清水。阎王听后哈哈大笑，"设官是为了兴利除弊。如果不贪钱就是好官，那么公堂中设一木偶，连水也不用喝，岂不是更胜于你？"官员连忙答道："我虽无功，但总无过。"阎王听了官员的辩解质疑道："你处处只求保全自己，对某案因避嫌疑而不言，对某人某事因怕麻烦而不办，岂不是负国负民了？无功就是过。"好一句"无功就是过"！这个看似简单的一句话，却蕴含着深刻的道理，为官不为就是一种腐败，这种腐败不亚于贪污腐化，不仅影响党群干群关系，而且影响党风政风民风。

现实生活当中，的确有极少数党员干部，每天掐着表上下班，从来不贪污，但也从来不干事，不思进取，浑浑噩噩过日子，不求有功，但求无过。殊不知，这类以清廉自居的官员，事实上就是一种腐败，于党于国于民，百害而无一利。"当官不为民做主，不如回家卖红薯"，这是老百姓给"为官不为"者勾勒的画像，以表深恶而痛绝之。为了惩治官员不作为，中央出台了一系列全面从严治党的举措，强化党员干部的纪律约束，而且对

"为官不为"的党员干部也多次曝光。最近人们所关注的因不作为而被问责的天津市工信委原党组书记、主任李朝兴,可以说是党的十八大以来因"不作为"而被免职的最高级别干部。茂名对"为官不为"也绝不手软,把治理"为官不为"与服务发展、普惠民生结合起来,激发干事创业正能量。最近,化州市重拳出击,查处"为官不为"问题 16 件,为党员干部敲响了警钟,促使党员干部务必主动担当、积极作为。

在中央反腐高压态势之下,有的干部开始叹惜"好日子没有了",心态上"宁可不作为,也不能犯错",祈求平稳过渡,行为上"平平安安占位子、忙忙碌碌装样子、疲疲沓沓混日子、年年都是老样子"。这种"为官不为"的表现可归结为能力不足而"不能为",动力不足而"不想为",担当不足而"不敢为"。无论哪种情况,都是与党和政府的要求以及人民群众的期盼背道而驰的,与全心全意为人民服务的宗旨相悖的,与时代的发展格格不入的。人们常说要打通政策"最后一公里",为什么时至今日成效仍然不理想?因为部分基层党员干部依然存在"为官不为"的情况,导致中央的政策没能及时有效传至基层,没能让老百姓的获得感得以同步提升。习近平总书记多次强调"为官不为"的问题,各级党委积极响应、辩证施策,争取尽快扭转。李克强总理也明确指出,"对为官不为、懒政怠政的,要公开曝光、坚决追究责任"。尽管治理的力度层层加码,但是,"为官不为"在一定范围内仍然存在。最近云南省推出驻村干部召回制度,可以说是选人用人制度的一种创新,也是治理"为官不为"的一种有益尝试。不妨把这种召回制度推向常态化制度化,形成长效机制,以解决"为官不为"的问题。

原载《茂名日报》2017.07.03

强化一把手监督要敢碰硬动真格

一把手，顾名思义，就是贯彻落实上级决策部署的第一责任人和拍板决定重大事项的最终决策人，集决策权、实施权和监督权于一身。因而，坊间有人调侃称之为"只要他想干的事情，没有他干不成的；同样，只要他不想干的，其他人再反对希望也不大"，这是对一把手权力过分集中的真实写照。为强化一把手监督，全国各地不断创新监督机制，出台了许多举措，但监督效果仍需不断提高。

为什么对一把手开展行之有效的监督如此之难呢？笔者认为，有多重因素制约着对一把手进行有效监督。一是权力高度集中，权责不对称，是导致对一把手难以开展有效监督的根本因素。按照常人的理解，一把手的权力与责任是相对的，在掌握权力的同时也承担着相应的责任，但是，事实并非如此。有的一把手却成了"只享受、不买单"的"超人"，尤其涉及一些重大事项决策失误或失职渎职或用人失察等行为，难以追究责任。即使追责了，一把手受到处分的也很少，或者说处分轻微，没能从根本上形成强大的震慑力。基于这种权大责小的不对等现象，使一些一把手在用权过程中有恃无恐。其实，权力就是一把"双刃剑"，受约束的权力自然而然成为促进社会经济发展的利器，反之，必然成为滋养腐败的温床。二是监督制度执行力低下，导致有的一把手游离于监督之外。这种游离监督之外主要体现在"上级监督太远""同级监督太软""下级监督太难""群众监督太弱""舆论监督太少"等。三是受官本位思想的影响，有的一把手特权思想严重，缺乏监督意识，甚至拒绝接受监督。"开会一言堂、财务一支笔、用人一句话、决策一脑袋、大权一把抓"等现象时有发生，"一把手"成了"一霸手"。当然，干部选拔任用机制不规范、运行机制不畅顺、教育管理相脱节等，也是制约对一把手有效监督的重要因素。

习近平总书记强调，上级对下级尤其是上级一把手对下级一把手的监督最管用、最有效。为此，要瞄准着力点，推动一把手监督一把手；要找准突破口，在重点问题上重点监督一把手；要敢碰硬动真格，拿出过硬举措，完善监督机制，破解一把手监督难题。近日，广东省委出台了《关于加强对各级党组织一把手监督的意见》，聚焦党组织一把手，打出上级一把手约谈下级一把手、各级一把手述责述廉、将一把手作为巡视巡察重点对象、加强对一把手的纪律监督、发挥民主生活会的监督作用、加强对一把手教育提醒 6 项规定组合拳，直击一把手监督问题的要害。这不仅是强化监督一把手的重要举措，也是一把手强化自我约束的具体要求，为永久保持重遏制、强高压、长震慑的态势，实现约束有力、监督带牙提供了根本遵循，让一把手知敬畏、存戒惧、守底线。

原载《茂名日报》2018.08.02

为基层减负关键在于力戒形式主义

近日，中共中央办公厅发出《关于解决形式主义突出问题为基层减负的通知》，明确将 2019 年定为"基层减负年"。这是中央从全面从严治党的高度，聚焦基层松绑减负而推出的重大举措，着力解决党性不纯、政绩观错位、文山会海反弹回潮、督查检查考核过多过频过度留痕、干部不敢担当作为等问题，从而激励广大干部崇尚实干、担当作为，把更多精力、更多心思用在打好打赢三大攻坚战、推动高质量发展上，以优异成绩迎接新中国成立 70 周年。

《通知》一经公布，立马引起社会强烈反响。为基层松绑减负的务实管用举措不仅体现了习近平总书记关注基层、心系群众、关爱干部的深厚情怀，而且彰显了党中央全面从严治党、持之以恒狠抓作风建设的坚定决心，也树立了为基层松绑减负、激励党员干部担当作为的实干导向，让广大基层干部有实实在在的获得感、幸福感、安全感。农村工作千头万绪，牵一发而动全身，如果没有一点政治定力和吃苦耐劳精神，也许真的很难在基层待下去。笔者作为一名新时期精准扶贫第一书记，面对单一的脱贫攻坚任务都倍感压力山大，更何况繁纷复杂的基层工作。譬如，为迎接 2018 年省扶贫考核，各级党委、政府不可谓不重视，一拨拨不同行业、不同部门的指导组亲临工作一线，每一拨人都根据各自的行业提出不同的意见和建议，令人着实招架不住。难道扶贫考核没有统一标准和指导意见的？答案显然不是。这是形式主义、官僚主义的具体表现。

为何会出现这种情况呢？笔者认为，原因有三。一是不良作风作祟。有的干部喜欢指手画脚，作风漂浮，没能从思想观念、工作作风和领导方法上寻找根源、剖析原因，工作不用心、不务实、不尽力，口号喊得震天响，行动起来轻飘飘，这是典型的形式主义，是政治纪律和政治规矩不严明的表现。二是过分强调留痕。基层的干部本来文化水平就不高，而且执行力弱，很多工作都无法按照高标准严要求去做。然而，基层本本多了、台账多了、微信工作群多了、公众号多了，有的镇村干部手机上的微信群、APP、公众号居然达 30 多个，这种层层加码、重"痕"不重"绩"、流于表面的痕迹管理，甚至弄虚作假的现象，成为形式主义、官僚主义的一种新表现，让基层不堪重负。也许基于此，中央出台了为基层松绑减负的举措，着力解决督查检查考核过多过频过度留痕的问题，明确提出了要强化结果导向，坚决纠正机械式做法，不得随意要求基层填表报数、层层报材料，不得简单将有没有领导批示、开会发文、台账记录、工作笔记等作为工作是否落实的标准，不得以微信工作群、政务 APP 上传工作场景截图或录制视频来代替对实际工作评价，彰显了中央对基层干部的关心爱护和解决形式主义的坚定决心。三是怕担责。有的干部不担当不作为，怕问责、怕诬告，不想干事；有的热衷于搞"责任甩锅"，"追责"一词常挂嘴边，层层传导压力，把问责作为推卸责任的"挡箭牌"。可见，形式主义整而难治，禁而难绝，根源在于官僚主义作怪。

为基层松绑减负，要力戒形式主义、官僚主义，更要营造宽松的干事创业环境，从机制上解决干部不敢担当作为的问题，"关键一招"是完善问责制度和激励机制。为此，市委、市政府出台了《茂名"一线考察干部"实施意见（试行）》和《茂名市"一线问责"实施办法（试行）》，坚持严管与厚爱相结合，依规依纪依法严肃问责、规范问责、精准问责、慎重问责，真正起到问责一个、警醒一片的效果，从而提升干部干事创业精气神，激励干部积极性，敢担当勇作为，营造良好政治生态，转作风展新貌，为加快茂名振兴发展提供重要支撑。

原载《茂名日报》2019.03.18

真知灼见

编写课后练习　提高教学效果

　　实习期间，听过多位语文老师的讲课，他们备课认真细致，讲课生动传神。然而，他们却有个共同的弱点，讲授课文按传统的教学方法，先评析课文，再评讲课后练习，最后布置作业（实际上是评讲过的练习题）。这种教学模式的弊端是显而易见的：学生对待问题，不肯动脑筋，懒于思考，难以开发学生的智力；学生接受的知识有限，做作业只抄答案便行，课堂效果难以优化；利用一节半节课专门评讲课后练习，枯燥乏味，学习氛围单调，很难提起学生学习的兴趣，教学效果事倍功半；教与学的积极性和主动性不平衡，学生知识的巩固率极低。

　　我所担任的教学班，学生整体素质较差，智力开发参差不齐，成绩不大理想。为此，我在教学过程中，吸收指导老师丰富的教学经验，结合班中实际，在授课前把课后的练习题、思考题设计成练习，要求学生课前预习，授课时把练习题融合于课文分析中。这样，不但可大大提高学生学习的积极性和主动性，而且也可充分挖掘学生的思维，学生的智力也得以开发。

　　经过设计练习题，检查练习题，融练习于评析课文中，并通过课后布置作业、课后辅导等一系列的教学活动，再以小测验的形式进行巩固性的测试，即一课一测，使学生在巩固知识的同时而知新，起到举一反三的效果。这种教法不拘泥于传统教学，有利于学生智力的开发，有利于提高教与学双边活动的积极性和主动性，有利于课堂教学活动的整体优化。

原载《茂名日报》1996.11.27

发展农村党员工作的实践与思考

由于受到诸多因素的影响，农村发展党员工作一直滞后，严重制约着当地农村经济的繁荣和发展。加大在农村中发展党员的力度，不断增强党的凝聚力和战斗力是发展党员工作的当务之急。

一、切实加强领导，是在农村中发展党员的关键。"党员老龄、女党员偏少、党员素质低、小农意识重"等是广大农村党员队伍中的突出问题，而发展农村党员工作则是农村中的"老大难"，在一定程度上延缓了当地经济的发展。症结何在？笔者认为，主要表现为：第一，受资产阶级自由化思潮的影响，部分农村青年对政治生活不感兴趣，在观念上贪图享受的砝码大大超过追求理想、追求进步的分量，认为入党无利可图，闯市场才是"真功夫"。第二，基层组织对发展党员认识不够，工作欠主动，缺乏对青少年思想教育、心理辅导和人生观、价值观、世界观的改造，没能真正把青少年政治思想觉悟提高到全心全意为人民服务这个高度上来。第三，党组织对发展的党员欠缺调查、了解，政治把关不严，流于形式，使一些青少年产生一种"入党易、没意思"的错觉。第四，党组织对党员的要求、教育、管理、监督等方面没真正把"从严治党"的方针落到实处，严重影响了党员队伍的先进性和纯洁性，削弱了党组织的凝聚力和战斗力，从而严重制约着农村青年入党的积极性和主动性，也直接影响了农村基层党组织的建设。为此，基层党委要按照"五个好"的目标，大力推进乡镇党委建设，做到一把手负全责，分管领导专抓，组织委员具体抓，切实加强对发展党员工作的领导。

二、加大教育培训力度，是在农村中发展党员的保证。第一，注重理论学习。基层党组织要组织入党积极分子"重视学习，善于学习，兴起一个学习马列主义、毛泽东思想特别是邓小平理论的新高潮"。第二，充分利用教育阵地和电教网点，切实加强入党积极分子的培训教育，做到定人培养、定时培训、定期考察。第三，注重不断加强对入党积极分子的党性党风党纪教育，抓典型，树榜样，使其产生使命感、责任感和紧迫感，促其成熟。

三、把好质量关，是在农村发展党员的根本。第一，必须坚持把保障质量关放在发展党员工作的首位，以提高素质、改善结构为重点，严格把好发展党员"入口关"；第二，全面贯彻"坚持标准，保证质量，改善结构，慎重发展"的方针，入党动机不纯的不准入党，不经过培训和考察的不准入党，政审材料不合格的不准入党，做到成熟一个，发展一个，合格一个；第三，在把好质量关的基础上，发展党员要向农村生产一线的青年农民、回乡知识青年、复员退伍军人倾斜，向党员老龄化、文化素质低、妇女党员偏少的地方倾斜，向长期没发展党员、使村级班子结构不合理、素质不高、后继无人的地方倾斜，向没有共青团推优工作的地方倾斜；第四，在发展党员工作中要与后备干部队伍建设结合起来，选好培养对象，制定培养目标，落实培养责任，真正保证基层领导班子后继有人，保持基层组织建设旺盛生命力；第五，注重加大组织员队伍建设的力度，充分发挥组织员在发展农村党员工作中的桥梁、导师、纽带的作用。

原载《茂名日报》1998.04.18

开发农用土地　发展农村经济

　　茂南区镇盛镇 5 万多人口，人均耕地面积只有 0.5 亩。为了缓和人多地少的矛盾，保持耕地总量动态平衡，镇党委、政府开展"甘蔗上山工程""旧村址改造工程""低洼田改造工程"，全镇共垦复土地 8600 亩，其中农用土地 6750 亩，垦复旧村址增加耕地 350 亩，利用低洼田改造鱼塘 1500 亩。同时，结合地区特点，因地制宜，统一规划，建起了甘蔗基地 5000 亩，综合种养基地 2500 亩，蔬菜基地 320 亩，连片开发鱼塘 1800 亩，有效地提高了土地利用率，大大增加了土地效益和经济效益，推进了农业产业化进程。

　　甘蔗是该镇西部地区的传统经济作物之一。为了更好地发挥西部地区的地缘优势，镇政府积极推行"甘蔗上山工程"，制订了发展糖蔗基地实施方案和行之有效的办法，大力推进甘蔗种植。一是镇政府搞示范点，以点带面，辐射全镇。该镇以"知青农场"作为镇政府的示范点，由镇长蹲点负责，开发利用闲置多年的荒地 500 多亩，连片开发种植荔枝、龙眼、甘蔗、芒果 470 多亩，开挖鱼塘 30 亩，构成了山上养鸡、塘面养鸭、塘里养鱼、塘基种果种甘蔗的立体种养格局，带动周边地区掀起种植甘蔗热潮。二是政府政策扶持，实行分包到户。由镇政府把 2000 亩山地统一规划后，分散到各农户，实行包干责任制，收获后可由镇农业发展公司负责销售、外运和联系客商，也可由农户自产自销。镇政府对自销的农户，在肥料、农药等方面提供优惠政策，大力扶持和鼓励农户大规模种植甘蔗。三是引进竞争机制，实行承包经营。镇政府采取灵活多样的承包经营形式，制定实施奖罚规定，在农药、化肥等物资供应上提供价格优惠，在技术指导上无偿提供服务，大大提高了承包者劳动生产的积极性。

开展"旧村址改造工程"是该镇土地垦复工作的难点。镇政府采取循序渐进的方法，一村一村地抓。先对旧村址面积较大的竹山管理区苏村进行了统一规划，发动群众合理垦复，并积极向农民做好国土管理知识和有关政策的宣传，做深入细致的思想工作。通过垦复旧村址，全镇共增加耕地面积 350 亩。

改造"低洼田"，提高土地利用率。镇政府针对那些地势低洼或丢荒多年而无法耕作的田地统统改造为鱼塘，连片开发。镇政府先在樟岭管理区曲江村抓好示范点，把低洼田承包给个体经商户，投入 180 多万元开发鱼塘。在取得成功经验的基础上，全面带动群众开发鱼塘，荷谢、联塘、竹山、茂坡管理区相继连片开发鱼塘，建起了镇盛镇第一个千亩淡水养殖基地。

拓宽资金渠道，推进土地开发工作。一是采用"上级支持一点，政府拨一点，银信部门贷一点，土地有偿使用筹一点，受益者出一点"等几个"一点"的办法，筹集资金 425 万元；二是制定有关奖励和优惠政策，创造有利条件，多方联系，广开门路，大量引进外地资金；三是采取镇政府与管理区联合集资，共同开发，集体收益；四是股份制形式，共同投资，共担风险，合股开发，从而有效调动了广大农户集资开发的积极性，加快了全镇农用土地开发进程。

原载《茂名日报》1998.07.11

镇盛镇裁冗员的实践与思考

最近，茂南区镇盛镇党委、政府全面实施"政府机构改革，分流富余人员"，引起了强烈反响。笔者认为，该镇的实践经验起码有三点值得探讨、思考和借鉴。

一、敢碰硬、动真格是推行政府机构改革的关键。镇盛镇党委、政府在实施政企分开、人员分流过程中，因为分流对象关系复杂，曾有过困惑。然而，该镇党委、人大、政府坚决果断，敢碰硬，动真格。在深入调研、广泛征求各方意见的基础上，顶住各方压力，采取步步推进的办法，该分流的坚决不留，毫不留情，绝不手软。各级政府在推行机构改革过程中，如果一手硬一手软，或者欺善怕恶，有关系的留，没关系的分，或怕得罪上司，或虎头蛇尾等，机构改革将难以实行，起码可以说改革是不彻底的，是不得民心的，是与党中央政策背道而驰的。

二、实事求是、措施稳妥、政策灵活是推行政府机构改革的基础。镇盛镇党委、政府之所以能顺利而稳妥地推行政府机构改革，重要原因就是能做到实事求是地制订实施方案，措施稳妥，政策灵活。第一，一视同仁，不心慈手软，辞退所有临时工，该退休的办理退休手续，使被辞退（退休）人员心安理得地离开岗位。第二，集体干部（含行政编外干部、企业干部、工人等）的分流实行"三到"政策，一部分到农金会协助化解融资风险，工资福利与追债实绩挂钩；一部分充实到计生专业队，定出岗位责任目标，工资福利与全年完成任务挂钩；一部分到企业工作，工资福利由企业发放。第三，政府采取积极有效的政策，扶持企业发展。第四，政企分开，企业不再参与行政事务管理，自主经营，自负盈亏，自我发展。第五，采取"分步偿还"政策，逐步解决分流人员的所欠工资。可见，措施得力，政策灵活，有利于大力推进政府机构改革。

三、注重思想动态，实行跟踪管理是推行政府机构改革的保证。镇盛镇党委、政府在实施机构改革过程中，十分注重做好思想政治工作，并实行跟踪管理，积极为分流人员排忧解难，消除思想顾虑。同时，进一步整顿机关工作作风，完善各项管理规章制度，严明组织纪律，明确岗位职责和工作目标，充分调动干部职工工作的积极性和主动性。

原载《茂名日报》1999.12.07

加强基层班子建设　促进农村经济发展

最近，笔者走访了茂名市郊的多个乡镇，发现某些镇的基层领导班子建设相对滞后，严重制约着基层组织建设和农村经济的发展。突出问题主要表现为：（一）领导班子整体素质偏低，工作能力和党性不够强，再加上地方保护主义和个人主义严重，导致了领导班子成员之间"摩擦"不断升级，从而削弱了领导班子整体效能的发挥。（二）党政职责分工不明确，一些党委往往包揽党委、政府的一切工作，直接影响了各项工作的顺利开展。（三）领导干部工作作风漂浮，急功近利，好做表面文章，在干部群众中造成了不同程度的负面影响。（四）领导干部不深入农村调查研究，脱离群众，严重影响了农村中心工作的正常运作。（五）领导干部驾驭社会主义市场经济能力偏低，缺乏全局意识，政策理论水平亟待提高。

要解决这些问题，笔者认为，作为乡镇党委，必须结合当地实际情况，切实加强各级领导班子建设，大力促进基层建设和农村经济发展。

一、强化思想道德建设是加强基层领导班子建设的根本。领导干部思想道德建设的核心和灵魂就是以人民利益作为最高价值取向，以全心全意为人民服务作为最高道德准则。第一，基层党委要大力宣传先进典型，加大教育管理的力度，重视理论学习，特别是以"三讲"教育为主的学习，注重建章立制，重塑领导干部道德形象，着力提高领导干部的道德主体意识；第二，加强实践锻炼，深入农村，走群众路线，体察社情民意，关心农民"热点""难点"问题，切实为群众办实事做好事；第三，不断加强自身修养，在实际工作中力求做到"自重、自省、自警、自励"，以身作则，言行一致，改造自己的世界观，树立正确的人生观、价值观，努力过好名位、权力、金钱、美色、人情"五关"；第四，要打破平衡照顾、论资排辈的用人机制，任人唯贤，唯才是举，大力培养和造就一支高素质、德才兼备的后备干部；第五，注重沟通上下级关系，协调各方力量，创造良好的融洽的发展环境。

二、坚持民主集中制是加强领导班子建设的关键。如果民主集中制坚持得不好，会直接影响班子间的团结协作和整体效能，削弱战斗力。因此，在贯彻执行民主集中制的过程中，要做到"四坚持"。第一，坚持民主集中制常规性学习和教育。要以提高领导干部对民主集中制的认识为重点，特别在民主与集中、集中与集权、民主与分散等方面，树立党政"一把手"决策过程中的民主意识、副职的参与意识、班子成员的大局意识等三种意识。第二，坚持集体领导和个人分工负责相结合。在农村基层，党委和政府工作职能不同，因而在工作过程中要处理好"三个关系"。一要明确"当家"和"管家"的关系。二要正确处理集体和个人分工负责的关系，做到大事集体讨论，小事互通气，有事摆到会，意见当面提，误会互谅解，工作互支持。三要正确协调班子成员与干群的关系。可以通过建立和健全干部参与决策制度、领导接访制度、定期下乡走访制度、为民减负解困制度，开展"鱼水工程"及"为民、便民、利民"活动，积极倡导"到群众中去，到田垌中去，到农户家中去"，既可密切党群干群关系，又可带动农民脱贫致富。第三，坚持领导班子过双重组织生活。由于班子成员各自工作的不同，而被编入相应的支部过组织生活，作为领导成员，还要参加每半年一次的民主生活会，开展批评与自我批评，这有利于改进各自分管的工作，有利于增强班子团结和凝聚力。第四，坚持民主评议党员领导干部，这是考核领导干部行之有效的途径，通过民主评议党员领导干部，既能充分发扬民主，又能体现领导班子的德能勤绩廉和在干群中的威信与魄力。

三、加强党风廉政建设是强化领导班子建设的保证。加强党风廉政建设是实施党的建设新的伟大工程的重要组成部分。党的各级领导干部，特别基层领导干部的作风在广大农村起着导向和示范作用。因此，必须从五方面入手，抓好党风廉政建设。第一，必须坚持党要管党、从严治党方针，切实加强理论的学习和教育，用正确的世界观、人生观、价值观教育党员领导干部，增强党性，严格要求，严格管理，严格监督。第二，领导干部要以身作则，带头廉洁自律。第三，健全反腐保廉监督机制，自觉接受群众、舆论和社会监督，加大违纪违法案件查处的力度，常抓不懈，规范行为。第四，要发扬党的优良作风，艰苦奋斗，"说真话，鼓真劲，做实事，求实效"。第五，加强基层纪检干部素质的培养，克服工作漂浮、马虎了事的工作作风。

原载《茂名日报》2000.02.25

好习惯让孩子健康成长

天下所有做父母的，没有一个不希望自己的孩子能健康快乐成长。但事与愿违，部分父母却失败了，因为缺乏一种成功的心态，教子方法不对头，要么操之过急，拔苗助长；要么干脆放弃，彻底绝望；要么早教观念淡薄、偏见，没能走出早期教育的误区。笔者认为，关键一点就是从小培养幼儿良好的行为习惯。

一要信任、尊重、理解孩子。在幼儿阶段，每个小朋友都有自己的性格、爱好，作为父母，凡事都要信任孩子，尊重孩子，理解孩子，多与孩子谈心、沟通，倾听孩子心声，做孩子的朋友。孩子要做什么，父母要支持他，相信他，让他自己做。喜欢看电视动画片是孩子的天性，如果父母一发现孩子看电视，便大发雷霆，破口大骂，这是不尊重、不理解孩子的一种不良行为。其实，孩子喜欢看电视并非坏事，这是孩子自我学习的一种良好行为。作为父母，应大胆引导并陪同孩子一起观看、欣赏一些有教育意义的动画片或电视剧，寓教于乐，循循善诱。如观看警匪片，应正确引导孩子分清谁是谁非，哪是恶哪是善，哪些该做哪些不该做，并讲解一些如报警电话110、火警电话119、急救电话120等生活常识。这样，孩子便会不知不觉地在日常生活中养成良好的行为习惯。

二要言传身教，树立榜样。随着年龄的增长和活动范围的扩大，孩子的主动性和模仿能力也日渐增强，由于孩子的无知和道德评价能力较低，往往易受同伴或其他人不良行为的影响。父母作为孩子最先接触且最易影响孩子的成年人，我们的言行举止必然成为孩子做人的楷模和表率，直接影响到孩子的健康成长。这就要求父母必须具备良好的道德情操和人格品质，在日常生活中时时处处注意自己的言行，要用自己良好的言行引导孩子学好人，做好事，言传身教，培养孩子良好的行为习惯。

　　三要发掘闪光点，激励孩子自信心、自尊心。作为父母，要有一对善于发掘孩子闪光点的"金睛火眼"，一旦发现孩子的闪光点，就要扬长避短，抓住其优点，用赞许的言行反复地加以激励和鼓舞，让孩子有一种被发现、被认可、被尊重、"我能行""我是好样的"的感觉，树立孩子的自信心和自尊心，从而激发孩子自觉主动地用良好的言行去发扬自己的优势，实践自己的闪光点。

　　四要宽容体谅，正向批评，善意提醒。孩子犯错，常常受到父母的训斥、责备甚至毒打。这是父母最不明智的选择。孩子犯错，父母第一时间不是求全责备，而是要进行自我控制和自我反思，学会用宽容体谅的心态，正向批评孩子，切忌用偏激语言刺激孩子自尊心；对孩子的犯错，我们要善意提醒，说服教育，科学施罚，让孩子发现错的根源；作为父母甚至可以以"我错了""对不起"等言辞来提醒、启发孩子，让孩子最终知道该说"对不起""我错了"的是自己本人，而非父母，从而促进孩子养成知错就改、言行一致的良好习惯。

原载《茂名晚报》2005.01.04

创新接待机制 构建接待效应

公务接待工作是党政机关整体工作的重要组成部分。随着改革开放的纵深发展和市场经济的进一步发展,公务接待工作的内涵、地位、作用及运作方式与传统公务接待工作相比都发生了很大变化。笔者认为,创新接待机制,构建接待效应,是做好新形势下公务接待工作的根本途径。

一、创新预案机制,构建"流沙"效应。茂名地处广东西翼,区域优势不明显,但矿产、渔业资源丰富,人文历史、风土人情等文化底蕴深厚。因此,我们要从全局性和战略性的高度,把公务接待工作融入经济建设的发展大局,挖掘具有茂名地方特色的资源,从政治和经济的层面找准结合点,搭建政务、商务、会务等大平台,充分利用参观、考察、访问、观光、旅游等活动载体,组织制定体现茂名地方特色和风格的接待预案,实现公务接待工作为地方经济发展服务的"流沙"效应。

二、创新协调机制,构建"漏斗"效应。公务接待工作是一项复杂的系统工程,涉及多个部门。公务接待部门应本着政治优先、廉洁高效、求真务实的原则,发挥"大漏斗"的作用,按照惯例规范化、服务程序化、作风军事化、队伍专业化的要求,构建景区和市区、城内和城外、参观点和乘车线路、横向和纵向的立体交叉接待大格局，形成一方为主、各部门配合、上下联动、左右协调、一呼百应的"绿色通道"，实现公务接待与经济工作互为补充、互为促进、创造最佳的"漏斗"效应。

三、**创新反馈机制，构建"洼地"效应**。随着茂名重化工业步入新的发展阶段，各路商贾纷至沓来，公务接待部门应该充分发挥接待量大、层次高、人面广的优势，不失时机利用各种方式，宣传展示茂名政治、经济和社会发展的良好发展前景，以人性化、文明化、特色化、本土化的接待服务拉近客商的情感，构建"洼地"效应，促使新老客商汇集，促进茂名经济腾飞。

四、**创新市场机制，构建"杠杆"效应**。接待基地是公务接待工作载体。因此，公务接待部门应大胆引进和建立市场运行机制，构建"杠杆"效应，对现有的接待基地由政府主办向社会主办转型，引导接待基地向企业化、股份化、民营化方向发展，不断拓宽接待领域，改善接待条件，提升接待能力。

五、**创新培训机制，构建"飞地"效应**。强化接待队伍素质，创新培训机制是关键。我们应采取一事一训、以会代训、现场示范、专题讲座、"走出去，请进来"等形式，构建"飞地"效应，培养"全能型"的接待人员。

六、**创新报批机制，构建"积木"效应**。在公务接待工作过程中，务必严格贯彻执行省委、省政府办公厅和市委办、市府办有关文件的要求，规范报批手续，规范接待范围和对象，规范接待标准，规范部门职责范围，规范接待用车安排，构建"积木"效应，形成公务接待工作的良好局面。

原载《茂名日报》2006.07.23

明确接待定位　助推经济发展

公务接待工作是社会系统工程，是一项带有全局性、政治性、政策性、公务性、保密性的工作，它集中展示了本地区干部群众的精神风貌和文明程度，凸显本地区经济社会的发展水平，体现本地区风土人情、人文历史等深厚的文化底蕴。随着"工业立市""四大跨越"发展战略的深入实施和新一轮经济发展潮的掀起，茂名市的公务接待工作将迎来新一轮的接待高潮。为此，我们应从加强执政能力建设的政治高度，重新明确公务接待工作的定位，大力推进公务接待工作稳步发展，助推茂名经济跃上新台阶。

一、公务接待工作是一项重要的政治任务。公务接待工作的服务对象，主要是上级党政军和兄弟省、市的主要领导，确保接待工作安全尤为突出和重要。为此，我们要把公务接待工作作为一项重要的政治任务，切实增强政治意识、责任意识、大局意识、安全意识、保密意识，确保接待工作井然有序，万无一失。

二、公务接待工作是践行执政理念的重要内容。衣、食、住、行是公务接待工作不可或缺的主要组成部分，因而，我们要把公务接待工作作为践行执政理念的重要内容，进一步改进接待方式，坚持精干、务实、高效原则，做到轻车简从而不失礼节与体面，简化礼仪而不失文明与传统，厉行节约而不失热情与周到，努力维护和体现领导亲民爱民的形象。

三、公务接待工作是服务茂名经济发展大局的重要途径。随着"工业立市""四大跨越"发展战略的进一步实施，茂名掀起了新一轮经济发展潮。公务接待工作在茂名经济发展浪潮中，始终处于工作最前沿，是推介茂名的第一张城市名片。我们只有将公务接待工作融入经济发展大局，公务接待工作才能服务经济发展这个大局。事实证明，出色的公务接待工作为市委、市政府作出重大决策和部署提供了有力的依据，同时也为茂名经济发展抢占了先机。

四、公务接待工作是助推茂名城市发展的主要载体。能否获取更多的人才、资金、项目，为茂名的经济发展添砖加瓦，很大程度上取决于投资的软硬环境，取决于公务接待工作水平的高低。因此，各级党政领导及公务接待部门要切实转变公务接待工作与中心工作没有关系的狭隘、保守思想观念，进一步树立公务接待工作是环境、是生产力的理念，强化公务接待工作为城市发展服务意识，切实当好聚集人气的操作台、招商引资的立交桥、对外联系的高速路，以争取上级领导的重视和支持，赢取来宾的亲切感和认同感，不断提升茂名在国内外的吸引力。

五、公务接待工作是展示茂名新形象的重要窗口。提高城市外交的能力，对一个地处广东西翼的茂名来说，尤显重要。公务接待工作正是一把双刃剑，它的好与坏、优与劣，直接影响茂名的城市外交形象。因此，我们应从加快执政能力建设的高度，牢固树立公务接待工作是展示茂名新形象的重要窗口的意识，充分认识到自己的神圣使命和职责，言行举止均代表党委、政府的形象，是茂名市委、市政府的"形象大使"。

六、公务接待工作是增进彼此友谊、促进交流与合作的重要桥梁和纽带。随着"工业立市""四大跨越"发展战略的深入实施，城际间的交流往来日益频繁，大批项目合作越来越多，相互联系、相互依存、互惠互利、共同发展的关系正是通过公务接待工作这座桥梁这条纽带，为双方经济的发展打下了牢固的感情基础。

原载《茂名日报》2006.08.20

"文博会"接待工作的实践与思考

最近，笔者直接参与了由茂名市委、市人大常委会、市政府、市政协共同举办的"茂名石油·荔枝文化博览会"的接待工作。回顾"文博会"期间的接待工作，笔者感慨良多，有几点启示颇值得回味与思考。

一、谱好曲、作好词、定好调是做好"文博会"的前提之作。"茂名石油·荔枝文化博览会"以"弘扬石油荔枝文化，创建茂名和谐家园"为主题，以研讨会为主基调，以文化、娱乐为主线，活动内容既有"《粤韵同歌》唱响茂名石油·荔枝文化——广东名家名曲演唱会""大型文艺晚会《荔枝飘香·茂名欢迎您》""荔枝文化新粤剧《妃子笑》演出"等文艺演出活动，又有"弘扬石油文化全国书法名家作品邀请展""荔枝实物图片展""著名作家荔园采风"等展出采风活动；既有"发展重化工业务虚会""高力士史迹研讨会""荔枝文化研讨会""长篇报告文学《果魂》研讨会""茂名贡荔推广会"等研讨活动，又有"千人品尝荔枝大赛""荔枝小姐大赛""荔枝文化征联"等比赛活动，活动可谓丰富多彩，异彩纷呈。整个"文博会"自始至终都在"隆重、热烈、节俭、实效、有序"的气氛中进行。可见，做好"文博会"接待工作，谱好曲、作好词、定好调是前提之作。

二、机构完善、分工明确、责任到位是做好"文博会"接待工作的着力之举。举办"茂名石油·荔枝文化博览会"如此大型的活动，茂名市委、市政府十分重视，成立由市政协主席为组长、其他市领导为成员的筹备工作协调小组，协调小组下设秘书处，秘书处分设秘书组、会务组、接待组、联络组、保卫组，并制订了详细的可操作性的工作方案、活动安排表、活动指南、接待须知等。在协调领导小组的统筹协调、总体指导下，采取"谁承办、谁负责""谁家孩子谁家抱"的原则，在全力以赴做好"文博会"招待晚宴、开幕式的会务工作以及省部级领导在茂考察路线安排等工作的前提下，充分调动承办单位的工作积极性和主动性，按照具体分工，细化每项活动方案，确保每项活动有人负责，每个环节有专人跟踪，层层落实，级级把关，有条不紊、扎实有效地推进"文博会"各项筹备工作。

　　三、坚持原则性与灵活性，工作细致严谨、服务热情周到是做好"文博会"接待工作的关键之笔。"茂名石油·荔枝文化博览会"活动形式多样，内容丰富，涉及面广，盛况空前。负责"文博会"接待工作的市委市政府接待处按照协调领导小组的统一部署，举全处之力，坚持原则性与灵活性，以细致严谨的工作作风做好接待工作，对来宾的食宿安排进行统一协调，从住房、厢房、宴会厅的布局摆设到宴会台牌的设计、席位编排，再到菜式、品种的搭配等都制订了详细的接待方案。接待服务上注重由物质接待向情感接待转变，凸显接待服务的热情、好客、周到以及人性化。对参与"文博会"接待工作的人员以及接待宾馆的服务人员进行了强化培训，使每位接待工作人员都成为市委、市政府的"形象大使"，营造了和谐的接待环境。

原载《茂名日报》2007.07.15

以思想大解放创新公务接待工作

公务接待工作作为市委、市政府中心工作的重要组成部分，应如何适应新形势、新要求、新变化呢？笔者认为，关键是按照中共中央政治局委员、广东省委书记汪洋提出的"以新一轮思想大解放推动新一轮大发展"要求，以思想大解放创新公务接待工作，树立公务接待是生产力的意识，营造和谐接待环境，为茂名经济社会发展提供坚强的服务保障，从而推动新一轮大发展。

一、树立公务接待工作是生产力意识，是创新公务接待工作的前提条件。公务接待工作是一项系统工程，是市委、市政府中心工作的重要组成部分，是一个地区、城市对外的窗口和桥梁。随着新形势的发展和变化，我们要从服务工作大局出发，树立接待是软环境，接待是生产力的意识，不断丰富公务接待工作的内涵。第一，立足地方，服务大局。把公务接待工作纳入全市经济社会发展的全局来谋划、推动、发展和加强，通过公务接待活动，全面、真实地反映全市发展过程中的困难和问题，以赢取上级的政策扶持和帮助，最大范围与宾客交流发展信息和发展动态，为市委、市政府决策提供第一手材料。第二，扩大效应，塑造形象。把公务接待工作作为感情交流的平台，用真挚的感情，广交朋友，增进友谊，不断挖掘茂名本土人文文化，推介发展新成果，展示新风貌，彰显风土人情，扩大知名度，提高美誉度，提升影响力，增强亲和力，利用本地深厚的人文文化底蕴，塑造"南方油城"的良好形象。第三，以思想大解放推动招商引资大发展。通过公务活动，积极搭建招商引资桥梁和纽带，科学整合接待资源，实施接待带动战略，发挥公务接待工作在发展对外交往、促进交流合作中的优势，积极营造经济发展氛围，把更多的接待资源和接待成果转化为促进茂名经济社会发展的现实推动力和生产力，推动茂名招商引资大发展。

二、整合接待资源，创建和谐接待环境是创新公务接待工作的必然要求。作为主管公务接待工作的接待部门，要有超前眼光，用发展的思维谋划公务接待工作，在充分利用好内部接待资源的同时，进一步开放公务接待服务市场，满足公务接待服务多元化的需求，实现接待资源共享，努力创建和谐接待环境。第一，整合接待资源，实现接待资源共享。公务接待工作不是单一的，要确保公务接待任务的顺利完成，必须有多方参与，共同完成。就茂名市而言，我们既要发挥市委招待所作为全市唯一公务接待基地的优势，又要结合公务接待工作的特点和要求，通过全面评估和公开招标的形式，选择一些如国际大酒店、东园酒家等社会宾馆饭店作为定点公务接待服务单位，做到政治优先，大局为重，接待资源共享，取长补短，共同提高。第二，创新经营理念，注重特色，打造品牌。由于公务接待工作的特殊性，接待基地的经营范围涉及面较窄，经营品种单一，经营理念也过于陈旧，对此，我们要敢于改革接待基地现有管理模式，在确保完成公务接待任务的前提下，勇于挑战自我，敢于参与市场竞争，实现自身健康快速发展，对会议招待所整体划转市委招待所后，有计划有步骤地推向市场，实行分块经营；在市委招待所现有经营范围的基础上，扩建桂圆厅专供公务接待，腾出宴会厅、聚宾厅实行对外经营、市场化运作，努力打造公务接待品牌，彰显公务接待特色，凸显和谐公务接待。第三，着眼于加强交流与培训，发挥激励示范作用。按照公务接待的标准和要求，加大业务培训力度，是创新公务接待工作的必由之路。因此，要多措并举，多管齐下，采取灵活多样方式方法，定期对接待服务人员进行业务培训，经常性开展烹饪技艺、宴会摆台、客房服务、接待礼仪等练兵竞技活动，不断优化人员结构，注重培养和树立先进典型，发挥先进典型的激励和示范作用，使接待服务人员在公务接待岗位上建功立业。

三、完善工作机制，规范公务接待是创新公务接待工作的根本保障。以制度管人，最可靠最长远；以制度管事，最规范最有效。完善工作机制，规范公务接待工作是创新公务接待工作最可行最有保障的根本。第一，认真贯彻执行《党政机关国内公务接待管理规定》和《广东省国内公务接待管理规定》，进一步强化制度建设和规范管理，确保公务接待工作持续健康发展。第二，制定实施意见。规范和改进公务接待工作是大势所趋，我们有必要对原有接待工作的规定作进一步的修订、改进和完善，着力从接待范围和对象、接待标准、公务接待车辆管理、参与接待部门职责、公务接待经费、公务接待审批程序、加强组织领导和监督管理等方面规范公务接待行为。第三，强化制度建设，营造良好工作氛围。建立健全机关的规章制度，完善、细化用人、激励、接待预案等机制，营造爱岗敬业、开拓创新、与时俱进、奋发有为的接待工作氛围，推进机关作风建设，为创新公务接待工作提供强有力的保障。

原载《茂名日报》2008.04.03

念活十二字诀　演绎接待角色

公务接待作为党委、政府重要工作的一部分，如何演绎好公务接待的服务员、招商引资的推销员、地区形象的宣传员、信息沟通的联络员、参观考察的导游员这个多重角色，念活"奉献、勤恳、严谨、规范、细致、创新"十二字诀至关重要。

奉献是接待人的基本要求。接待工作既辛苦又清贫，别人上班，接待人也上班；别人下班，接待人"正在"上班，每天工作超 12 小时，且很少节假日，接待任务一来，全体人员提前到位，舍小家为"大家"。基于接待工作的政治性和特殊性，没有无私奉献精神绝对做不好接待工作。"吃得苦中苦，方为人上人"，甘于奉献，乐于清贫，耐得寂寞，守得清苦，任劳任怨，默默无闻，兢兢业业，寓乐于苦。

勤恳是接待人的素养要求。"业精于勤，荒于嬉"。接待工作涉及面广，各方面知识都要涉猎，因而，勤恳成为接待人素养要求的代名词，勤奋学习更是提升素养的重要手段。既要读书看报，博览群书，了解接待业务知识，又要参加接待业务知识和礼仪知识的培训，温故知新；既要收集茂名民间传说、人物趣闻轶事、历史掌故，又要熟悉市情、历史沿革、风土人情、人文景观和物产特产；既要掌握全市政治、经济、社会、发展战略、区域特色等情况，又要主动联系相关业务部门进行沟通协调，掌握来宾的目的、爱好、生活习惯和起居饮食等第一手材料。对来宾情况了如指掌，工作做起来就成竹在胸，如鱼得水，得心应手，信手拈来。

严谨是接待人的自身要求。从事接待要严格要求自己，谨小慎微，谨慎从事，加强自身修养；严格执行公务接待规定和有关管理制度，强化自己的执行力；严格遵守纪律，脚踏实地干工作，增强工作责任感、使命感和光荣感；严格遵守廉洁自律规定，中规中矩，不该说的不说，不该问的不问，不该想的不想，不该做的不做，增强法制观念和保密意识，严谨做接待，勤俭做接待，依规做接待。

规范是做好接待工作的内在要素。无规矩不成方圆。接待工作的规范主要体现在完善的工作制度、规范的接待行为和工作细则，对每个环节作出严格的规定，环环相扣，责任到人；完善接待报批和报告制度，手续完备，层层报批，级级把关，明确分工，各负其责；接待流程形成"流水作业"，重大接待任务的考察点、路线的踩点与勘查、住宿安排、餐饮安排、组织会见等工作，各部门上下联动，横向配合，通力协作，形成长效机制。

细致是做好接待工作的首要因素。"接待工作是生产力"，细致是接待工作成败的具体表现。因此，接待工作要凸显"细节决定成败"的理念，把接待工作想得细，想得远，想得全，做到细，做到前，做到实；建立工作前有预案、工作中有方案、工作后有档案的工作机制，确保接待工作有条不紊地进行。

创新是做好接待工作的必然要素。接待工作的提升离不开创新，没有创新，接待工作犹如一潭死水，没有活力，没有生命力，没有灵魂。接待工作的创新既要体现服务形式的创新，突出接待工作特色化、人性化、多层面、全方位服务，又要体现工作方法的创新，突破传统的、单一的工作方法，可把迎送来宾、跟车服务、情况介绍、后勤保障等接待环节交给青年志愿者组织，使接待人员从一般接待事务中解脱出来，把主要精力放到宏观、统筹安排上来；既要体现接待方式的创新，凸显特色茂名人文历史、深厚文化底蕴和风土人情、地方特色餐饮文化、鲜明的石化产业、特色现代农业、滨海新区发展战略，又要体现接待理念的创新，树立大接待理念，扎扎实实练好内功，跳出接待看接待，围绕中心干接待，再现茂名人的精神风貌，展示地方独特魅力，体现接待工作效果。

原载《茂名日报》2014.06.14

以党建为引领　推动新时代脱贫攻坚

——坡心镇七星村勠力脱贫攻坚的实践与思考

新时代脱贫攻坚的重担落在农村，如果没有坚强的农村基层党组织作为支撑，就完成不了脱贫攻坚的任务，也实现不了全面建成小康社会，更谈不上实现中华民族伟大复兴中国梦。经过三年的探索实践，省定贫困村电白区坡心镇七星村走出了一条以党建为引领，实施红色引擎计划，创建"党建+"品牌，推动乡村振兴战略实施，推进美丽乡村建设的新时代脱贫攻坚之路。

启示之一：建立健全制度，打造红色引擎，为推动新时代脱贫攻坚提供根本支撑

（一）推进"两学一做"学习教育常态化制度化。推进"两学一做"学习教育常态化制度化，是加强党的基层组织建设的一项长期任务，也是推动新时期精准扶贫、精准脱贫的重要抓手。原来七星村党的建设在坡心镇算不上很出色，但党组织的战斗力、凝聚力、向心力、组织力并不弱，这主要得益于把"两学一做"学习教育作为常态化制度化固定下来，不断创新学习载体，抓细抓实抓常抓长。七星村针对外出务工党员较多、集中学习难度大的情况，通过微信党支部、一支部一微宣讲员等教育平台，把习近平新时代中国特色社会主义思想、党的十九大精神、精准

扶贫政策、党支部活动情况传播到每个党员，夯实思想基础。今年七星村被坡心镇党委评为先进党支部就是很有说服力的佐证。

（二）健全组织生活制度。农村基层党组织作为党最底层的组织，党员的素质如何，关乎决胜全面建成小康社会，也关乎实现中华民族伟大复兴中国梦。"三会一课"制度、民主评议党员制度、党群联席会议制度、党员联系户制度、党务村务公开制度等作为最基本的组织生活制度，七星村坚持常抓不懈，把制度落到实处，推动农村基层党的建设向纵深发展，促进全面从严治党，锤炼党员的党性，保持党员先进性和纯洁性。邀请电白区领导为农村党员干部上党课，学习习近平新时代中国特色社会主义思想，举办学习贯彻党的十九大精神宣讲会和主题党日活动，重温入党誓词等，这是七星村创新党员学习载体，提高组织生活质量的有益尝试，大大增强了农村基层党组织的战斗力、凝聚力、向心力。

（三）提升农村基层党组织组织力。习近平总书记在党的十九大报告中指出，要以提升组织力为重点，突出政治功能，把基层党组织建设成为宣传党的主张、贯彻党的决定、领导基层治理、团结动员群众、推动改革发展的坚强战斗堡垒。七星村作为贫困村，深入把握提升组织力的路径，把全面提升基层党组织组织力贯穿农村工作全过程。中德大道征地拆迁、三清三拆三整治、新农村建设等，七星村注重发挥基层党组织的组织优势、组织力量、组织功能，提升基层党组织的社会动员力，引领群众听党话、跟党走，把市委、市政府的决策部署变成群众的自觉行动。

启示之二：打破传统产业，发展特色产业，为推动新时代脱贫攻坚打下坚实基础

（一）因地制宜，打破传统产业，发展特色产业。七星村没有山，传统耕作是水稻、蔬菜、花生等，没能形成规模化发展，经济效益不高，而且人均耕地不足 3 分，很多田地变成了住宅用地。因而，七星村不能像其他有山有水有地的村庄那样，发展乡村旅游，打造田园综合体和休闲农业综合体。庆幸的是，袂花江（沙琅江）绕村而过，水资源丰富，基于此，结合村情，因地制宜，打破传统产业，发展特色产业，建设蔬菜基地是七星村脱贫攻坚的必然。

（二）创新经营模式，农业增产农民增收。七星村有蔬菜种植的传统，但销售渠道零散，效率低下，而且销售价格完全受控于菜贩，群众利益受损。为此，七星村另辟蹊径，创新经营模式，成立种养专业合作社，以"公司+合作社+基地+农户（贫困户）"模式进行管理运营，安排有劳动力的贫困户到基地工作，按日取酬，贫困户年底还可分红。这样，不但农业增产农民增收，而且加快了贫困户脱贫致富步伐。

（三）实施红色引擎计划，打造扶贫产业品牌。蔬菜基地如果缺乏管理，即使投入再大的人力物力财力，收益也是微乎其微的。为此，七星村实施红色引擎计划，开展一党员一贫困户帮扶制度和党员联系户制度，发挥党员在打造扶贫产业品牌的先锋模范作用，引导群众参与蔬菜基地管理，群策群力，集思广益，广集民智，强化田间管理、蔬菜品种筛选和农药、化肥、农资产品选购等，确保每一分扶贫资金都用在刀刃上。这种"党建+产业扶贫"品牌成为电白乃至茂名党建的一面旗帜。

启示之三：开展教育文化扶贫，营造文明风气，为推动新时代脱贫攻坚提供智力支持

（一）借助七星书画社力量，推动文明风气形成。七星书画社是七星村人创办的文化载体，拥有一批土生土长而且热心家乡事业的七星书画家。七星村借助七星书画社的力量，组织书画家举办文化活动，过年时组织书画家义务为村民书写对联，不定期举办七星人书画展，活动开展富有特色，群众好评如潮。这种文化活动的开展，不仅形成了浓厚的文明风气和文化氛围，也推动了七星村精神文明建设。

（二）发挥教育资源优势，推动教育文化卫生开展。广东茂名健康职业学院拥有文化教育卫生资源优势，开展文化教育卫生下乡活动成为七星村精神文明建设的一部分。举办以"精准扶贫　幸福共享"为主题的文艺汇演，不仅丰富了群众精神文化生活，而且活跃农村节日气氛，促进农村精神文明建设；开展送医送药下乡活动，免费为贫困户和病患者诊治；给入读学院中职或高职的七星村贫困户子女适当补助或者减免部分学杂费，优先安排贫困户到后勤岗位工作等，这为推动七星村精神文明建设增辉添色、添力鼓劲。

（三）多方筹措资金，推动教育事业发展。七星村新苗小学作为坡心镇最边远的学校，大部分学生是留守儿童，学校没有饭堂。为此，七星村筹资 20 多万元为新苗小学建设面积 90 多平方米的幸福厨房；为七星小学和新苗小学购置课桌椅、校服、文化用品、播音系统、教学用具等教育设备一大批。这是七星村创新"党建+"模式，致力解决留守儿童问题的重要成果，开创了七星村教育事业新局面。

启示之四：开展民心工程，凝聚党心民心，为推动新时代脱贫攻坚提供基础保障

（一）开展硬底化村村通工程。拥有 20 条自然村近 7000 人的七星村，邻近袂花墟，农村基础设施建设并不算落后。然而，由于诸多因素制约，沟仔村、上园村、中间村以及梅花村与坡心镇清河村委接壤约 2 公里的村道仍没通硬底化。七星村把最后 2 公里村道硬底化建设作为精准扶贫、精准脱贫的重点工作提上议事日程，采取外出人员赞助一点、上级补助一点、村民自筹一点、扶贫资金出资一点、帮扶单位资助一点的办法筹措资金，党员干部带头捐资，外出乡贤主动捐资，群众自觉捐资、让地、献勤，党员群众凝心聚力，众志成城，硬底化村村通工程顺利完成，群众向脱贫致富迈出了坚实的一步。

（二）开展暖心大行动。暖心大行动是七星村开展民心工程，推动脱贫攻坚的重头戏，也是凝聚党心民心的重要体现。开展中秋和春节慰问活动是暖心大行动的重要环节，注重为贫困户出谋划策，出点子，找门路，争取早日脱贫。这种暖心大行动，不仅凸显党委、政府听民声、解民忧、纾民困的为民情怀，而且点燃了贫困户脱贫致富的信心和希望。危房改造作为暖心大行动的关键一着，不仅关乎贫困户的获得感和幸福感，也关乎决胜全面建成小康社会，为此，七星村坚持统一规划、统一设计、统一标准、统一报建、统一装修进行危房改造，解决贫困户生活的问题和困难，凝聚党心民心，密切党群干群关系，塑造党员干部良好形象。

（三）开展办公环境提升工程。七星村办公楼始建于 20 世纪 90 年代初，渗水严重，再加上办公楼旁边的臭水沟污水横流，臭气熏天，办公条件可想而知，不仅影响七星村文明形象，也严重影响为群众办事效率。七星村不等不靠不要，筹措资金 70 多万元，对村委会办公楼进行维修加固，改造升级党群服务中心；结合新农村建设，筹措资金 200 多万元，对臭水沟七星段规划，建设集健身、娱乐、休闲、排污、灌溉于一体的文化休闲综合体，不但解决了群众办事难、难办事问题，而且让群众多了一个休闲娱乐好去处，一举多得。

启示之五：实施乡村振兴战略，推动美丽乡村建设，为推动新时代脱贫攻坚提供战略动能

（一）典型引路，合力造势，突围推进。"三清三拆三整治"是新农村示范村建设的重点和难点，只有把工作做细做实，用足用活新农村建设政策，才能更有效地推进新农村建设。七星村工作起点普遍较低，经济底子较差，基础设施薄弱，脏乱差现象比比皆是，而且群众观念守旧，小农意识根深蒂固，全面推进新农村示范村建设困难大。为此，七星村采取典型引路、合力造势、突围推进的方法，组织党员、村长、村民代表参观电白孟信坡、里铺仔和吴川蛤岭等新农村建设。以力竹车村长潘成玉自觉清拆 600 多平方米、年收入 100 多万的猪栏为典型，把握中德大道征地拆迁的大好时机，合力造势，全面铺开"三清三拆三整治"工作。

（二）规划先行，打造亮点，以点带面。实施乡村振兴战略，涉及领域广，目标要求高，绝不是轻轻松松、敲锣打鼓就能实现的。因而，必须精心做好顶层设计，统筹协调、整体推进、督促落实，才能凝聚起实施乡村振兴的磅礴力量，才能推动农业全面升级、农村全面进步、农民全面发展。七星村把村庄规划放在第一步，着力点放在石屋村、力竹车、坡仔村，连片打造新农村，创建示范点，以点带面，带动整合白沙沟、中间村、上园村闲置集体用地，集中规划建设文化中心、公共卫生站、休闲小公园，推进力度大，效果显著。

（三）借力新农村示范片建设，打造一河两岸观光带。电白区决定把排河、清河、七星打造成为省级社会主义新农村建设示范片，七星村紧紧抓住千载难逢的发展机遇，借力新农村示范片建设，结合中德大道贯穿七星村全境的优势和新扩建的坡仔村蔬菜基地，重点推进沙琅江畔力竹车、坡仔村、石屋村，盘活土地资源，建设休闲公园、篮球场、垂钓观光台、休闲绿道、巷道硬底化、种植紫荆树、格桑花、百日草，开展亮化工程建设，一河两岸休闲农业观光带已然成型，美丽的城郊型乡村指日可待。

启示之六：应势而动，顺势而为，勠力前行，为推动新时代脱贫攻坚提供动力源泉

（一）提高政治站位。实施乡村振兴战略，是一项长期的历史性任务，必须提高政治站位，增强"四个意识"，凝聚强大合力，以足够的历史耐心，以踏石留印、抓铁有痕的劲头，以功成不必在我的气度，用习近平总书记"三农"思想武装头脑、指导实践、推动工作，带着对群众的深厚感情做工作，真正深入群众，真心依靠群众，真诚服务群众，保持战略定力，久久为功。

（二）尊重农民意愿。实施乡村振兴战略，是满足人民日益增长的美好生活需要的必由之路。农民对当地存在的突出问题感知最直接，优先干什么最有发言权。七星村在制定乡村振兴规划和建设乡村过程中，主动让农民参与进来，听取农民意见，找准农民需求，尊重农民意愿，让农业成为有奔头的产业，让农民成为有吸引力的职业，让农村成为安居乐业的美丽家园。

（三）激发农民首创精神。尊重农民首创精神，是农村改革40年的一条重要法宝。因而，要调动农民在乡村振兴中的积极性、主动性，激发农民的创造性，鼓励农民大胆试、大胆闯，用合理的经济回报调动农民增加产业发展投入的积极性，用有效的财政奖补机制和村民自治机制调动农民对直接受益的乡村基础设施建设投工投劳的积极性，引导农民通过自身努力改变家乡面貌，建设美丽乡村。

原载《茂名日报》2018.08.20

党建网格化推动基层治理创新实践

《茂名日报》近日报道，茂名市茂南区在实践中创新基层治理方式，探索推行"三级联动、多网融合、精准服务"党建网格化管理，"一张网"兜起基层大小事，把党建引领"一轴心"、基层治理"一盘棋"、共治共建"一条心"、共享服务"一条龙"的善治效能发挥得淋漓尽致，群众满满的获得感、幸福感、安全感。

如何改进社会治理方式，创新社会治理，打造共建共治共享社会治理新格局，这是一个永恒的主题，也是各级党委、政府必须面对的历久弥新的课题。从我市各地的实践来看，可以说各出奇招，亮点纷呈，成绩可圈可点。茂南区社会治理实践的最大亮点在于突出政治功能，凸显党建引领，彰显党的组织优势，把党建网格与社会治理融合在一起，点对点、面对面，点面结合，条块结合，一张党建网兜起基层大小事，一个网格责任党员服务一片群众，构建起"三级联动、多网融合、精准服务"的党建网格化管理格局，实现党组织与基层群众无缝对接，使基层治理方式由"上边千条线、下边一根针"向"上边千条线、下边一张网"转变。茂南区基层治理方式的创新，实现党建网格化管理覆盖全基层，把党的工作触角延伸到基层的每一个角落，促使党的组织优势转化为推进基层治理新优势，凝聚起党员、干部、群众力量，充分发挥群众主人翁作用，全面激发群众内生动力和基层治理活力，推动党建工作与社会治理深度融合。

党建网格化管理虽然不是茂南区首创，然而，茂南区党建网格化推动基层治理创新实践的经验值得借鉴和推广。聚力党建网格，以"网格"形式发挥集聚效应，一根指挥棒，一张党建网，级级传导力量，干群一呼百应，任何问题便可迎刃而解。这种指向清晰、任务明确、责任分明的双向传递方式，不仅体现了党建网格推动基层治理的创新性、实效性，而且彰显了这种基层治理制度的优越性、可复制性。在今年上半年新冠肺炎疫情防控期间，茂南区在全市率先推行"党员联系户+网格化"管理防控模式，落实网格责任党员分片包干、网格员全覆盖防控、层层压实主体责任，成效明显，实现了疫情防控和经济社会发展两不误，全区新冠肺炎病例保持零感染、零确诊，41项重点项目、97项重点工作、38项重点拆迁项目顺利推进。上半年，GDP、财政收入在全市各区县级市中唯一保持正增长。由此可见，在基层治理工作中，只要不断创新党建网格化管理方式，善作善成，久久为功，必能实现共治共建共享社会治理目标。当然，这种基层治理方式不是单向、被动的，而是双向、互动的，成为连接党和基层百姓的桥梁和纽带，成为群众反映问题、收集群众意见、传递百姓声音、解决群众诉求、纾民困、解民忧、化解矛盾的主要工作平台。茂南区官渡街道为解决雅园一巷脏乱差问题，网格责任党员深入社区，了解社情民意，倾听群众呼声，街道党工委牵头全力整治，打造融合生活服务、餐饮休闲、文化创意等元素的"夜间休闲创意经济圈"，雅园一巷焕然一新，社区群众拍手称快。由此可见，茂南区推行党建网格化管理，不断创新基层治理方式，不但在党建引领基层善治方面发挥了重要作用，而且让党建这面旗帜在基层治理中更加鲜艳，高高飘扬，也进一步增强了基层党组织的号召力、凝聚力、向心力、影响力，大大提振群众精气神，凝聚起澎湃力量。

茂南区基层治理的创新实践证明，党建网格化管理有效促进了党建网格和社会治理深度融合，上级的政策、资金、资源、项目等通过党建网格推动落实；有效发挥了"网格"在综治维稳、脱贫攻坚、扫黑除恶等工作中的作用；进一步巩固了基层党组织在社会治理工作中的核心主导地位，推动党的组织优势转化为基层治理效能，使党的工作逐级延伸到村、社区的每个角落，群众在哪里，党的工作触角就延伸到哪里，党的旗帜就扎根到哪里，实现"社会动态全掌握、公共服务无遗漏、社会管理无缝隙"的工作目标。

原载《茂名日报》2020.11.09

强化党建引领　凝聚发展力量

——广东茂名农林科技职业学院发展纪实

广东茂名农林科技职业学院自 2018 年成立以来，坚持"引领发展抓党建，抓好党建促发展"的理念，强化党建引领，凝聚发展力量，促进农业职业教育健康稳步发展，有效地提升了基层党组织的组织力和党员队伍的战斗力，推动党建优势转化为发展优势，党建资源转化为发展资源，党建成果转化为发展成果，取得了实实在在的成效。

奋力扛起乡村振兴使命

茂名作为农业大市，区域协调发展和可持续发展亟须加快提高农业人口素质。学院作为一所新创办的农业类高职院校，紧密对接地方经济和农业产业发展，开设有农林牧渔类专业 20 个，每年为茂名乃至全省输送农业应用型技能人才 4000 多人。随着茂名市乡村振兴学院在广东茂名农林科技职业学院揭牌成立，标志着我市乡村振兴工作迈向了新的高度、新的广度。

学院成立两年多来，党委主动作为，勇于担当，敢于负责，按照中共中央、国务院《关于实施乡村振兴战略的意见》《高等学校乡村振兴科技创新行动计划（2018—2022）》等有关文件精神，围绕国家乡村振兴战略的各项任务，充分调动各方力量，成立乡村振兴研究中心，组建休闲农业产业专家服务团队等，深入村镇开展乡村振兴调研，探索利用学科和专业优势服务当地乡村振兴的可行方案。依托学院的茂名农林干部培训中心、茂名市乡村振兴学院，大做"农"字文章，扎根农村，强化党建引领，大力发展农业职业教育，推动"三农"发展，以实际行动全力支持打造乡村振兴"茂名样板"，为培养农村农业技术技能人才贡献力量。

科技创新给力脱贫攻坚

学院党委坚持以科技创新给力脱贫攻坚为主线，充分发挥人才与科研优势，让科技创新在决战决胜脱贫攻坚战中得到充分发挥和展示，形成了"科技产业带动扶贫、科技示范引领扶贫、科技服务支撑扶贫"的新格局。

学院抢抓机遇，锐意改革，以新时代职业农民培训为抓手，助力乡村经济发展，探索出了一条高等职业教育服务"三农"、服务区域经济发展的新路子。学院海水稻种植及高值化加工团队已与"海水稻发现者"陈日胜专家达成合作意向，利用海水稻开发保健品（如糖尿病人的辅食等）和食品营养添加剂等进行初步研究；食品工程系与广东石油化工学院生物与食品工程学院联合申报了广东省科技专项资金项目《椰棕活性炭纤维修饰物的制备及对荔枝酒品质改良的应用示范》；与茂名农产品检测中心共同组建食品（农产品）检测应用技术协同创新中心；成功申报并承担 2020 年广东省科技专项资金项目中的 4 个项目；承担由广东省科学技术厅主导的 2019 年度中央引导地方科技发展的农村科技特派员选派对接项目，14 名教师申报成为省级农村科技特派员，对接粤西地区 33 条省级贫困村；承担村（社区）党组织书记"头雁"工程素质提升培训、新型职业农民培养和基层干部培训等工作，先后培训 5000 多人。

自 2016 年开展精准扶贫、精准脱贫工作以来，学院先后派驻 8 名能力强、素质高、熟悉农村工作、熟悉党务工作的优秀干部任"第一书记"或党建指导员或驻村工作队队员，分别到高州市长坡镇、曹江镇、马贵镇开展驻村帮扶工作，完成帮扶脱贫 52 户 100 人，充分发挥了学院人才与科研优势，为决战决胜脱贫攻坚奠定了厚实基础。

产教融合创新发展

学院以"茂名百家企业进校园"为载体，进一步完善"人才共育、成果共享、责任共担"的校企合作机制，推动学院产教融合、创新发展跃上新台阶。学院已与仲恺农业工程学院、华农温氏、广东燕糖、茂南三高渔业等大型企业签订了合作办学协议，全面开展社会服务、应用技术研究、教育教学、人员培训等合作，共同建设技术产学研合作基地，拓展学生实习和就业渠道。目前，学院已获批"广东省 2020 年高素质农民培养省级示范基地""广东省农村实用人才培训基地"，与广东万讯网农业股份有限公司携手共建"广东茂名农林科技职业学院·万讯创新创业学院"，校企合作迈上了新台阶，产教融合发展，共育技能人才。

学院十分重视人才技术技能的培养，积极组织学生参加各类比赛，以赛促学，培养学生的实践能力和创新能力，为学生提供展现才华和智慧的舞台。广大教师积极投入教学改革，以赛促教，在辅导学生参赛的过程中，不断积累参赛经验，把比赛题目、实例、成果等带入课堂，让学生从中受益。在第十届全国大学生电子商务"创新、创意及创业"挑战赛——广东选拔赛决赛中，学院作为新建高校首次参赛并取得优异成绩，"农批优选"项目获得一等奖，"华夏中药商""果鲜净""青春校叭"项目获得二等奖，"退货宝""良品购"项目获得三等奖；学院还被评为"优秀组织奖"，是全省唯一获得"优秀组织奖"的高职院校。

原载《茂名日报》2020.12.23

社会治理创新实践　打造多元"茂名模式"

据央视国际在线近日报道，茂名市创新新时代"枫桥经验"，以法治宣传、诉前化解、诉讼服务、以案释法为主要抓手，切实加强社会治理体系和治理能力现代化建设，创新社会治理新实践，打造多元解纷"茂名模式"，创建起以党委领导、政府保障、法院主导、多方联动的工作机制，为茂名打造共建共治共享社会治理新格局提供法治支撑。

社会治理是一个历久弥新的课题，不仅关乎人民安居乐业，而且关乎社会和谐稳定、国家长治久安。改革开放 40 年来，我国不仅创造了经济发展的奇迹，也创造了社会稳定的奇迹，成为世界上最有安全感的国家之一。党的十八大以来，以习近平同志为核心的党中央把社会治理摆在更加突出的位置，常抓不懈，抓细抓实。党的十九大报告明确提出，从 2020 年到 2035 年基本实现社会主义现代化的强国征程中，要基本形成现代社会治理格局，"社会充满活力又和谐有序"，并就"打造共建共治共享的社会治理格局"作出了制度性安排，开启社会治理迈向格局构建的新阶段。市委、市政府按照党中央的决策部署，多措并举，切实加强社会治理体系和治理能力现代化建设，创新新时代"枫桥经验"，创新社会治理新实践，不断打造共建共治共享社会治理格局，政治安全、社会安定、人民安宁呈现出历史性新局面，不但大大促进了茂名经济社会持续健康发展，而且大大提升了广大人民群众的获得感、幸福感、安全感。创建司法惠民服务中心，可以说是茂名加强社会治理体系和治理能力现代化建设，打造共建共治共享社会治理格局过程当中运用法治思维，创新发展新时代"枫桥经验"，创新基层社会治理模式的一种有益尝试和生动实践。这种社会治理"茂名模式"体现了"治未病——法治宣传""看门诊——诉前化解""看专科——便捷诉讼""重警示——以案释法"四大功能，实现了司法资源下沉、线上线下、多元解纷、便民高效、服务全覆盖。由此可见，多元解纷"茂名模式"，不仅丰富创新了新时代"枫桥经验"内涵，融合赋予了"好心茂名"元素，而且为干部群众搭建了"好心桥""连心桥""便民桥"，重塑党风政风民风，打造风清气正的政治生态。

无独有偶，近日《人民法院报》以《广东高州：建司法惠民中心　探共建共治新路》为题，聚焦高州，推广高州基层社会治理经验和做法，为打造共建共治共享社会治理格局提供了可借鉴的新路径和新思路。其实，高州的社会治理模式也是充分运用了法治思维和法治模式创造性地建立起司法惠民服务中心，把司法惠民服务中心建成集道交纠纷一体化处理平台、多元化远程调解平台、智能诉状生成系统、自助立案平台、多媒体播放平台等于一体的联网服务平台，可远程视频调解、远程开庭、观看庭审直播、现场立案等。只要当事人用手机扫码登录智能诉状生成系统，离婚、民间借贷、劳动合同等常见诉讼案就可以由系统通过问答形式供当事人点选，随后自动生成诉讼文书，再通过中心服务平台即时联系法院审查立案，实现调解与诉讼无缝对接。这种"互联网+社会治理"模式开创了茂名、全省乃至全国社会治理体系和治理能力现代化建设的先河。例如，市委、市政府决定在"中国荔枝第一乡"高州根子镇建设国家荔枝种质资源圃和中国荔枝博览馆两个重点项目，可有村民承包的 140 亩果园恰好位于规划范围内，因赔偿金额存在分歧而导致项目建设无法推进。后经司法惠民服务中心联动第三方机构对果园进行鉴定评估，很快就促成双方达成了解除承包合同的调解协议，最终以调解撤诉结案，不但减轻了法院诉讼，也确保了重大项目如期建设。显然，在化解纠纷矛盾当中，司法惠民服务中心的介入起了关键性作用。2020 年水果销售旺季，高州没有发生一起因荔枝、龙眼购销纠纷而起诉的案件，司法惠民服务中心也记下了头等功。

茂名创新社会治理模式，重在强化末梢感知，推动治理关口前移，自上而下、自下而上，从机关到行业，从乡镇到基层农村，从党员干部到群众，横到边竖到底，共建共治，协同管理，共同推动社会治理赋能增效。这不仅织就了一张法治网、平安网、民心网，而且增强了全民信法、守法、用法意识，也开拓了执法与普法责任并举落地见效新境界。我们相信，只要大力弘扬"好心茂名"精神，创新发展新时代"枫桥经验"，创新社会治理新实践，打造多元解纷"茂名模式"，统筹社会治理与司法惠民、防范化解重大风险等工作，凝心聚力打造共建共治共享社会治理格局，营造安全稳定的社会环境，必能为推动茂名经济社会高质量发展提供法治保障。

原载《茂名日报》2021.01.29

以党建为引领 服务乡村振兴

——广东茂名农林科技职业学院党史学习教育的实践与思考

百年征程，波澜壮阔；百年初心，历久弥坚；百年历史，常读常新。

"全党同志要做到学史明理、学史增信、学史崇德、学史力行，学党史、悟思想、办实事、开新局，以昂扬姿态奋力开启全面建设社会主义现代化国家新征程，以优异成绩迎接建党一百周年。"习近平总书记向全党同志发出了总动员令。"了解历史才能看得远，理解历史才能走得远。"作为一所创建不到 3 年的农业类高职院校，广东茂名农林科技职业学院如何立足学院实际，发挥农业特色优势，学好百年党史，传承农耕文明，办出专业特色，服务乡村振兴，这是学院开展党史学习教育的根本出发点和落脚点。

广东茂名农林科技职业学院在党史学习教育和实践中，始终充分发挥党建引领作用，把党史学习教育与全市教育系统开展"红色主题阅读、传承红色基因"教育活动结合起来，与百年校史教育结合起来，与开展"思政第一课"结合起来，与"三农"教育结合起来，与脱贫攻坚服务乡村振兴结合起来，与农村科技特派员"三下乡"志愿服务结合起来，与开展"青马工程"结合起来，全面开展党史学习教育、"三农"教育走进课堂活动，推动党建优势转化为发展优势，党建资源转化为发展资源，党建成果转化为发展成果，学院党员干部、党员老师和辅导员纷纷走进课堂，走进农村基层，走进千家万户，走进田间地头，掀起了一股"学党史、爱农业、爱农村、做农林人、服务乡村振兴"的学习教育新高潮，把党史学习教育推向了新的广度和新的高度，为推动学院党史学习教育深入开展和农业职业教育高质量发展奠定了厚实基础，提供了强有力支撑。

一、传承红色基因，创新教育载体

为了推动学院党史学习教育深入开展，广东茂名农林科技职业学院不断创新教育载体，丰富教育内容，开展党史学习教育进课堂和"三农"教育进课堂活动，传承红色基因，涵养农耕文明，培育新时代农业技能技术人才。2021年春季学期"思政第一课"，学院党委书记为师生作了题为《喜迎建党百周年——凝聚前进力量　传承红色基因》的党史学习教育专题报告会，使广大学生学党史、明初心、知使命；刚到任不久的院长也利用晚上时间为学院"青马工程"第一期的180名大学生入党积极分子讲述新中国成立70多年来中国农业农村发展的历史。作为一所农业类高校，学院十分注重大学生的思想政治教育，以立德树人为根本任务，明确办学定位、办学特色、专业特点和专业建设，教育大学生要在实施乡村振兴战略当中勇担使命，以强农兴农为己任，注重学生社会实践锻炼，学好本领，增长才干，提高职业技能素养，把自己培养成为知农爱农的新型农业技术技能人才，为推进农业农村现代化，打造乡村振兴"茂名样板"作出新的更大贡献，营造爱农业、爱农村、做农林人、助力乡村振兴的良好氛围和育人环境。自开展"青马工程"以来，学院始终把大学生思想政治教育作为"青马工程"的头等大事常抓不懈，在广大学生中组织开展专题演讲比赛、"学史感悟"征文比赛、党史教育主题班会等，不仅有力地推动"青马工程"扎实开展，也推动全院党史学习教育往深里走、往实里走、往心里走。

二、扎根农村一线，彰显青春活力

在 2021 中国荔枝产业大会暨首届广东（茂名）荔枝龙眼博览会举办期间，作为农业类高校的师生们，在学院的统一领导下，主动作为，勇于担当，义不容辞地扛起了责任，扎根农村一线，彰显青春活力，让"520 我爱荔"魅力绽放。

（一）荔枝产业游学，创新教学模式。学院生物技术系师生以茂名荔枝产业游学观摩为主线，将理论教学与产业实践紧密结合，组织园艺技术、现代农业技术专业的师生深入高州根子柏桥贡园、红荔阁、高标准"五化"果园、桥头村等开展荔枝产业实地游学观摩活动，这种寓教于"游"的教学模式，不但丰富了课堂教学内容，体现农业职业教育教学特点，而且使学生对茂名荔枝产业发展现状有更深的了解，为学生以后的就业创业打下扎实专业基础。

（二）推动产教融合，开展技术改良。学院组织专业技术团队，扎根农村开展农业科学研究，把科研写在广袤的农村大地上，把科技成果应用在农村。由生物技术系党员青年师生组成的服务茂名荔枝产业栽培、植保、食品加工、电商销售的专业技术团队，承担了茂名荔枝新品种风味指纹图谱研究工作，顶住各种压力，克服种种困难，对近年成功引进我市的 10 个晚熟优质荔枝新品种果实所含挥发性物质组成进行全面分析，并以冰荔、仙进奉、岭丰糯等一批优质晚熟荔枝品种开展良种良法配套技术研究，为茂名市建设国家荔枝种质资源圃以及茂名荔枝品种结构改良工作提供参考依据。

（三）青年志愿服务，共建农村文明。学院充分发挥青年大学生生力军作用，组织团委、青年志愿者协会与高州市柏桥小学、木广垌村委会开展共建活动，联合开展农村社会主义精神文明建设、农村思想道德建设、科技助农服务、弘扬践行社会主义核心价值观、推进农村移风易俗等共建活动；组织团员青年志愿者、入党积极分子深入高州市根子镇、大井镇等地开展"我爱荔"助农志愿服务活动，以农业专业知识帮助果农解决技术上的难题，普及农业科学知识，助力荔枝销售；开展"三下乡"志愿服务、帮扶兴学等活动，捐赠图书杂志，与当地小学开展共建"好心书屋"；组织青年学生全程参加"520 我爱荔"茂名荔枝主题晚会和 2021 中国荔枝产业大会，为活动现场提供志愿服务；组织学生参加茂名荔枝文化形象大使选拔赛，为茂名荔枝代言，弘扬好心茂名精神，践行核心价值观，传播精神文明，不断擦亮"好心茂名"文化品牌和城市品牌。

三、强化党建引领，服务乡村振兴

广东茂名农林科技职业学院自 2018 年成立以来，坚持以党建为引领，主动作为，勇于担当，敢于负责，积极服务茂名乡村振兴。按照中共中央、国务院《关于实施乡村振兴战略的意见》等有关文件精神，围绕茂名乡村振兴战略的各项任务，制订了《服务茂名乡村振兴行动方案》，细化分工，压实责任，为打造乡村振兴"茂名样板"提供有力支撑。

（一）发展农业职业教育，打造人才培养模式。茂名作为农业大市，加快提高农业人口素质是推动区域协调发展和可持续发展的关键因素。广东茂名农林科技职业学院作为全省唯一一所整合教育、农业、林业、渔业资源而创办的农业类高职院校，重点培养应用型、技能型人才，是我省农业工程、林业工程、渔业工程等应用技术的人才培养基地。学院围绕"三农"工作确定办学定位、办学特色和专业建设方向，致力打造市县干部、基层干部、新型职业农民、新型经营主体、在校大学生"五位一体"人才培养模式，实现了与茂名地方经济和农业产业发展无缝对接。目前设有生物技术系、园林工程系、动物科学系、食品工程系、经济管理系、智能工程系等 6 个二级系，开设有园林工程技术、风景园林设计、畜牧兽医、现代农业技术等农林牧渔类专业 20 个，每年为茂名乃至全省输送农业应用型技能人才 4000 多人，不但为推动全市乃至全省乡村振兴发展提供了人才支撑，而且为农业职业教育高质量发展奠定了厚实基础。

（二）开展特色培训班，培养乡村人才。随着茂名市乡村振兴学院在广东茂名农林科技职业学院的揭牌成立，标志着我市乡村振兴工作迈向了新的高度、新的广度。学院充分调动各方力量，成立乡村振兴研究中心，组建休闲农业产业专家服务团队，深入村镇开展乡村振兴调研，探索利用学科和专业优势服务茂名乡村振兴的可行方案。依托学院的茂名农林干部培训中心、茂名市乡村振兴学院，强化党建引领，引导师生扎根农村，大做"农"字文章，推动"三农"发展，为打造乡村振兴"茂名样板"，培养农村农业技术技能人才贡献力量。"广东省 2020 年高素质农民培养省级示范基地""广东省农村实用人才培训基地"两个基地的落地，为学院创新培养人才模式和办学路径提供了重要载体和平台，开展各类提升培训班和现场技术指导，为农村培养和输送各类农村技术技能人才，为茂名市培养村（社区）"两委"干部学员 895 人次，培养新型职业农民 200 人，完成茂名市村（社区）党组织书记"头雁"工程素质提升培训班和示范班

3000 多人次、茂名市"不忘初心、牢记使命"主题教育村级党组织书记示范培训 650 人、茂名市镇（街道）纪检监察干部培训 311 人；派出生物技术系高级农艺师罗剑斌，为我市广大农村创业青年讲授《互联网+农业驱动农产品新媒体营销模式探索》等课程；安排农村科技特派员党员老师带领学生团队为擦亮"茂名荔枝"金字招牌鼓与呼，深入高州荔枝全球品鉴会暨乡村振兴产业招商大会现场进行直播带货。农村科技特派员老师到荔枝销售集散地直播销售现场，送管理送技术送服务。

（三）产教融合发展，服务乡村振兴。学院坚持以科技创新给力脱贫攻坚为主线，充分发挥人才与科研优势，推动产教研融合发展，形成了"科技产业带动扶贫、科技示范引领扶贫、科技服务支撑扶贫"的新格局。学院以新时代职业农民培训为抓手，以科技为第一生产力，探索农业职业教育服务"三农"、服务区域经济发展、服务农村经济发展、服务乡村振兴发展的路径。学院海水稻种植及高值化加工团队已与"海水稻发现者"陈日胜专家达成合作意向，利用海水稻开发保健品和食品营养添加剂等进行初步研究；食品工程系与广东石油化工学院生物与食品工程学院联合申报了广东省科技专项资金项目；与茂名农产品检测中心共同组建食品（农产品）检测应用技术协同创新中心；成功申报并承担 2020 年广东省科技专项资金项目中的 4 个项目；发挥学院人才与科研优势，派驻 8 名能力强、素质高、熟悉农村工作、熟悉党务工作的优秀干部任"第一书记"或党建指导员或驻村工作队队员，分别到高州市长坡镇、曹江镇、马贵镇开展驻村帮扶工作，完成帮扶脱贫 52 户 100 人，为全市决战决胜脱贫攻坚贡献力量；承担由广东省科学技术厅主导的 2019 年度中央引导地方科技发展的农村科技特派员选派对接项目，14 名教师申报成为省级农村科技特派员，对接粤西地区 33 条省级贫困村，把科研写在大地上；团委联合创新创业中心，组织青年学生参加市第六届"助力乡村振兴"青年创新创业大赛，获得优秀组织奖，还全力以赴做好今年茂名市第七届"返乡创业·引领振兴"青年创新创业大赛组织工作；注重人才技术技能培养，组织学生参加各类比赛，以赛促学，以赛促教，培养学生实践能力和创新能力，在第十届全国大学生电子商务"创新、创意及创业"挑战赛——广东选拔赛决赛中取得优异成绩，获得一个一等奖，三个二等奖，两个三等奖，学院还被评为"优秀组织奖"，是全省唯一获得"优秀组织奖"的高职院校；在刚刚结束的 2020~2021 年度广东省职业院校学生专业技能大赛（高职组）中，有 5 个项目 13 名学生获二等奖，4 个项目 9 名学生获三等奖；学院以"茂名百家企业进校园"为契机，建立"人才共育、成果共享、责任共担"的校企合作机制，推动学院产教融合、创新发展，与仲恺农业工程学院、华农温氏、广东燕糖、茂南三高渔业等大型企业签订合作办学协议，全面开展社会服务、应用技术研究、教育教学、人员培训等合作，共建产学研合作基地，拓展学生实习和就业渠道，共育高素质技术技能人才，全面推动乡村振兴。（此文获 2021 年茂名教育好新闻奖）

原载《茂名日报》2021.06.11

从市十中的发展看茂南教育进步的密码

昨天，《茂名日报》《茂名晚报》以专题形式报道了茂名市第十中学今年高考取得的辉煌成绩，600 分以上 3 人，500 分以上 51 人，上本科线 204 人，不仅创造了该校高考历史的最好成绩，也为茂南区教育发展写下了浓墨重彩的一笔，着实可喜可贺。

茂名市第十中学作为一间最初由茂南区新坡公社创办的"农业初级中学"，栉风沐雨，历经风霜，如今发展成为一间颇具规模的广东省一级普通高中学校，而且办学成绩惊人，硕果累累。茂南教育进步的密码是什么呢？笔者认为，起码有 4 个密码值得推广和借鉴。

各级党委、政府的高度重视，成功推动茂南教育事业迅猛发展。一个地方教育发展水平的高低，关键在于当地党委、政府的重视度。毋庸讳言，茂南区的教育本来就底子薄，优质生源少得可怜，再加上所处的地理环境与其他县级市（区）根本无法比拟，与茂名市直学校更是不同档次，因而，茂南的教育始终在全市排名靠后。然而，茂南区却不甘落后，急起直追，充分发挥资源优势，加大教育投入，创新办学思路，创建特色学校，取得了很好的效果，得到市委、市政府的充分肯定和社会各界的高度评价。市十中的成功可以说是茂南区教育的一个典型，也可以说是茂名市教育的一个缩影。据有关资料显示，茂南区今年教育预算支出达 27753.61 万元，比往年增长 452.10%。由此可见，茂南区各级党委、政府越来越重视教育，对教育的投入越来越大，尤其茂南区委区政府的主要领导，经常深入基层教育一线，为学校排忧解难，办好事办实事，为茂南教育的发展可谓殚精竭虑、不遗余力。最近接任区委书记的廖述毅，始终把茂南教育发展作为工作的重中之重，到任后第一时间就深入市十中调研，与教师员工座谈交流，畅谈和谋划茂南教育发展蓝图；刚刚到任的代理区长吕国记也马不停蹄地深入基层学校了解教育发展情况，为茂南区的教育发展鼓与呼。茂名市第十中学今年高考创下了茂南区高考历史最好成绩，说明了一个简单的道理：只要各级党委政府重视，教育事业就会发展，农村家庭就能看到希望，孩子们必会绽放出彩人生。

勇于改革创新，主动作为，凝心聚力发展乡村文明。这是茂南区委、区政府发展教育事业，引领乡村文明的务实之举，也是茂名市第十中学办学的重要路径。一个地方的发展离不开改革创新，尤其在广袤的农村，没有改革就没有创新，没有创新就没有发展，没有发展就没有未来。学校作为培养人才、传播文明的地方，学校管理得好不好，不仅关系到学生的心智培育，也关系到学校的长远发展。市十中十分注重学生人格的培育和锻造，领头羊李硕亲自主导制定严格完整的评价体系，从学生的良好习惯的培养，到学生人格的塑造，从学生思想的教育，到学生素质的铸魂提升，不但体现了学校立德树人这条主线，也彰显了学校文明建设的初心使命。今年高考结束，市十中高三考生离校前自发打扫教室、宿舍卫生，清理校园杂草，整治环境卫生，让老师检查合格后才舒心离开母校。这是市十中德育教育最亮丽、最得意之笔，也是茂南区打造美丽校园、传播乡村文明最生动的注脚和诠释。

创建特色学校，彰显人文关怀。这是茂南区结合区情校情，发挥地方资源优势而推出的办学举措。创建特色学校关键在于独树一帜特色鲜明，没有特色没有亮点就谈不上特色学校。市十中根据区委、区政府的决策部署，结合学校的特点和优势，开创了一系列创建特色活动，创新活动载体。通过清明节、母亲节、教师节等开展生命教育、感恩教育，利用传统节日和法定节日开展核心价值观教育，开展"18岁成人礼""14岁集体生日"、入团宣誓仪式、少先队建队仪式等教育，开展青春主题、生命主题教育宣誓，开展主题演讲比赛、"师生齐双创·唯用一好心"主题活动、书画现场比赛、诗歌朗诵比赛、女子三人篮球赛、个人才艺表演秀、专题黑板报墙报评比等活动，创建摄影社、全媒体学生记者站（茂名日报社）、新苗文学社、书法协会等，让学生主动积极参与到特色活动当中去，展示才华，弘扬个性，展现风采。在对学生的人文关怀上，市十中更是细致入微，创建校园心理咨询室，组建心理健康工作队伍，开展全天候两小时一班轮班制，为学生提供优质的心理咨询服务；坚持每学期开展一次学生心理危机筛查，关注学生各阶段可能存在的问题。让和谐温馨的校园氛围浸润每个学生的心田，彰显人文关怀，理解与关怀、尊重与信任、平等与合作成为学校的一道亮丽风景，让学校成为孩子成长的肥沃土壤。

创新育人理念，创建师徒结对制。这是市十中结合学生成长特点和认知规律而推行的行之有效的教书育人方法。"教学模式、方法、技能不可以固定，需要根据学生实际合理使用教法，适合学生的就是最好的。"本着"不放弃每一个学生"的育人理念，市十中高三备考团队在高三实行"师徒结对制",明确辅导内容和辅导策略,要求每位教师都要有自己的"对象生""边缘生",对学生的性格特点、心理状态、成绩优劣等要了如指掌,帮助学生查找问题,寻找方法。今年高考,市十中全校师生直面生源劣势,创新高考备考策略,众志成城,奋勇拼搏,创造了茂南区高考历史最好成绩,不但彰显了"低进高出、高进优出"的办学能力,而且实现了办学质量的华丽蜕变,也推动了茂南区乃至茂名市教育高质量发展。事实证明,师徒结对制是可行的,值得各地推广和借鉴。

原载《茂名日报》2021.06.28

奏响新时代县乡人大工作最美乐章

近日,《茂名日报》"论丛"版刊发了一篇由茂南区人大常委会副主任苏莹金撰写的总结性文章《创新实践"五同"工作法书写新时代县乡人大工作答卷——茂南区县乡人大工作建设的实践与思考》。文章篇幅不长,3000余字,语言简洁,文字凝练,观点新颖,字里行间凸显了一个历久弥新的课题——如何做好新时代县乡人大工作。县乡人大工作是人民代表大会制度最基层的实践者,也是"一府一委两院"最直接的监督者,责任重如泰山。因而,开展新时代县乡人大工作,必须要"与党委同向""与政府同力""与人民同心""与法律同行""与时代同步"。这是茂南区人大常委会在开展新时代县乡人大工作中,围绕地方党委贯彻落实党中央方针政策的决策部署,结合茂南区情镇情,探索创新、总结提炼出来的"五同"工作法,政治站位高,可操作性强,可复制推广,助力经济社会发展和改革攻坚任务,为打造乡村振兴"茂名样板"提供了强有力支撑,奏响了新时代县乡人大工作最美乐章。

"与党委同向",彰显县乡人大工作的政治站位。政治站位高不高,关键在于政治意识强不强,政治观念强不强。只有政治站位高,才能凸显政治意识和政治观念强,才能坚定正确政治方向，行稳致远。"党委有部署，人大有行动。"这是茂南区人大常委会在开展县乡人大工作当中最基本最具体的表现，也是彰显"与党委同向"最生动的实践和最好的注脚。茂南区人大常委会把坚持党的领导贯穿于县乡人大工作全过程，区委的中心工作在哪里，人大工作就跟到哪里，区委的重要工作是什么，人大工作就重点安排什么，谋划工作凸显区委意图，履职行权体现区委要求。譬如，围绕区委"三大攻坚"、扫黑除恶专项斗争、人居环境整治、创建国家卫生城市、创建全国文明城市、实施乡村振兴战略等中心工作，茂南区人大常委会先后听取、审议专项工作报告 20 多次，及时开展视察、调研、询问、约见等监督活动，确保区委决策部署落地生根、开花结果。由此可见，茂南区人大常委会在开展县乡人大工作中不仅突出政治站位，而且体现"与党委同向"的政治自觉，彰显政治本色。

"与政府同力"，彰显县乡人大工作的大局意识。人大要履行监督职能，高效监督推动政府工作，关键是要找准人大工作与政府工作的切合点和着力点，寓支持于监督之中。正确监督、重点监督、高效监督，增强大局意识，"与政府同力"，是推动政府工作均衡发展、高质量发展的务实路径，也是人大监督政府工作最有效的手段。茂南区人大常委会在履行监督职责过程当中，紧紧盯住政府的重点工作和落后面，"与政府同力"，勠力同心，推行预算在线监督，看好老百姓的"钱袋子"；有针对性听取、审议专项工作报告，对突出问题整改坚决行使重大事项决定权；全面督促跟进重点项目落实，针对工作落后的项目和政府工作部门，采取约见、专题询问等方式进行专项监督，有效推动政府工作开展。譬如，2018 年以来，茂南区连续 3 年全市县域发展交流评比考核第一，鳌头镇林道村内涝及农业灌溉建设资金得以解决，白沙河黑石嘴大桥项目重新立项建设，沿江路和乙烯二区周边环境日益改善等，这与茂南区人大常委会开展专项监督、重点监督是密不可分的。在这当中，茂南区人大常委会扮演了重要角色，发挥人大职能作用。当然，如果没有政府的主动作为、勇于担当、务实创新，那么，人大的监督也就失去了应有的意义。

"与人民同心"，彰显县乡人大工作的为民情怀。所谓"与人民同心"，顾名思义，就是坚持以人民为中心，密切党同人民群众的血肉联系，与人民心连心，从群众中来，到群众中去，回应人民对美好生活的期待，体现人民利益，反映人民意愿，增进人民福祉。习近平总书记强调指出，"江山就是人民、人民就是江山，打江山、守江山，守的是人民的心。"迈进新时代，县乡人大工作如何体现"与人民同心"，彰显为民情怀，茂南区人大常委会提供了很好的经验和茂南方案。茂南区人大常委会深谙"民唯邦本，本固邦宁"个中道理，坚持"与人民同心"，定民事、民作主，听民声、解民忧，双联系、察民情，重民生、纾民困，突出民生问题导向，聚焦民生热点难点，重点关注监督民生事项，增强监督刚性，发挥人大监督作用，督促政府抓细抓实抓深，提升群众获得感、幸福感、安全感。可以说，"与人民同心"是做好新时代县乡人大工作的力量之源、动力之源。中国共产党根基在人民、血脉在人民、力量在人民，只有"与人民同心"，与人民心连心，紧紧依靠人民开展工作，才能为人民谋幸福，为民族谋复兴，为世界谋大同。

"与法律同行"，彰显县乡人大工作的法治意识。习近平总书记强调指出，"依法治国是党领导人民治理国家的基本方略，法治是治国理政的基本方式。"县乡人大担负着地方法治之重责，肩负着监督宪法法律实施和"一府一委两院"依法行政、司法公正之重担。因此，开展新时代县乡人大工作，不但要牢固树立法治意识，"与法律同行"，而且要体现法律的公平正义，让老百姓享受法治社会带来的红利，更要契合推进国家治理体系和治理能力现代化建设的时代要求，尊崇法治、敬畏法律。茂南区人大常委会充分运用"法律巡视"利剑，开展执法检查，制定工作规范，规范执法检查，落实司法监督，规范备案审查，全区法治建设有条不紊地推进，法治环境大为提升。显而易见，新时代县乡人大工作"与法律同行"，不但体现了社会主义法治社会的时代特征和时代要求，而且体现了习近平总书记法治思想的深刻内涵和精神特质，是依法治国的重要基石。

"与时代同步"，彰显县乡人大工作的创新理念。创新是一切工作的灵魂，没有创新就没有发展，县乡人大工作也不例外，只有树立创新理念，才能推动县乡人大工作不断向前发展。习近平总书记强调指出，"新形势下要毫不动摇坚持人民代表大会制度，也要与时俱进完善人民代表大会制度。"这为新时代县乡人大工作提出了新的更高要求。作为人民代表大会制度最基层的实践者，县乡人大工作必须要"与时代同步"，与时俱进，创新发展。茂南区人大常委会结合区情镇情，创新方式方法，大胆运用询问、约见等方式，创造性开展评议人大任命国家机关工作人员，探索人大任命干部、任后监督新路径新实践，丰富拓展人民代表大会制度的实践特色、时代特色，探索完善人大制度的有效途径，建立县乡人大"智库"，创新理论成果，规范建设代表联络站，激发人大工作活力，在迈向全面建成社会主义现代化强国的第二个百年奋斗目标中发挥更好的人大职能作用。

茂南区人大常委会创新实践"五同"工作法，书写新时代县乡人大工作新篇章，不但为全市各地开展县乡人大工作提供了可借鉴的经验做法，而且为打造乡村振兴"茂名样板"提供了重要支撑，也为推动茂名经济社会高质量发展贡献茂南力量，共同奏响了新时代县乡人大工作最美乐章。

原载《茂名日报》2021.08.03

科技兴农富农　赋能乡村振兴

在茂名广袤农村的田间地头、农家院落，活跃着一群农技人员，他们为农民送来了农业实用技术和教材，送来了防疫物资、化肥饲料，送来了鱼虾苗、鸡鸭苗……他们架起了农民与科技的桥梁，用脚丈量土地，把科研写在茂名大地上，用心用情推动农业科技落地开花结果，谱写了茂名乡村振兴发展新篇章。他们就是广东茂名农林科技职业学院的农村科技特派员。

建立长效机制　科技兴农富农

近年来，广东茂名农林科技职业学院认真贯彻习近平总书记关于深入推进农村科技特派员工作的有关批示精神和省委、省政府关于开展农村科技特派员工作的要求，成立了 14 支省级农村科技特派员团队，精准对接粤西地区 31 个省定贫困村。在开展科技下乡活动当中，学院坚持"人才下沉、科技下乡、服务三农"的原则，依托科技创新，积极开展科技兴农富农，推动茂名乡村振兴发展。

为充分发挥农村科技特派员团队的科技先锋作用，推动茂名乡村振兴发展，学院 14 支省级农村科技特派员团队深入田间地头和农家院落，为农民送农业实用技术教材、农业科学技术、防疫物资、化肥、鱼虾苗、饲料等，举办农业技术培训，直播带货推销农产品，研究农村规划和美丽乡村建设方案；结合贫困村实际，成立农业技术咨询微信群，推送农业科技、市场行情信息、农业技术教学资源，村民与农村科技特派员通过微信群"你问我答"形式，将农户与技术相连，开阔农户视野；团队还充分利用专业优势和人才优势，为茂名"三农"发展出谋划策，打造农业产业链，创新科技助农模式，推动精准扶贫、农业转型升级和产业融合发展。

为推动地方农业转型升级高质量发展，农村科技特派员团队在学院党委的领导下，组织编写了《养鸡实用技术》《香蕉种植实用技术》《龙眼种植实用技术》《罗非鱼养殖实用技术》等系列丛书，引领和推动茂名地区种植业和养殖业高质量发展。为贫困村量身定做符合农业农村发展的人才培养目标培训课程，通过集中面授、网络直播、网课自学、现场教学等形式开展教学活动；结合农村实际，开设现代农业经营、农村电子商务、农产品质量安全认证、沟通技巧等专业实用性课程。目前，学院农村科技特派员已开展各类培训活动 50 多场，派出农村科技特派员 100 多人次，接受培训的人员达 500 人次，提升了农民文化素质和技术技能水平，为培养农村技术能人提供了人才支撑。

最近，该学院受邀参加 2021 年高州荔枝全球品鉴会暨乡村振兴产业招商大会，安排多名农村科技特派员老师带领学生团队，到大会采摘园现场进行直播带货，为擦亮"茂名荔枝"金字招牌鼓与呼；电商专业的农村科技特派员老师根据直播销售状况进行现场指导；园艺专业的农村科技特派员针对直播间客户的提问进行专业讲解，增强客户对茂名荔枝的品种、营养成分、种植过程管理等方面的了解，提高客户对茂名荔枝优良品种的认可度。

服务特色产业　农民增产增收

学院全国模范教师、农村科技特派员张裘副教授带领团队长期服务高州多个重要荔枝龙眼基地。他们通过农业技术创新，推动农村实现标准化种植，并且不受"大小年"的影响，不但提高了荔枝和龙眼质量，使种植户收入稳中有升，而且擦亮地方品牌，提升荔枝龙眼美誉度。

为推广发展茂名百香果产业，学院食品工程系农村科技特派员团队多次深入信宜池洞镇百香果种植基地和相关加工企业调研，为贫困村和当地农产品加工公司牵线搭桥，开展产业帮扶项目，建立长效合作机制。该团队拥有多年的农产品深加工产品（果脯、果汁、果酱等）技术的积累，依托学院下属的茂名市食品工程技术研究中心，引进高科技生产技术，强化产业化示范理念，对百香果的果脯、果汁、果酱等产品研发进行技术支持。该团队还规划建设集科研开发、试验示范、成果转化和技术培训于一体的"信宜百香果区创服务中心"，研发新产品，推广新技术，推动农产品加工企业创新发展，促进农业增产农民增收。

学院还把科技服务乡村振兴活动与党史学习教育结合起来，把党史学习教育课堂搬到田间地头，制订了《广东茂名农林科技职业学院服务茂名乡村振兴行动方案》，细化分工，压实责任。党员农村科技特派员按照学院党委开展"我为群众办实事"活动要求，在今年茂名市"520我爱荔"荔枝营销大赛中开通公益助农直播间，为茂名荔枝销售贡献力量。

关爱留守儿童　助力乡村振兴

今年暑假，学院农村科技特派员老师把科技下乡与学生暑期"三下乡"活动有机结合起来，开展法律服务、关爱留守儿童、服务孤寡残疾老人等系列活动；农村科技特派员团队与乡村一线教师举行以"关于乡村教师专业发展和学生素质教育的需求"为主题的座谈会，开展心理健康服务进校园活动，有效解决留守儿童学习困难问题，增强学习信心。

学院积极发挥农村科技特派员的专业人才优势，不断探索科技特派员服务"三农"的长效机制和联动合作模式，尤其在乡村旅游资源开发、乡风文明、美丽乡村建设、乡村治理体系和治理能力提升、农村电商平台等方面，得到了省科技厅、市科技局、市农业农村局的充分肯定，也得到了广大农村群众的认可和信赖。

原载《茂名日报》2021.08.22

《茂名晚报》2021.08.20

《南方+》2021.08.20

生活感悟

数据多跑路　群众少跑腿

　　《茂名日报》近日报道，高州市镇江镇 15 个村（社区）群众办理高频事项不用再往乡镇和县城跑了，只要在村党群服务中心动一动手指头就能办妥。让数据多跑路、群众少跑腿成为高州"办事不出村"制度的主要特征和最大亮点。这是高州市贯彻落实广东省、茂名市关于"数字政府"改革决策部署，着力推进政务服务向村（社区）基层下沉的便民利民之举，真正打通了服务群众"最后一公里"。

　　生活在茂名广大农村的群众，过去办事必须往镇里跑，往县城跑。地处偏远山区的群众来回一天，要是办成那是幸事，办不成那是常事。如此一来，群众不仅要耗时耗力耗钱，甚至还会因工作人员的"吃拿卡要"等不良作风而受气受罪。要是能在家门口办理自己想办的事，那是群众梦寐以求的事情。为了解决服务群众"最后一公里"问题，让数据多跑路、群众少跑腿，今年年初，中共中央办公厅、国务院办公厅出台了《关于推进基层整合审批服务执法力量的实施意见》，明确提出要加强村（社区）综合服务站点建设，推动基本公共服务事项进驻村（社区）办理，推进村级便民服务点和网上服务站点全覆盖，积极开展代缴代办代理等便民服务，逐步扩大公共服务事项网上受理、网上办理、网上反馈范围。广东省、茂名市结合省情市情，强力高位推进基层公共服务改革，深入开展审批服务便民化。高州市率先在茂名地区开展"办事不出村"试点，按照"一窗受理""一网通办"的顶层设计，实行"无差别受理"，全面提升村（社区）党群服务中心服务质量和服务水平，使村级80%的高频事项都能在村（社区）党群服务中心网上受理，让数据多跑路、群众少跑腿，实现了"办事不出村"，打通了服务群众"最后一公里"。

高州按照"试点先行、逐步推开、整体覆盖"的工作思路，不等不靠，主动作为，精心谋划，以点带面，点面结合，分步推进，从深入镇村调研到选定试点镇村，从高频事项的梳理到办事流程的制定，从网络平台的搭建到信息系统的录入，都围绕群众"办事不出村"而展开。"一窗通办"作为群众"办事不出村"线下办事的一个实体服务平台，是推行"办事不出村"制度的关键，因此，整合村级党群服务中心各项行政资源，是开展"一窗通办"的必然选择。整合村级"综合服务窗口"，为"网上受理、网上办理、咨询、代缴、代办、代理"等政务服务工作奠定了坚实基础。"一网通办"作为村级政务服务在线审批平台，村村通网络自然而然成为"办事不出村"的基础条件，也是打通服务群众"最后一公里"的前提。从高州镇江镇推行"办事不出村"的情况来看，能在网上办理的事项涉及民政、计生、社保、国土、村建、公安等部门，诸如最低生活保障救济待遇审核、五保待遇审核、建筑工程施工许可证核发、乡村建设规划许可证核发、建设用地（含临时用地）规划许可证核发、出生入户、流动人口婚育证明、生育登记和再生育审批等。这些高频事项都与群众生产生活息息相关，而且涉及群众切身利益，绝不能敷衍了事。由于"办事不出村"这项工作尚处于试点阶段，需要完善的地方很多，需要下放的事项也很多，譬如，医保支付、护照通行证、行驶驾驶、生活缴费、交通出行、"普惠金融"助农取款、邮政快递等便民服务还未接入平台和终端，办事流程、办事指南、工作制度等尚需进一步细化完善。

任何一项新制度的推出，在执行的过程当中难免会遇到这样或那样的困难和问题。因而，各级党委、政府在推进"放管服"改革当中，该放的要放到位，该管的要管到家，该服务的要强化责任担当，提质增效，为打通服务群众"最后一公里"，提升群众获得感、幸福感、安全感而多做好事，多办实事，而且要把事办实办好办完美；党员干部要切实当好勤务员、服务员、信息员、办事员，让数据多跑路、群众少跑腿真正成为茂名广袤农村一道独特而亮丽的风景。

原载《茂名日报》2019.08.21

"篱笆村"的蝶变并非偶然

一户户人家、一幢幢楼房、一缕缕炊烟、一畦畦菜地、一道道篱笆……诗意般的田园风光成为"篱笆村"高州市长坡镇潭坑村独特而亮丽的风景。笔者曾经带领广东茂名健康职业学院驻电白区坡心镇七星村、且场镇红花坡村的驻村干部参观过那条"篱笆村",印象颇为深刻,而且感触很大。为何一条山旮旯的乡村会蝶变成为远近闻名的美丽乡村,个中奥秘真的值得各级党委、政府和农村基层党员干部们思考,成为当下推进社会主义新农村建设一道历久弥新的课题。

"篱笆村"最具特色、最大亮点就是"一道篱笆绕村中,小径长扫净无尘",也是"篱笆村"最引以为豪、最为得意之作。一条乡村小道伴随着山势蜿蜒弯曲,绿树成荫,干净整洁;一条河流沿着逶迤的山岭流向高州水库,川流不息,浩浩荡荡;一道道素雅的竹篱笆、一垄垄绿色菜地、一幢幢别致的现代楼房掩映在绿树红花当中,交相辉映,勾勒出一幅浑然天成诗意般的田园风景。难道依山傍水的"篱笆村"凭借一道篱笆就能蝶变成一条美丽乡村?答案是否定的。在笔者看来,"篱笆村"的蝶变并非偶然,更不是简简单单的一道篱笆便成就了美丽乡村,而是"篱笆村"在加快推进新农村建设当中打破僵化思维,创新工作思路，结合村情，因村施策，党建引领，灵活机动，点面结合的结果，颇具推广和借鉴意义。

依山傍水、山清水秀、风景秀丽是潭坑村最大的村情，也是最大的自然优势。只有结合村情，因地制宜，以点带面，点面结合，才能把潭坑村打造成为看得见山、望得见水、记得住乡愁、留得住记忆的美丽乡村。镇村干部经过深入调研，充分听取群众意见，集思广益，广集民智，深挖"竹文化"内涵，融合"竹文化"元素，用最原始的材料、最省钱的竹篱笆整治人居环境，打造诗意般的田园风光，一幢幢民居因一道道素雅的篱笆而使农村变得活灵活现、动感十足、魅力四射。这是结合村情，因村施策，灵活机动建设美丽乡村的生动实践。

发扬主人翁精神，激发群众内生动力，这是"篱笆村"社会主义新农村建设的最亮丽底色。潭坑村在新农村建设当中，想方设法激发群众内生动力，凝聚群众的磅礴力量，让群众成为新农村建设的主力军和中坚力量。群众参与热情高涨，积极主动清运生活垃圾、河道淤泥 500 余吨，拆除危旧废弃房屋 400 多间，清除房前屋后杂竹杂木，对空地闲地进行复垦复绿。由此可见，群众的力量不可小觑，这是推动农村人居环境整治不可或缺的重要力量，是推进社会主义新农村建设最亮丽的底色。

党建引领，党员干部率先示范，主动作为，这是"篱笆村"蝶变的关键因素。俗话说，火车跑得快，全靠车头带。潭坑村的蝶变并非偶然，也不是说变就变的，关键在于长坡镇委、镇政府和潭坑村党支部坚持以党建作为引领，致力创建"党建+"品牌，发挥基层党组织的领导核心作用，党员干部率先示范，凡事冲在前，不计较个人得失，主动作为，敢于担当，给力新农村建设。

打造宣传教育阵地，引领文明新风尚，为"篱笆村"蝶变提供强有力的舆论支撑。新农村建设是一项复杂的系统工程，只有全社会形成共识，打造宣传教育主阵地，才能有效推动新农村建设，引领文明新风尚。潭坑村在村道的显眼位置设置党建和新农村建设宣传栏；利用村村通广播，开展每日一讲一宣传；编印工作案例，发放村民传阅学习，指引每家每户围起漂亮而整齐的篱笆；教育引导广大学生监督劝导家长，共同参与人居环境整治，引领文明新风尚。

引进考评机制，建立长效监督，为"篱笆村"蝶变提供机制保障。结合门前三包责任制，开展"全民清洁日"和微信视频"巾帼评家园"活动，评分细则切合村情，符合实情，全过程公平公开公正，有图有真相，可操作性强，形成一种长效的考评和监督机制，为"篱笆村"的蝶变提供了机制保障。

原载《茂名日报》2019.11.06

清风常拂面　初心永不忘

近日，《茂名日报》和《茂名晚报》都刊发了长篇通讯《高州市南塘镇彭村十年回望："一秤"度春风　初心常拂拭》。笔者细细品读，感触颇深，文章如清风拂面，令人心旷神怡，满满的正能量，正所谓：清风常拂面，初心永不忘。

10 年前的南塘镇彭村还是一条名不见经传而且脏乱差、治安复杂、贫穷落后的乡村，后来凭借一把"良心秤"而走进公众的视野。其实，彭村尽管穷得叮当响，然而，彭村人穷却志不短，拥有一颗良心，凭借一把"良心秤"称出了良好党风，称出了为民政风，称出了淳朴民风，称出了好心与善良，称出了诚信与包容，称出了文明与进步，称出了全国乡村旅游示范村、全国妇女之家示范点、全国和全省民主法治示范村、全国无邪教示范村、广东省文明村、茂名市十大美丽村庄，成为春赏桃、夏赏莲、秋赏葵、冬赏紫荆的"网红"景点，彭村群众的幸福感、获得感、安全感大为提升，处处荡漾着文明怡悦之风。

从彭村 10 年发展的历程当中，我们不难看出，"彭村模式"的个中奥秘既简单又复杂。简单就简单在彭村人凭着良心做好人做好事，用一把"良心秤"称出自己的良心，清风常拂面，初心永不忘。而复杂则复杂在所谓的"良心秤"并不是日常人们所说的简简单单的"秤",而是颇具现实意义又影响深远的精神之"秤"。这把"秤"能窥见人的内心世界,彰显社会的文明与进步,引领新风尚,展现新风貌。彭村的脏乱差、治安复杂、贫穷落后,是地理环境、历史等诸多因素造成的,而不是人为因素。令人欣慰的是,彭村党支部和党员干部能正确正视存在问题,认识发展的短板和不足,并把检视问题转变为行动的自觉,敢于亮家丑,敢于刀刃向内,敢于向不良现象亮剑说不,坚守初心,勇担使命。彭村从名不见经传的乡村走到如今风清气正、声名鹊起的全国文明村,个中的艰辛和付出是常人难以想象的,经历了一个由"杂返纯""浊成清""蛹成蝶"的蜕变过程。在蝶变过程当中,彭村党支部并不落入俗套,而是结合市情村情,打破藩篱,务实创新,与打造"好心茂名"文化结合起来,与创建广东新时代"枫桥经验"结合起来,与培育践行社会主义核心价值观结合起来,与廉政文化建设结合起来,与"不忘初心、牢记使命"主题教育结合起来,与农村人居环境整治建设"小菜园、小花园、小草园"结合起来,引导培育干部群众践行"贪一罚万"的廉洁精神、"给一做二"的干事精神、"人人做义工"的奉献精神、"良心秤"的诚信精神,推动"彭村模式"不断积淀升华、创新发展,走出了一条共建共治共享的社会治理格局新路子。

"彭村模式"从本质上说是凝魂聚气、提升精气神的重要载体和催化剂,是"好心茂名"精神的传承和发展,是崇德向善高尚品格的彰显和张扬。从另一个层面来说,彭村的蝶变也是乡村振兴发展的生动实践,成为社会主义新农村建设最亮丽的底色。乡村振兴发展的根本出发点和落脚点就是为了让亿万农民生活得更加美好,而乡村振兴的关键就在于产业兴旺,只有大力发展农业产业,才能推动农业全面升级、农村全面进步、农民全面发展。"彭村模式"的打造除了"良心秤",更重要的是,以党建作为引领,做大做强"良心"品牌,推动"一村一品"龙头产业发展,"良心薯"品牌的塑造就是彭村致力打造新产业新业态而推出的务实路径,构筑起产业富民之路。

以德润村,以德育民。"良心秤""良心薯""良心亭""良心湖"……独具特色的"彭村模式",不但为创新基层社会治理、深化平安茂名建设提供了可借鉴可复制的样板和经验,而且为擦亮"滨海绿城 好心茂名"文化品牌和城市品牌提供了强有力支撑。我们期待"彭村模式"在广袤的茂名大地遍地开花,美丽绽放。清风常拂面,初心永不忘。

原载《茂名日报》2019. 11. 18

最美"逆行者" 好心茂名人

　　一场突如其来、波及全国的新型冠状病毒感染的肺炎疫情牵动着亿万人民群众的心。面对来势汹汹的疫情，茂名市委、市政府始终站在讲政治的高度，举全市之力，精心组织，周密部署，运筹帷幄。各级党委、政府和党员干部一呼百应，众志成城，勠力同心，共克时艰，积极践行好心茂名精神，为打赢这场疫情防控阻击战凝聚起磅礴力量。

　　疫情就是命令，防控就是责任。面对突如其来、来势汹汹的疫情，任何有责任、有担当的党委政府和党员干部，绝对不会袖手旁观、熟视无睹、无动于衷。实践证明，越是重要关头、关键时刻，越能展现党委政府的责任担当和务实工作作风，越能锻炼党员干部的驾驭能力和组织能力、考验党员干部的担当精神和全局观念、体现党员干部的政治素质和党性修养、凸显党员干部的宗旨意识和为民情怀。在这场关乎人民群众生命安全和身体健康，关乎社会稳定大局的疫情防控阻击战中，我市广大党员、干部坚定站在疫情防控一线，作表率、打头阵，切实发挥好"头雁"作用。近日，首支茂名医疗队集结出发驰援新型冠状病毒感染的肺炎疫情重灾区湖北省武汉市，不仅是积极践行好心茂名精神、打造"滨海绿城好心茂名"的生动实践，也是"好心茂名"

人主动作为、勇于担当的最好注脚。在这争分夺秒、生死攸关的时刻，他们作出了"逆行"抉择，气壮山河，令人肃然起敬。市委、市政府主要领导现场为他们授旗、欢送、鼓气，为打赢这场疫情防控阻击战凝聚起磅礴力量，提供了坚强的政治保证和组织支撑。

最美"逆行者"，好心茂名人。"目前疫情暴发，我是党员，有16年的护理经验，没有理由不去支援。有战争就会有牺牲，如果自己回不来，我也不后悔自己的决定。作为支部书记，我会竭尽所能保障每个队员的生命安全，带领他们平安回家！"作为广东茂名健康职业学院校友、高州市人民医院抗击新冠肺炎第二临时党支部书记、心血管资深主管护师邱艳，话语掷地有声，令人动容。茂名市人民医院重症医学科主管护师李锋和同医院康复医学科主管护师邓美婷夫妻两人同时报名请战，李锋入选我市首批援助湖北的医疗队队员，逆向而行上前线。茂名市第十七中学邵泽华老师在节前回到老家武汉，听闻雷神山医院建设劳力奇缺，邵泽华主动报名并在当日凌晨赶赴指定地点集合参加援建活动。正因为有这样挺身而出的最美"逆行者"，身先士卒，英勇奋斗，扎实工作，才造就了今天"好心茂名"的城市品牌。他们有着大无畏精神，奋不顾身，冲锋在前，打头阵，作表率，切实把责任扛在肩上，做到守土有责、守土担责、守土尽责，坚守岗位、靠前指挥，第一时间掌握疫情，第一时间采取行动，第一时间发声指导，在残酷的防控疫情阻击战中经受住考验和血的洗礼。他们身上体现的是临危蹈难的大智大勇，彰显的是舍我其谁的责任担当。

习近平总书记指出："全党同志要牢记自己的第一身份是共产党员，第一职责是为党工作，做到忠于组织，任何时候都与党同心同德。"信心贵于金，行动胜于言。广大党员干部要强化责任担当，把党徽戴起来，把责任扛下来，把工作担起来，当好群众的贴心人和主心骨，做疫情防控阻击战的坚强战士。只要把人民群众生命安全和身体健康放在第一位，把投身防控疫情第一线作为践行初心使命、展现责任担当的试金石和磨刀石，把党的政治优势、组织优势、密切联系群众的优势转化为疫情防控的优势，不断增强"四个意识"、坚定"四个自信"、做到"两个维护"，必能凝聚起众志成城、全力以赴、共克时艰的强大正能量，赢取疫情防控阻击战的伟大胜利。

原载《茂名日报》2020.02.03

从冼夫人文化看"好心茂名"
城市品牌的塑造

近段时间，"冼夫人文化"一词成为茂名、广东乃至中央各大媒体使用的高频词。这主要源于电视剧《冼夫人传奇》开机发布会在北京举行，"中国巾帼英雄第一人"冼夫人从文献记载和民间传说走上了荧幕，彰显了冼夫人个性张扬与民族大义完美融合的人格魅力。

"北有花木兰代父出征，南有冼夫人威震岭南"。冼夫人作为茂名人民心中的精神图腾，作为一种富有地方特色的文化符号，已深深地融入每一个茂名人的工作和生活当中。"冼夫人文化"作为一种富有地方特色的文化符号，成为茂名城市建设发展的精神内核熔铸到城市血脉当中，根植于茂名大地，传承于茂名大地，发展于茂名大地，影响着茂名 1500 多年。从《茂名市冼夫人文化发展纲要》中，我们看到了冼夫人文化的传承与发展更加系统化，看到了冼夫人文化的标识更加突出，看到了冼夫人文化独具茂名地方特色的文化魅力。从古色古香、浑然一体的高州冼太庙，到历史悠久、香火鼎盛的高凉岭冼太庙；从古高凉地区冼氏发源地长坡雷峒村，到文物文化全国独一无二的"冼夫人故里"电城镇山兜村"三冼"冼墓（隋谯国夫人冼氏墓）、冼庙

（娘娘庙）、冼府（故居遗址）；从高州市马贵镇摩天小镇，到茂名水东湾新城南海旅游岛影视基地；从如诗如画的好心湖茂名露天矿生态公园，到全国首条贯穿中心城区的生态绿道"好心绿道"，这些带有明显冼夫人印记的文化标签，记录着茂名传承发展冼夫人文化、演绎践行冼夫人"唯用一好心""好心茂名"精神、塑造"好心茂名"城市品牌和文化品牌的发展轨迹。冼夫人的一生功勋卓著，深受爱戴和敬仰，"爱国、团结、为民、向上"的冼夫人精神承载着一代又一代茂名人的期盼，以民为本、融和百族、维护国家统一、促进世界和平的时代光芒辉耀八方。

冼夫人作为一个传奇的历史人物，作为一种特殊的地方文化符号，不仅是茂名的，也是中国的，更是世界的。历经 1500 年的岁月洗礼，冼夫人在波澜壮阔的人生中所形成的精神价值和精神内核，逐渐凝聚成极具岭南特色的文化瑰宝"好心精神"。作为冼夫人文化的"根"和"魂"，"好心精神"契合了社会主义核心价值观与茂名地方特色传统文化。独具岭南特色的"好心精神"不仅体现冼夫人的文化思想和文化内涵，而且与社会主义核心价值观高度契合，成为"好心茂名"文化品牌和城市品牌的精神特质，成为中华民族爱国主义精神在岭南地区和少数民族地区的生动实践和最好注脚。作为冼夫人土生土长的地方，茂名市委、市政府十分重视冼夫人文化的传承与发展，积极演绎践行"好心茂名"精神。近年来，致力建设"好心书屋"，弘扬冼夫人的"好心精神"，擦亮"好心文化"城市名片，打造"好心书屋"品牌样板工程，传承优良文化传统，发展特色文化，倡导全民阅读，提升城市文化底蕴；2018 年、2019 年连续两年举办"好心茂名"冼夫人文化周，节目内容丰富，活动异彩纷呈，一改以往冼夫人文化活动"有活动无品牌、有计划无统一"的状况；茂名日报社主办的北部湾城市群冼夫人文化宣传大使评选，也成为弘扬冼夫人文化的品牌活动。拍摄电视剧《冼夫人传奇》，把冼夫人的光辉形象搬上荧幕，更是茂名传承发展冼夫人文化，演绎"好心茂名"精神的生动诠释，具有重大的现实意义和历史意义。其实，除了茂名、海南等地致力传承发展冼夫人文化外，东南亚国家的华人华侨也都以不同形式来传承发展冼夫人文化。19世纪，大批华人南下东南亚国家，把家乡的信仰和风俗习惯带到了当地，冼夫人文化也随着华人的足迹走进了泰国、新加坡、越南、马来西亚、印度尼西亚等东南亚国家，推动茂名冼夫人文化在东南亚国家得以进一步扩大，影响深远。譬如，泰国首都曼谷有一座特殊的庙宇——正顺圣娘庙，供奉着冼夫人神像，这是来自海南、广东等地的华侨华人祭祀祈福的一个重要场所，每逢节庆时节，热闹非凡，也吸引了泰国其他族裔人们前来膜拜，成为冼夫人文化传承之地。新加坡现存唯一的冼太庙，是60多年前华人从海南去到新加坡，在自家中供奉冼夫人神像以寄托乡思、祈愿求福，但是谁也没有想到，这竟成为当地华人华侨信奉冼夫人、传承冼夫人文化之重要场地。

文艺是时代前进的号角，最能代表一个时代的风貌，最能引领一个时代的风气。各级党委、政府要以拍摄电视剧《冼夫人传奇》为契机，凝聚起澎湃力量，讲好冼夫人故事，传播冼夫人文化，奏响冼夫人文化传承发展最强音，走出旅游业和文化产业发展新高度，为推动茂名高质量发展提供文化力量和精神支撑。

〔此文获中共茂名市委党校、茂名日报社联合举办的"茂名地方特色文化研究"（2020年下半年度）征文三等奖〕

原载《茂名日报》2020.11.18

美丽乡村建设为乡村振兴赋能提质添彩

　　12月20日茂名发布报道，在第二届"广东十大美丽乡村"系列评选活动中，高州市根子镇元坝村获评"广东十大美丽乡村"，茂南区"好心湖畔田园综合体"精品线路获评"广东美丽乡村精品线路"，信宜市东镇街道旺同村获评"广东粤菜师傅名村"，高州市宝光街道丁堂村获评"广东贫困村创建名村"。消息甫出，引起社会强烈反响，笔者也难以掩映心中兴奋。

　　面对沉甸甸的农业金字招牌，我市各级党委、政府和党员干部着实付出了很多，成绩来之不易。近年来，市委、市政府以实施乡村振兴战略为总抓手，以点带面、点面结合，示范引领、辐射带动，重点突围、步步为营，集中力量、统筹推进"千村示范、万村整治"工程，全域推动生态宜居美丽乡村建设，"农业强、农村美、农民富"的乡村全面振兴画卷一步一步地在茂名大地美丽绽放。茂名各地的美丽乡村建设因地制宜，奇招迭出，富有特色，各美其美，美美与共，不仅凸显镇情村情乡情，而且留得住记忆、留得住乡愁，一幅幅如诗如画、美轮美奂的乡村全面振兴画卷跃然世人的眼前。

　　元坝村，与浮山岭隔岸相望，小东江绕村而过，连绵起伏的小山丘，漫山遍野的荔枝树。随着美丽乡村建设的推进，元坝村一跃而成为"广东十大美丽乡村",个中奥秘值得我们思考和探讨。"一果兴,百业旺"。元坝村凭借一颗小荔枝撬动了一个大产业,一个大产业造就了一条美丽乡村,一条美丽乡村引领推动茂名乡村全面振兴。元坝村以美丽乡村建设为载体,在不断拉长荔枝产业链,打造农产品深加工、仓储物流、观光旅游、民宿餐饮等新业态新模式的同时,强化对荔枝产业的赋能提质,赋予荔枝文化内涵,推动岭南乡村风貌和荔枝产业深度融合,打造世界最大连片荔枝林中心带和岭南乡村风貌带,建设富有岭南风格特色的村庄民居,推动美丽乡村建设。元坝村依托大唐荔乡文旅产业,成为远近闻名的"网红村",古荔园、红荔胜境、水墨桥头、滨水碧道、风雨廊桥等网红打卡点,风景宜人,成为国家森林乡村、首批广东省美丽乡村精品线路、茂名市乡村振兴"精彩100里"精华的一部分。显然,立足资源优势,做大做强特色产业,发展美丽乡村经济是元坝村取得"广东十大美丽乡村"的制胜法宝,也是我市打造乡村振兴"茂名样板"的题中应有之义。

元坝村的成功创建,可以说是打造乡村振兴"茂名样板"的一个缩影,也是茂名实施"千村示范、万村整治"工程的一个亮点。近年来,我市持续开展"三清三拆三整治"、道路、垃圾、污水、厕所革命、集中供水"六大攻坚"行动,全市农村100%完成了"三清三拆三整治"和村庄规划,98.51%自然村完成了村道路面硬化,95.82%完成集中供水,生活垃圾收运处置体系覆盖100%行政村,保洁覆盖率达99.67%。茂南区"好心湖畔田园综合体"的创建,是实施"千村示范、万村整治"工程的生动实践,也是茂名推动乡村全面振兴的一个点睛之笔。为何这样说呢?在第二届"广东十大美丽乡村"系列评选活动当中,全省有124条美丽乡村精品线路参与评选,结果茂南区"好心湖畔田园综合体"脱颖而出，成为 20 条精品路线中的一条，这足见茂南区"好心湖畔田园综合体"的实力和魅力。牙象大地艺术公园作为"好心湖畔田园综合体"的首期示范区，占地 1000 亩，游客广场、艺术稻田、艺术花海、百果园、农耕博物馆、田园书店、大地艺术展等特色项目，色彩斑斓，点缀乡村；"世界名画"惊艳亮相千亩稻田，通过艺术形式赋予田园综合体新的生命、新的动能、新的活力；作为首个国家农业综合开发融合发展试点示范项目，"好心湖畔田园综合体"串联沿线 7 个村庄，村庄道路喷涂统一色彩，配上活泼鲜动的彩绘图，寓乐于图，寓教于图，化教于人，成风化雨，润物无声，动静相宜，相得益彰，令人叹为观止。

打造乡村振兴"茂名样板"，让人民群众的获得感成色更足、幸福感更可持续、安全感更有保障，不仅要按照乡村振兴战略"产业兴旺、生态宜居、乡风文明、治理有效、生活富裕"的总要求，抓细抓实，抓常抓长，而且要着力推动现代农业产业园区建设，发挥农业产业园示范引领作用和辐射带动效应。令人欣慰的是，近年来，茂名紧紧抓住现代农业提档升级的发展机遇，以农业产业园区建设为龙头，实施园区联农带农机制，坚持"三产"融合发展，全市创建了 12 个国家和省级农业产业园区，构成了 1 个荔枝国家现代农业产业园、1 个国家农业科技园区、2 个国家级田园综合体、8 个省级现代农业产业园的"1+1+2+8"现代农业新格局。在现代农业产业园区的引领下，重点塑造荔枝、化橘红、三华李等农产品品牌，促使"茂字号"农产品品牌越擦越亮，农村的人气和农村的经济也随之被带动起来。各级党委、政府围绕粮食、蔬菜、水果、竹木、畜牧、水产、蚕桑、南药、油料、糖蔗等特色农业产业大做文章，成功打造了平原片粮油蔬产业带、沿海片海洋经济产业带、丘陵片林果畜牧养殖产业带、山区片林果药龟鳖养殖产业带"四个产业带"和沿海水产加工、中部水果加工、北部竹木加工"三个加工集群"。"广东粤菜师傅名村"信宜市东镇街道旺同村、"广东贫困村创建名村"高州市宝光街道丁堂村就是在农业产业大发展的背景下强势崛起的美丽乡村代表。

广袤的茂名大地，到处呈现出一派欣欣向荣、生机勃勃的繁荣发展景象。我们有充分的理由相信，在各级党委、政府的坚强领导下，不久的将来，"农业强、农村美、农民富"的乡村全面振兴画卷将变成现实，群众的获得感成色更足、幸福感更可持续、安全感更有保障。

原载《茂名日报》2020. 12. 21

奏响新时代农业农村发展最强音

媒体近日报道，高州市被定为全省 23 个"广东省率先实现农业农村现代化试点县"之一，成为茂名地区加快农业农村现代化先行先试的唯一一个县（市、区）。加快农业农村现代化是一项历久弥新的课题，面对在全省率先实现农业农村现代化、示范引领茂名市率先实现农业农村现代化的目标，高州试点任务的艰巨性可想而知。因而，各级党委、政府必须全面奏响新时代农业农村发展最强音，坚持把解决好"三农"问题作为各项工作的重中之重，举全市之力推动乡村振兴，促进农业高质高效、乡村宜居宜业、农民富裕富足，打造新时代"三高"农业升级版，推动农业全面升级、农村全面进步、农民全面发展、新型城乡关系全面形成，为"十四五"开启新征程、实现新发展提供强有力支撑。

高州"三高"农业发展的成绩令人瞩目，享誉中外，这主要得益于高州农业基础扎实深厚、自然条件优越、地理环境得天独厚、农耕文化悠久灿烂。高州作为广东省农业大市（县）、全国水果第一市（县）、中国荔乡，"三农"工作一直是党委、政府各项工作的重中之重，始终围绕"农"字大做文章，注重调整优化产业结构，大力发展以粮、果、蔬、畜、鱼为主的特色农业，推动农业生产向特色化、规模化、品牌化转型升级，打造农业产业新业态新模式，不断延伸农业产业链，撬动绿色农业大发展，形成了91万亩粮食生产基地、39万亩蔬菜生产基地、130万亩水果生产基地，构建了1个国家级现代农业产业园、1个国家级田园综合体、2个省级现代农业产业园，获评国家地理标志产品5个、国家名特优新农产品8个，省级农业龙头企业27家，农产品加工企业129家；注重生态养殖新模式的探索，引进温氏、京基、海大、德康等集团公司，投资58亿元建设4个生猪养殖一体化项目，成为推动茂名加快现代农业产业发展的新引擎；高州还与华南理工大学乡村振兴与发展研究院开展深度合作，共建粤西分院和智慧农业云平台项目，打造数字农业新业态，为茂名新时代农业产业发展赋能提质，把茂名乡村振兴发展推向了新高度、新广度。尤其值得一提的是，高州荔枝产业年产量占全国的十分之一，从生产、加工、冷链、物流、销售，到产品开发、品牌打造、文化创意、休闲旅游等，已构建起多元化、多维度、立体式的产业链。对此，"世界杂交水稻之父"袁隆平给予高度评价，欣然挥笔题词"高州千年荔乡越来越兴旺"。可见，高州农业农村工作的经验和做法得到了社会各界的一致认可，省委、省政府把率先实现农业农村现代化试点选在高州，意义重大，影响深远。

高州农业产业的发展为打造乡村振兴"茂名样板"提供了可借鉴的成功案例，推动茂名实施乡村振兴战略有了"颜值担当"。近年来，茂名市委、市政府统筹抓发展、保供给、育新机，把生态优势转化为经济优势，把农业大市优势转化为农业强市优势，稳住"三农"基本盘，促进现代农业产业转型升级，做大做强做特做优富民兴村产业。通过农业龙头企业的引领，推动产业集聚，促进富农兴村产业发展；通过"新型农业经营主体+基地+农户"模式和特色主导产品的带动，建立联农带农机制，推进"一村一品""一镇一业"全面发展；通过特色农业品牌的塑造，提升高州荔枝、化橘红、信宜三华李、水东芥菜、罗非鱼等"茂字号"品牌的知名度、美誉度和影响力，茂名本土获评广东省名牌产品（农业类）达 104 个。"1+1+2+8"现代农业产业园建设新格局的构建，为茂名在国内大循环发展中擦亮特色农业品牌奠定厚实基础，也为实现脱贫攻坚和乡村振兴有效衔接提供了有利条件。

高州以美丽家园、美丽农房、美丽庭院、美丽田园、美丽河湖、美丽线路为主要载体，高位全力推进六大"美丽行动"，全方位开展"小四园"建设，亮点纷呈。高州把每一个乡村串联起来，连点成线，串珠成链，成功打造 4 条乡村旅游精品线路，并以茂名市乡村振兴示范带"精彩 100 里"高州段为主轴，打造展现岭南乡村风貌和三产深度融合发展的 40 公里乡村振兴示范带。譬如，元坝村做足美丽文章，勇夺广东乡村振兴大擂台赛第一名，获评第二届"广东十大美丽乡村"，今年累计接待游客超 100 万人次，成绩骄人；高州市根子镇倾力打造的全国最优荔枝产业集群和世界级荔枝特色小镇已然成型，初具规模。可见，自我市开展"千村示范、万村整治"工程以来，全市各地的美丽乡村建设如火如荼，农村人居环境得到根本整治，经验和做法推陈出新，互为借鉴。

习近平总书记强调，全面实施乡村振兴战略的深度、广度、难度都不亚于脱贫攻坚，必须加强顶层设计，以更有力的举措、汇聚更强大的力量来推进。因此，在向第二个百年奋斗目标迈进的历史关口，各级党委、政府务必凝心聚力，众志成城，全面奏响新时代农业农村发展最强音，巩固拓展脱贫攻坚成果，全面推进乡村振兴，加快农业农村现代化。在融入"双循环"新发展格局当中，要瞄准茂名市"建设产业实力雄厚的现代化滨海城市，打造沿海经济带上的新增长极"总体目标，坚持农业农村优先发展、农业精细化发展、农村精美化建设、农民精勤化培育，加快推进农业增效、农民增收、农村发展，擦亮茂名特色农业品牌；要立足本地特色资源禀赋，加快发展乡村产业，优化产业布局，完善利益联结机制，使农民分享更多产业增值收益；要弘扬和践行社会主义核心价值观，推进农村移风易俗，推动形成文明乡风、良好家风、淳朴民风；要保持发展战略定力，加强农村生态文明建设，深化农村改革，实施乡村建设行动，接续推进农村人居环境整治提升行动和平安乡村建设，创新乡村治理方式，提高乡村善治水平，为实现脱贫攻坚和乡村振兴有效衔接提供支撑。

原载《茂名日报》2021.01.08

新春走基层　好心满茂名

新春走基层，好心满茂名。牛年新春，茂名大地到处呈现出一派欣欣向荣、生机勃勃的景象。"留茂过年""来茂过年"这两个镜头足以让茂名人牛气冲天、豪情满怀。一"留"一"来"，彰显茂名深厚文化底蕴的"好心之城"、如诗如画的"生态之城"、崇德向善的"文明之城"、美轮美奂的"魅力之城"、华丽蝶变的"南方油城"、椰海风韵的"滨海绿城"。山海并茂，好心闻名。

受新冠肺炎疫情影响，引导和鼓励在茂名工作的外地员工"留茂过年"成为我市各级党委、政府新春期间各项工作的重中之重，也是各地疫情防控的务实路径和重要举措。为了确保在茂名工作的外地员工"留茂过年"，各地各部门采取各种措施，通过发放留岗红包、年货大礼包、消费补贴、景区游玩免门票、云闪付五折补贴等方式，用好心茂名人热情好客的待人之道给予满满的关怀。人民银行茂名市中心支行和茂名市商务局协调广东银联及辖内银行、银联网络，投入百万资源开展移动支付"留茂过年悦享生活"主题优惠活动，通过云闪付送出"吃、购、游"等各项生活服务和消费场景，用暖意融融的"新年大红包"助力企业员工"留茂过年"；明湖百货有限公司对"留茂过年"的外地员工，凭本人身份证、工作证等在明湖超市购买商品均可获八五折优惠，优惠举措的推出可让利 900 多万元；茂名森林公园、玉湖风景区等景区对企业外地员工可免票进入景区游览；广东奥克化学有限公司、茂名石化实华股份有限公司等企业也出台措施鼓励外地员工"留茂过年"，开展形式多样、丰富多彩的"走基层送温暖"、新春游园、新春徒步等迎春活动，对"留茂过年"的外地员工或每人奖励 500 元或送上新春慰问品；公安、城管、交警、供电、交通等部门藉文明城市、平安茂名等创建活动，各司其职，各负其责，相互配合，演绎好心茂名精神，讲好好心茂名故事，生动诠释"山海并茂，好心闻名"的新时代内涵，擦亮"好心茂名 滨海绿城"城市品牌和文化品牌，用心用情用力做好"留茂过年"这篇大文章，让在茂名的"他乡人"与好心茂名人一起度过欢乐祥和文明的牛年。

今年很多外地人专程到茂名过大年，成为茂名过大年的热点新闻。这除了得益于茂名得天独厚的气候条件和文旅资源禀赋之外，最主要的还是我市认真贯彻落实省委"1+1+9"工作部署和市委"1+4+6"工作布局，统筹推进疫情防控和经济社会发展的结果。2020 年，全市人民在市委、市政府的坚强领导下，攻坚克难、砥砺前行，奋力把"两难"变成"两全"，打赢了一场又一场硬仗，干成了一件又一件不容易干成的实事，成功创建国家卫生城市和全国文明城市提名城市（地级），全面开启茂名城市发展新征程。尤其值得一提的是，近年来，市委、市政府着力打造水东湾新城"南海旅游岛"，全力建设国家级滨海度假旅游目的地，并以旅游业发展带动医疗康养产业加快发展，打造中国暖冬滨海度假旅游康养目的地。2020 年，水东湾新城建设如火如荼，提升改造中国第一滩景区，建成歌美海景区西岸公园和环南海旅游岛碧道试验段——海岸带综合示范区，晏镜岭景区《冼夫人传奇》拍摄基地建成投入使用，南海旅游岛环境专项治理全面展开，推动南海旅游岛、高地智慧城农房管控和乡村风貌提升，紧锣密鼓地推进虎头山景区欢乐海岸和红树湾等滨海康养项目建设，初步形成了"山、水、城、园、林"的整体城市框架。广东省"十大美丽海岸"之一的国家 4A 级旅游景区"中国第一滩"；有"中国小地中海""中国第一湾"之称的全国罕见城市内湾——水东湾，内湾岸线总长约 36.8 公里，成为全国最大红树林人工种植基地；独具渔港风情、千帆晚归的"金色童子湾"，南海旅游岛"五园抱岛"生态格局已然成型，国家级滨海旅游目的地新标杆指日可待。2020 年 12 月 26 日，以"走水东湾大桥　游南海旅游岛"为主题的"华侨城"茂名市第七届全民健身徒步节在美丽的水东湾畔举行，数万名群众走上水东湾大桥，风光旖旎、如诗如画的南海旅游岛尽收眼底，美不胜收，令人流连忘返。全国各地的旅游者慕名"来茂过年"也就不足为奇了。

山海并茂，好心闻名。做好"山海"文章，关键在于做好"好心"文章，传承好、发展好、实践好"好心茂名"精神。奋力建设产业实力雄厚的现代化滨海城市，打造沿海经济带上的新增长极，这是省委对茂名发展的新定位、新要求。为此，我们要准确把握现代化新征程中茂名发展方向，创新发展、绿色发展、向海发展、集聚发展、特色发展、融合发展，聚焦大抓产业，打造优势产业，谋划新兴产业，注重特色产业，做大做强产业，加快建设融入"双循环"新发展格局的现代产业体系；要传承发展"好心茂名"精神，融入"好心文化"元素，推进中心城区扩容提质，让城市格局更大气、城市生活更宜居、城市治理更精细、乡村发展更美丽，打造容得下"肉身"又放得下"灵魂"的城市，彰显"山海并茂、好心闻名"的城市魅力，不断擦亮"好心茂名　滨海绿城"城市品牌和文化品牌，让广大群众的获得感成色更足、幸福感更可持续、安全感更有保障，为"十四五"开好局、起好步提供有力支撑，奠定厚实基础。

原载《茂名日报》2021.02.18

农村科技特派员为乡村振兴赋能提质

据茂名日报社全媒体报道，广东茂名农林科技职业学院农村科技特派员活跃在茂名广袤农村的田间地头、农家院落，为农民送去农业实用技术和教材，送去防疫物资、化肥饲料、鱼虾苗、鸡鸭苗……他们用心用情用力架起了农民与科技的桥梁，推动农业科技落地开花结果，用脚丈量土地，把科研写在茂名大地上，为茂名乡村振兴赋能提质，凝聚起澎湃力量。

科技特派员制度起源于 20 世纪 90 年代的福建省南平市。当时，粗放型发展方式导致农业大市南平的农业经济陷入困境，广大农民非常渴求农业技术。1999 年 2 月，南平市结合市情乡情选派 225 名首批科技特派员到乡村开展科技服务，成为我国科技特派员制度的发端。"科技下乡支农"模式，在政府主导下，有组织有意识地引导农业科技人才主动下沉基层、深入农村一线，为广大农民提供科技指导和技术服务，更好地服务"三农"。2002年，时任福建省省长习近平对南平市向农村选派干部的工作进行专题调研，并在《求是》杂志刊文《努力创新农村工作机制》，总结南平市的经验。同年，宁夏、陕西、甘肃、青海、新疆等省区开展科技特派员试点工作。2009 年，科技部、人社部、农业部等 8 部委在全国范围内启动科技特派员农村科技创业行动。2016

年，国办印发《关于深入推行科技特派员制度的若干意见》，从此，科技特派员制度从地方实践上升为国家制度性安排，并得到联合国开发计划署等国际组织的高度评价，作为中国经验向其他发展中国家推介。显而易见，科技特派员制度的创立是以服务农业、农村和农民为根本，引导科技人才转向"三农"、服务"三农"、破解"三农"难题，着眼长远践行初心的制度性安排，是破解"三农"难题而开展科技干部交流制度的创新与实践。从科技特派员制度的落地开花到总结推广，经过20多年的探索与实践，不仅有力地促进了人才下乡、科技下乡和科技成果转化，而且有力地推动了农村创新创业深入开展。科技特派员队伍也在服务"三农"的伟大实践中发展壮大，成为乡村振兴发展的一道亮丽风景。

科技特派员制度作为一项制度性安排，取得了丰硕成果，广大科技特派员为科技兴农富农作出了突出贡献。据有关资料显示，近年来，省科技厅组织农村科技特派员围绕科技创新乡村振兴进行布局，引导和鼓励农村科技特派员深入农村开展科技服务，组织4批次省级农村科技特派员重点派驻任务，发动省内77家单位，组织878个农村科技特派员团队，选派2106人次进行对接，安排农村科技特派员项目906个，资金总额达9200多万元，全面完成农村科技特派员对接全省2277条省定贫困村和3个少数民族自治县全覆盖工作。广东茂名农林科技职业学院作为农业类高校，主动扛起责任，成立14支省级农村科技特派员团队，精准对接粤西地区31个省定贫困村。农村科技特派员团队坚持"人才下沉、科技下乡、服务三农"原则，充分利用专业优势和人才优势，依托科技创新，为茂名"三农"发展出谋划策，积极开展科技兴农富农，打造农业产业链，创新科技助农模式，推动精准扶贫、农业转型升级和"三产"融合发展，为茂名乡村振兴赋能提质，凝聚澎湃力量。今年3月，省科技厅再次联合省委组织部、省委宣传部等14个部门印发了《广东省农村科技特派员管理办法》，推进农村科技特派员工作规范化、制度化，为农村科技特派员组织管理提供重要支撑。我市围绕农村科技特派员工作，进一步强化科技特派员管理，规范科技特派员行为，明确任务，压实责任。农村科技特派员主动作为，勇于担当，深入田间地头、农家院落，与农民对接农业技术、对接"三农"服务、对接产业项目，手把手教授知识、推广技术、创新创业，以实际行动推动农业农村高质量发展，为乡村振兴赋能提质，添力鼓劲。这是党的初心使命的生动实践，也是中国特色社会主义制度优势的生动诠释。

习近平总书记强调，"创新是乡村全面振兴的重要支撑。要坚持把科技特派员制度作为科技创新人才服务乡村振兴的重要工作进一步抓实抓好。广大科技特派员要秉持初心，在科技助力脱贫攻坚和乡村振兴中不断作出新的更大的贡献。"迈进新时代，科技在创新，制度在创新，科技资源配置方式也随之发生了深刻变化。尤其在我国深入推进"放管服"改革和全面实施乡村振兴战略的大背景下，新时代赋予了科技特派员新的历史使命，提出了新的更高的要求。如何发挥农村科技特派员在乡村振兴中的重要作用，成为各级党委、政府一项重要的课题。为此，各级党委、政府要紧紧围绕乡村振兴战略这个主题，以"产业兴旺、生态宜居、乡风文明、治理有效、生活富裕"为总要求，深入实施科技特派员制度，为乡村振兴注入新动力，赋予新动能，增添新活力。一要进一步壮大科技特派员队伍，拓宽服务领域。乡村振兴不仅关乎农村产业发展、农村生态文明建设，也关乎农村基层民主、社会治理、文化建设等，因而，必须要根据乡村振兴发展的现实需要，扩大选派范围和规模，增派农业技术、文化、社会治理、城乡规划建设等专家学者，把选派范围拓展到一二三产业，以扩大省级选派规模引领带动市县选派规模，实现科技特派员对乡村振兴服务领域全覆盖，使科技特派员真正成为"三农"政策的宣传员、农业科技的传播者、科技创新创业的领头羊、农村奔康致富的带头人，提升群众获得感、幸福感、安全感。二要创新科技特派员组织形式，提升服务效能。突出县域统筹，一改以往单兵作战、单一服务为兵团作战、全方位服务，实现从"科技特派员"到"科技特派团"的角色转换，组建跨学科、跨部门的科技特派团队，构建学科对接产业、产业带动创新、创新推动产业的工作机制，鼓励支持科技特派员以项目、技术、资金等形式与农民、专业合作社、龙头企业等开展深度合作，形成利益共同体，实现共存共荣、共担风险、共谋发展，推动产业振兴、人才振兴、文化振兴、生态振兴、组织振兴。三要推动农业供给侧结构性改革与科技管理制度"放管服"改革，出台扶持政策，夯实财政基础，完善新时代科技特派员社会化科技服务体系，强化科技、教育、财政、人力资源等部门的协同联动，推动形成政府、市场、社会参与的多元协同联动机制。要为科技特派员提供"科技舞台"，搭建科技特派员创业金融服务和供需信息发布平台，创造优化科技服务环境，打造科技特派员服务"三农"新通道新路径，促使农村科技特派员在"十四五"规划中开启新征程，注入新动能，实现新作为，谱写新篇章。

原载《茂名日报》2021.08.25

从沉香文化历史看沉香产业发展

　　有"香中之王"美誉的沉香，据说已有 6000 多年的历史。厚重的沉香文化底蕴，着实令人叹为观止。唐朝时期，国运昌盛，经济繁荣，对外交往频繁，佛教兴盛，每家每户都使用香，用香之风气日趋大众化，沉香的发展达到了全盛时期。因而，许多沉香的历史典故、名人轶事、轶闻趣事、诗词歌赋等发生在这一时期的居多。沉香的发展历史悠久，源远流长，如何打造沉香产业链，推动沉香产业创新发展，已成为我市各级党委、政府一道历久弥新的课题。

　　茂名的沉香主产地主要集中在电白。据明嘉靖《广东通志》记载："沉香产于高、窦、雷、琼诸州。""高"是指古代的高州府，也就是现在的茂名、阳江等地，电白原属高州府，历史上盛产沉香。据说"电白"地名的由来也与沉香有关。电白普遍种植白木香，且地处山海，多雷电，白木香常受雷电袭击损伤机缘结香，故而得名"电白"。据历史资料记载，沉香的发展与雄踞岭南相传六代的冯冼家族有着千丝万缕的关系，记录了许多冯冼家族与沉香的故事。可以这样说，如果没有冯冼家族的牵线搭桥和穿针引线，电白可能就没有今天响当当的国字号"中国沉香之乡"金字招牌，观珠镇也就没有今天的"中国沉香第一镇""沉香专业镇""沉香特色小镇"等光环。据清代道光《广东通志·冯融传》记载，梁朝的罗州刺史冯融（冼夫人之家翁）"每行部所至，蛮酋焚香具乐"。梁武帝大同初，冯宝与冼夫人进贡沉香给梁武帝，请命置崖州。崇尚佛教、追求养生的梁武帝十分喜欢冼夫人进贡的沉香，并悟出一套闻香养生之道。梁武帝寿高达86岁，与沉香养生不无关系。陈永定二年（558），冯仆（冼夫人之子）进贡沉香陈武帝，拜为春州太守。隋仁寿二年（602），冯盎（冼夫人之孙）进贡沉香给隋文帝，潮、成等五州僚叛，请讨平之，授金紫光禄大夫，封汉阳太守。大业七年，随隋炀帝伐辽东，升左武卫大将军。同年，冯智戴（冼夫人之曾孙）在东都洛阳担任隋炀帝侍卫军官，进贡沉香给隋炀帝。大年三十，隋炀帝在皇宫焚烧三车沉香，馥郁的芳香惊艳全京城。《太平广记·草木》也记述了冯盎与沉香的典故。贞观五年，唐太宗召见冼夫人之孙、高州首领冯盎。冯盎借机进贡沉香给唐太宗。唐太宗问冯盎："卿宅去沉香远近?"冯盎答曰："宅左右即出香树，然其生者无香，唯朽者始香矣。"这就是著名的千古一帝论沉香的历史故事。著名宦官高力士（冼夫人之第六代孙），一生侍候过武则天、唐中宗、唐睿宗、唐玄宗四任皇帝，尤其辅助唐玄宗李隆基，为"开元盛世"作出了不可磨灭的功勋，也为电白沉香的推广发展作出了积极贡献。他把家乡电白的沉香进贡给唐玄宗，玄宗大喜，下令将朝贡的沉香木建成"沉香亭"于长安。唐玄宗和杨贵妃每次到沉香亭游玩，都乐不思蜀，有时雅兴大发，便令李白吟诗以助兴。李白不敢怠慢，作《清平调》诗三首，其中一首诗云：名花倾国两相欢，常得君王带笑看。解释春风无限恨，沉香亭北倚阑干。由此可见，由于杨贵妃沉迷于沉香，到了唐玄宗时代，把电白沉香推到了发展的巅峰，沉香便天下皆知。也正因为如此，许多文人墨客留下了很多与沉香有关的诗句，或写香炉，或写香火，或写沉香轶事，或托香言志，或抒发情感，等等。譬如，李白《杨叛儿》诗句"博山炉中沉香火，双烟一气凌紫霞"，沉香香盈缭绕，妙笔生花，曼妙动人；苏东坡《沉香山子赋》，从沉香的历史写到沉香山子工艺品的精湛，文辞质美，精妙绝伦，令读者身临其境，如闻其香，如沐春风；李清照《浣溪沙》"瑞脑香消魂梦断""玉炉沉水袅残烟""玉鸭熏炉闲瑞脑"等诗词，都是写养尊处优贵族少女之"香"事；爱国诗人辛弃疾另辟蹊径，为写沉香作了一番思量，巧妙构思，独具神韵。《满庭芳·静夜思》："云母屏开，珍珠帘闭，防风吹散沉香。离情抑郁，金缕织硫黄。柏影桂枝交映，从容起，弄水银堂。连翘首，惊过半夏，凉透薄荷裳。一钩藤上月，寻常山夜，梦宿沙场。早已轻粉黛，独活空房。欲续断弦未得，乌头白，最苦参商。当归也！茱萸熟，地老菊花黄。"辛弃疾将 25 味中药写进诗中，别有深意，借物思人，托香思妻，情真意切，感情弥笃。

随着历史车轮的滚滚向前，从宋代开始沉香的角色定位也慢慢地发生了质的变化，沉香从进贡贡品走进了商业街市，从王公贵族走进了寻常百姓家庭。时至今日，沉香的发展也从纯粹的单一产品发展成为今天地域鲜明的特色产业、优势产业，成为茂名乃至全国响当当的产业品牌，成为富有茂名地方特色"三产"融合发展的新标杆。沉香产业发展到如此规模，可以说，电白的功劳是最大的，也是最用心最用情最用力的。如果没有电白的务实创新发展，就没有今天沉香的辉煌，也没有今天的沉香产业品牌，更没有今天的沉香产业集群。如今，电白已成为中国沉香人工种植、生产、加工最集中、规模最大的县区，尤其"沉香山"沉香 GAP 种植基地达 3.5 万亩，成为迄今全国最大的沉香种植示范基地，成为名副其实的"中国沉香之乡"。放眼电白北部山区的观珠、沙琅、马踏、望夫、林头等乡镇，漫山遍野的沉香树，郁郁葱葱，摇曳多姿，绿影婆娑，绿意盎然，令人赏心悦目，浮想联翩。奇楠是众多沉香品种中的顶级品种，电白香农培育的奇楠沉香树苗占全国市场80%以上。

为推动沉香产业有序发展，电白区委、区政府采取财政扶持、招商引资、兼并重组、加盟合作等方式，创新发展模式，延伸产业链条，打造新业态新形态新模式，引进培育、发展壮大沉香产业旗舰式龙头企业和产业集群，发挥"外联市场、内联基地、下联农户"的作用，抱团发展，创新发展，融合发展，提升沉香生产综合实力和市场竞争力。瑜丰沉香、四季全俊、君元药业、天生药业、绿恒制药等龙头企业异军突起，专注沉香精油或沉香茶或沉香南药，通过土地流转、订单农业、入股、社会化服务、农产品销售等形式，引领辐射带动香农增产增收，形成了沉香种植、生产、加工、销售一条龙产业链；打造"一村一品、一镇一业"新模式新形态，推动沉香文化、科技、养生、产品与旅游深度融合，沙垌沉香文化一条街、忠良沉香文化街、广东省沉香现代农业产业园、观珠蟠坑沉香山、观珠镇沉香专业镇等，突出沉香主题，彰显乡村旅游、休闲农业、文化康养"三产"融合发展特色，擦亮富有电白特色的"望山看海品香"新名片。尤其值得一提的是，瑜丰沉香文化创意产业园被列为省级现代农业产业园，规划用地1000亩，投资10亿元，规划建设成为以生态文化为内核，集特色产业、观光旅游、休闲养生、文化体验为一体的世界最大沉香平台。

随着沉香产业的迅猛发展，电白区委、区政府把扩大沉香种植面积和加工规模，打造沉香百亿级产业写进了电白区"十四五"规划,纳入了产业结构调整和经济可持续发展的总体布局。《茂名市电白区促进沉香产业发展工作方案》也明确了沉香产业的发展规划、产业空间布局、产业运营策划等。可以预见,未来一个时期,有各级党委政府作为坚强后盾,全方位政策扶持,引导资源要素集聚,强化科技创新引领,推广优质沉香培植和标准化技术,开展沉香药用标准和沉香地理标识保护,搭建沉香种植、销售、宣传、展示平台,地域特色鲜明、产业优势明显、市场竞争力强的沉香大健康产业集群必将强势崛起,以千年沉香文化历史赋能沉香产业的"中国沉香之乡"品牌也必将越擦越亮,越走越远。

原载《茂名日报》2021.09.29

建设万里碧道　助推乡村振兴

　　一水护田将绿绕，两山排闼送青来。这是唐宋八大家之一王安石陶醉于好友湖阴先生庭院和周围环境之美而作的诗句。傍山而建，依水而居，田野阡陌，绿水青山，好一派田园风光，令人神往憧憬。事实上，用"一水护田将绿绕，两山排闼送青来"来形容当下茂名万里碧道建设的丰硕成果，笔者认为并不为过，这恰恰彰显了我市各级党委、政府推进万里碧道建设的信心、决心、恒心。在万里碧道建设的过程中，我市各级党委、政府始终坚持以人民为中心，以"河畅、水清、堤固、岸绿、景美、人和"为目标，积极践行绿水青山就是金山银山的理念，做好做足做活水文章，水碧岸美的生态效益和水岸联动发展的经济效益初现，为打造乡村振兴"茂名样板"提供了强有力支撑。

　　建设"万里碧道"是省委、省政府作出的重要决策，也是市委、市政府建设美丽乡村，提升城市品质，推动产业转型升级，激发乡村振兴新动力的重要抓手。近年来，市委、市政府紧紧抓住万里碧道建设的历史机遇，结合乡村振兴战略和河湖长制的实施，融合"好心茂名"文化元素，统筹美丽乡村建设、人居环境整治、脱贫攻坚、中小河流治理等工作，以鉴江沿线建设茂名碧道为主线，以鉴江干流、袂花江、好心湖为主要载体，依托鉴江干流片区、袂花江片区、罗江片区、西江流域片区、沿海诸河片区等流域范围众多中小河流，以东江河、北界河、小水河、曹江河、大井河、南塘河、罗江、袂花江、小东江等主要支流作为碧道支线，以茂名露天矿好心湖、电白水东湾、信宜高城水库、尚文水库、高州水库等湖湾湿地为根基，构建"九脉归一、五片共辉、湖湾点萃"的碧道空间格局，打造"鉴江山水田园画廊"，让"万里碧道"成为宜居宜业宜游的富民大道，从而助推乡村全面振兴，推动茂名高质量发展。

万里碧道建设是市委、市政府的一项重大民生工程、惠民工程、民心工程，也是市委、市政府推进美丽乡村建设、人居环境整治、脱贫攻坚、河湖治理等过程当中，让群众看得见摸得着享受得到红利的真实写照，更是市委、市政府描绘"河清岸绿、鱼翔浅底、水草丰美、白鹭成群"的岭南水乡画卷的生动实践。人们所熟悉的高州根子河畔，古香古色的民居错落有致，集历史文化、荔枝文化、红色文化、民俗风情于一身的"荔乡水韵"碧道，全长5.5公里，一步一景，移步换景，绿树掩映中尽显大唐风韵，美不胜收，令人流连忘返；电白区致力推动县域副中心"一河两岸"建设，规划建设承载沿线文化禀赋、民俗典故的"沙琅江好心碧道"；茂南区围绕小东江流域串联彭村湖、北马塘，构建"林湖田园、人文荟萃"城郊滨水休闲环；化州市把中小河流治理与蒲山村新农村建设融合起来，打造"廊桥遗梦"等景点，成为茂名美丽旅游乡村的新亮点；信宜市把"西江画廊""山水画廊"与"锦江画廊"碧道串联起来，打造特色鲜明、独特亮丽的风景线；茂南共青河、白沙河、桂山河，电白龙记河，化州的石滩河、博带河，信宜北界河、北逻河，高州谢鸡河、南塘河等水生态休闲廊道，跳跃闪动，"河畅、水清、堤固、岸绿、景美、人和"的"好心碧道",星罗棋布,碧水怡人,点青缀绿,魅力绽放。这不仅辐射带动了美丽乡村建设,助推乡村振兴,也大大增强了群众的获得感、幸福感和安全感。

尤其值得一提的是,茂名露天矿作为曾经的茂名城市"伤疤",市委、市政府按照修复与优化有机结合原则,因地制宜、因陋就简、因势利导、就地取材,采取"引水、修路、种树、建馆"等举措修复生态环境。如今,蜕变成美丽的"好心湖",湖水晶莹剔透,宛如一颗绿宝石镶嵌在青山绿水间,熠熠生辉。随之,全省首个国家农业综合开发融合发展试点示范项目"好心湖畔"田园综合体应运而生,"村庄美、产业兴、农民富、环境优"的田园综合体建设目标正逐步变成现实,成为辐射带动周边农村经济发展,助推乡村振兴发展的动力之源。茂名的小东江城区段,一江碧水穿城而过,集防洪、生态、景观、休闲于一体的十里景观带,使小东江实现了从省挂牌督办整治到水质达标的华丽转身。夜幕降临,小东江畔的音乐、灯光、喷泉交相辉映,美轮美奂,成为茂名河湖治理一张名副其实的响当当的金字招牌。

茂名大地,万里碧道建设如火如荼,以河为轴、以水为脉、以绿为魂、以文为核的"好心碧道"遍地开花,一座好心之城、生态之城、文明之城、魅力之城、滨海绿城正强势崛起。乘势而上加快融入新发展格局,奋力谱写茂名产业强市向海而兴滨海绿城新篇章,是时代赋予茂名的光荣与梦想。我们相信,各级党委、政府只要把握时代脉搏,锚定茂名发展新目标,凝心聚力,携手同心、团结拼搏,砥砺奋进,必能把宏伟蓝图变为美好现实,以完美的答卷迎接党的二十大胜利召开。

原载《茂名日报》2022.01.27

新春走基层　憧憬满茂名

　　虎跃神州百业兴，龙腾盛世万家欢。金牛辞旧，福虎迎新。以"虎"为元素的迎春灯饰花饰布满茂名城乡，处处洋溢着欢乐祥和文明的浓浓新春气息，令人心旷神怡，美不胜收，流连忘返。

　　新春走基层，城市展新姿。随着创文巩卫工作的纵深推进，"我们的城市、我们的茂名"理念深入人心。市委、市政府始终坚持以人民为中心的发展思想，融入"好心茂名"文化元素，凝心聚力推进城市建设，"北优、中联、南拓、东进"城市组团式发展换挡提速，文明创建集民智暖人心聚民心增活力，城市规模不断扩大，城市品质不断优化，城市品位不断提升，精神文化生活不断丰富，群众获得感、幸福感、安全感不断增强；城市综合实力持续提升，地区生产总值达到3698亿元，石化主导产业向绿色低碳循环转型升级，汕湛高速、云茂高速茂名段建成通车，全市高速公路里程增至452公里，实现历史性跨越。徜徉文化广场、人民广场、新湖公园、春苑公园、小东江等风景如画的公园、广场、街道，五彩缤纷、造型别致、美轮美奂的迎春灯饰令人目不暇接，流连忘返；流光溢彩的灯饰与富有地方特色的美景交相辉映，相得益彰，美不胜收，不仅令人赞叹"我们的城市、我们的茂名"日新月异的变化,而且让人感受到创文巩卫工作中绽放出来的"好心茂名"文化魅力和城市魅力。

新春走基层,乡村换新颜。新春走进农村基层,让笔者感受最深的是,茂名乡村全面振兴,旧貌换新颜,焕发出勃勃生机活力。不必说"中国三华李第一镇"信宜市钱排镇,不必说"中国荔枝第一镇"高州市根子镇,也不必说"中国沉香第一镇"电白区观珠镇,不必说"中国化橘红之乡"化州市,只说笔者的家乡高州市大坡镇。地处茂北山区的高州市大坡镇,作为一个广东省生态镇、广东省卫生镇,镇委、镇政府始终坚持以党建+为引领,以创建广东省卫生镇为主要抓手,与乡村振兴、脱贫攻坚、生态环境保护、人居环境整治、乡村风貌提升结合起来,与党史学习教育"我为群众办实事"实践活动结合起来,积极践行"绿水青山就是金山银山"理念,勠力同心,奋力推进美丽乡村建设,结出了累累硕果。大坡墟街实施雨污分流,道路全部实现黑底化,栋栋商住楼整齐划一,应节商品琳琅满目,街道两旁花团锦簇,绿意盎然;惠及 633 县道沿线 23 公里 11 个村(社区)35000 多人的美化绿化亮化工程,全面实现美化绿化亮化,沿线迎春大红灯笼高高挂起,灯火璀璨,成为大坡镇一道独特亮丽的风景线;沿线的双桥垌美村,白墙黛瓦、绿树红花、小桥流水、古驿道、别致小洋楼、整洁碧道……一幅幅"山清、村净、景美、民富"的乡村画卷尽收眼底。双桥垌美村的美丽绽放,可以说是大坡镇乃至全市推动人居环境整治、乡村风貌提升的一个缩影,也是茂名实施乡村振兴战略的一个生动实践。如今的朗韶大坡,处处皆风景,人与自然和谐共生,展现出"水清、堤固、岸绿、景美"的新农村新风貌新气象。

新春走基层,城乡尽欢颜。新春佳节,"我们的城市、我们的茂名"到处洋溢着欢乐祥和的气息,北京冬奥会的开幕,为新春平添了更加喜庆的气氛，进一步增强了文化自信。放眼茂名城乡，处处张灯结彩，火树银花，歌舞升平，一派欢乐的海洋，荡漾着文明新风。2022年"好心茂名"少儿春晚，萌娃们载歌载舞，用萌动、炫酷的才艺表演"虎虎生威""春暖花开""喜气洋洋""少年盛世""强国有我""梦想启航"等精彩节目，童真、童趣、童梦纷纷再现，异彩纷呈。2022年"好心茂名"网络春晚，突出"金虎迎春开新局，滨海茂名再出发"主题，老中青三代茂名人独具特色的文艺表演，展现了茂名人民在"中国精神"指引下奋力拼搏、朝气蓬勃、昂扬向上的精神风貌和拳拳的爱党爱国爱家之情。市委宣传部、市文明办发出"科学防疫过健康年""绿色环保过卫生年""文明出行过平安年""移风易俗过节俭年""守望相助过祥和年""风清气正过廉洁年"倡议，各级党委、政府积极响应。大坡文化站、朗韶书画社联合主办赠送对联活动，书法家们即席挥毫，一副副对联、一张张"福"字寄予了对祖国、对人民的深厚情感。各地公安机关为做好禁燃禁放烟火爆竹工作，主动担当，全面部署，细化举措，还动用无人机宣传喊话提醒，禁燃禁放工作家喻户晓。冬日的铁路文化公园，融入铁路文化元素，"颜值"高、"气质"佳、内涵丰富，奇花异草，五彩斑斓，鸟语花香，娱乐、休闲、健身、散步、赏花……阵阵欢声笑语，诠释着"我们的城市、我们的茂名"生活充满阳光。

新春走基层，憧憬满茂名。新年的祝福寄予茂名人对美好生活的追求、向往与憧憬。幸福源于奋斗，我们都是追梦人。让我们携起手来，凝心聚力，砥砺前行，奋力谱写产业强市向海而兴滨海绿城新篇章。

原载《茂名日报》2022.02.07
《南方+》2022.02.08

润物无声

加强行政人员培养的途径

　　基层党政办公室是基层行政机关、行政领导的综合管理机构，是沟通上下、联系左右、连接内外保证行政机关各项工作正常运转的枢纽。而作为党政办公室工作人员，在领导者身边工作，在辅助领导决策等各项工作中发挥重要作用。党政办工作人员还要处理各类文件，参加各种会议，接触大量党政重要机密，工作千头万绪。如果党政办工作人员的素质不高，各种关系处理不好，就会产生连锁反应，导致恶性循环，影响全局。所以，加强基层党政办公室工作人员的素质培养，保证基层党政办公室管理向科学化、规范化、制度化方向发展势在必行。

　　一、加强业务学习，提高自身素质。基层党政办公室除与其他行政部门一样具有服务、辅助、执行、管理等职能外，还具有政治性、综合性等特征。这就对作为决策者的得力助手和参谋的党政办公室工作人员的素质提出了较高的要求，具体要做到"眼观六路，耳听八方"。为此，（一）党政办工作人员要不断加强政治思想的学习和业务的培训，提高政策理论水平；（二）要以"勤"字当头，多看书，多参考上级或平级有关文件材料；（三）党政办工作人员之间应互相学习，互相讨论研究，取人之长，补己之短；（四）要多向领导学习，向群众学习，不耻下问；（五）

要不断加强方针、政策、路线和理论的学习，在思想上和行动上要与各级党委、政府保持一致，确保基层党政办公室各项工作顺利开展。

二、深入农村，加强锻炼，密切联系群众，及时反馈信息，提高工作效率。基层党政办的工作人员因其业务工作的需要，必然与管理区、农村群众接触，方能掌握第一手材料。但是有一些基层党政办工作人员"等、靠、要"思想十分严重，"懒"字作梗，怕辛苦，工作被动，效率低微，这是素质低下的表现。因此，要真正打开这种被动局面，基层党政领导必须切实加强党政办工作人员素质的培养，采取积极有效措施，教育工作人员要深入农村，关心群众疾苦，体察民情民意，并做好信息反馈工作，为基层领导决策提供有力依据。对屡犯不改者，笔者认为，可采取如下办法：第一，调整党政办工作人员，对不称职的及时撤换；第二，举办学习班或培训班，邀请上级领导作报告，学习有关文件，强化业务素质训练；第三，教育与行政处理相结合，做深入细致的思想工作，促其转变；第四，到管理区加强锻炼，并与业务、经济、政绩挂钩，促其成熟；第五，实行岗位责任制，实绩与经济或提干挂钩，充分调动工作人员的积极性。

三、强化法纪观念，注重树立形象，以点带面，促进机关作风根本好转。"参与政务，管理事务，做好服务"是基层党政办工作的简明概括。日常性工作是基层党政办的基础工作，但别小看这些工作，这关系到全镇机关工作乃至全面工作能否正常运转和顺利进行。如果党政办工作人员作风漂浮、纪律散漫，就势必严重影响其他行政部门的正常工作和工作人员的情绪。为此，强化基层党政办工作人员纪律观念，加强法纪教育，是基层党政办的当务之急。第一，健全上班、财务、会议、管理等制度，使之合理化、正常化、规范化；第二，强化法纪教育，定期组织党政办工作人员学习有关法律、法规，参观、观看有关法制方面的画展、影片，形成制度，持之以恒；第三，上班、开会增设迟到席，建立办班制度，上班、开会迟到者对号入座，事后举办学习班，促其上进；第四，完善监督奖惩管理制度，工作人员互相监督，互相警醒，奖惩分明。通过树立党政办工作人员的良好形象，以点带面，促进机关工作作风的根本转变。

原载《茂名日报》1997. 10. 04

推进农业产业化经营的对策和思考

推进农业产业化经营是开创农业和农村工作新局面的必然选择，是农业发展新阶段的必然要求，是经济发展规律驱使的必然结果。那么，如何推进农业产业化经营，开创农业和农村工作新局面？笔者认为，有4点应引起大家的探讨和思考。

一、培育和发展农业"龙头"企业，是推进农业产业化经营的重要途径

"公司+农户"是农业产业化经营的重要形式，公司成为农业产业化经营的龙头。因而，培育和发展农业"龙头"企业，既是推进农业产业化经营的关键环节，也是推进农业产业化经营的重要途径。笔者认为，应从如下几方面着手创建公司，培育农业"龙头"企业，以带动千家万户进行规模化经营。一是坚持"扶优、扶强、扶大"原则，加大对农业的投入，扶持现有的农业龙头企业通过参股、控股、兼并、合并、租赁等形式，扩大规模，增强实力，完善机制，逐步发展壮大为综合型的跨国农业龙头集团公司。二是大力发展种养专业户，帮助他们扩展业务，引导他们进入市场竞争，逐步把规模相当、有发展潜力的种养大户组建龙头企业。三是加快各级商业、涉农部门体制改革的步伐，转变职能，强化服务意识，密切与农户关系，积极创造条件创办农业企业，组建商业、农业集团公司。四是加大招商引资力度，营造良好投资环境，吸引有识之士投资兴办农业龙头企业。五是加强镇、村级经济合作组织的联系，发挥组织优势，通过以集体土地折价入股或多种融资办法创办农业龙头企业。六是积极引导和支持个体生产、加工、运销专业户和私营、民营企业，以资金、技术等参股形式，联合其他有一定实力的经济实体组建农业龙头企业。

二、注重农业综合开发原则，实现农业可持续发展，是推进农业产业化经营的关键

农业产业化经营是一个渐进的发展过程，不同产业、不同发展阶段都有不同的特点，加之各地经济发展水平和市场发育程度差异很大，所以，在农业综合开发，推进农业产业化经营过程中，必须注重原则性和规律性问题，实现农业可持续发展。一要尊重企业和农户的市场主体地位。二要按市场经济规律办事，立足资源优势，因地制宜。三要发挥乡镇政府和社区经济合作组织的中介、牵头、组织作用和服务功能，积极发展各种专业化服务组织，总结推广成功经验，通过典型示范，引导农业产业化经营健康发展。四要与农业产业结构的调整升级相结合。五要注重确立区域主导产业，建设农产品基地，辐射带动农户。六要注重生态环境建设，实现农业可持续发展。

三、调整农业产业结构，增加农民收入，是推进农业产业化经营的根本

农民收入增长缓慢已成为现阶段农村发展的突出矛盾。要从根本上解决农民增收困难的问题必须要有新思路。其根本途径是要对农业和农村经济结构进行战略性调整，合理调整城乡之间、工农之间国民收入分配，开辟农民就业和农民增收的新途径、新领域，这也是推进农业产业化经营的根本。一要遵循市场经济规律，推进农业结构战略性调整。调整产业结构，必须在市场经济机制的引导下，以开发促调整，以调整促提高，提高农业综合经济利益。二要调整农村就业结构，扩大乡镇企业就业容量。调整农村劳动力就业结构，是提高农业劳动生产率、增加农民收入、扩大社会需求、促进国民经济增长的必然要求，既要大力发展农产品加工业，把发展乡镇企业作为推进农产品加工业的突破口，又要大力发展第三产业，积极开拓农村非农产业的就业空间，引导乡镇企业与小城镇建设相结合，解决农村剩余劳动力就业问题。三要增加对农村基础设施的投入，改善农民生产和生活条件。当前要着力加强乡村道路、供水供电和小城镇基础设施建设，这既能大量使用农村富余劳动力和当地建筑材料，增加农民收入，又能为农村经济的长远发展打下坚实基础。

四、建立健全经营机制，完善经营组织体系，是推进农业产业化经营的保证

一要完善农业经营体系。由于农业产业化是农业部门和非农业部门利用各自的规模化、专业化生产经营优势，通过资本运营或合同契约，围绕农业主导产业或农业主导产品所结合而成的一种综合性产业经营组织体系，因而要加大农业生产规模和龙头实体的经济实力的力度，培育和发展"集团企业+农业基地（农业企业）""股份制工商贸企业+农业基地（农户）""集团或股份制工商贸企业+农业经销公司+农业基地（或农户）"等经营模式，逐步完善经营体系。二要完善风险机制。大力发展农业产业化经营，把分散农户引入市场，龙头企业与农户结成风险共担、利益均沾的共同体。实际上，农户无法承担太多无法承担的风险，在这种情况下，龙头企业也缺乏承担风险的能力和实力。当农产品市场看好时，农户就暗自违约卖高价，而当市场价格下跌时，却要求经营组织包收包销，这是农户缺乏风险约束意识的表现。因而，一旦市场出现较大波动，风险共担机制紊乱的共同体很快就会解体。三要建立农村集体土地使用权流转机制。按照"稳定承包权、搞活经营权、保护收益权"和农民"自愿、有偿、有序、规范"的原则，允许农户依法有偿向农业龙头企业转让土地使用权，或以使用权入股参与农业产业化经营。四要稳定和完善以家庭承包经营为基础、统分结合的双层经营机制。农业产业化经营必须以稳定、巩固和完善家庭承包经营为前提，要切实保证农民土地承包权、生产自主权和经营收益权，进一步巩固和发展家庭承包经营的成果，保证农业产业化经营健康发展。五要建立和完善农业产业化经营的利益机制。按照自愿结合、平等互利、利益共享、风险共担的要求处理公司和农户的关系，明确各自的权利、义务和违约责任。开展普法教育，增强法制意识，以经营合同形式把农业产业化经营纳入市场化、法制化的轨道。

原载《茂名日报》2001. 10. 21

加快县域经济发展刍议

最近，笔者借公务员培训学习之机，就县域经济发展状况做了一次深入的调查研究。调研结果表明，受思想观念落后、狭隘、保守的束缚，创新意识不强；城乡二元体制的存在和条块管理体制的错位管理；扶持政策落实不到位和"扶强扶优"产业政策的冲击；财政入不敷出、经济拮据，不堪重荷；区位优势不明显，投资环境不理想，招商引资乏力等因素严重制约和影响着县域经济的发展。笔者认为，应着力从 4 个方面加快县域经济发展，推动新农村的建设。

一、**加快城镇化建设步伐，提高县域工业化水平**。加快城镇化建设，必然能辐射带动县域经济的发展。第一，充分利用土地资源，推进城镇化建设。把县域和建制镇的土地资源作为资本进行市场运作，大力引导民营资本、工商资本投资城镇建设，给投资者予相应的经营权，形成多元化的投资主体，解决城镇建设资金短缺问题。第二，优化资源组合，增强发展后劲。适当调整县（市）行政区划以及乡镇撤并，优化资源组合，增强弱势县镇的发展后劲和辐射带动能力。第三，健全功能，推进城乡一体化管理。健全居住、公共服务、社会服务功能，实行就业、教育、住房、医疗与户籍相脱钩，消除二元体制，促进农民的合理有序转移及流动。第四，统筹制定规划，明确发展方向。充分发挥本地特色资源优势，集群式发展特色主导产业，促进产业结构优化升级，提高工业化水平。第五，实施分类指导，发展循环经济，以实现县域经济的可持续发展。

二、大力发展效益农业，提高农业产业化水平。积极推进农业产业化经营，发展效益农业，是解决农民出路，增加农民收入的必由之路。要保证粮食生产的前提下，用工业化思维发展农业，大力发展效益高的特色农业和名优产品，积极推广和生产无公害农产品、绿色农产品、有机农产品。第二，培育、扶持农业龙头企业和经营组织，提升市场竞争力。第三，培育完善农村市场服务体系，强化市场服务意识。

三、以工业园区为依托，发展民营经济，引导产业转移与集聚。县域经济的竞争实质上就是发展环境的竞争。筑巢引凤，发展民营经济，壮大县域经济是解决"三农"问题的根本途径。第一，改善投资环境，构筑"洼地"效应。改善投资环境，既要改善政策、服务、法制和人文环境，又要加大对公共设施的投入，提升县域的整体形象，实现招商引资新跨越。第二，整合工业园区布局，引导产业的转移与集聚。积极创造条件，鼓励和吸引国内外的企业进入工业园区投资设厂；积极开展与大中型企业的合作，引进配套加工项目，做大做强有本地资源特色的主导产业。第三，激活民间资本，发展民营经济。第四，借"中国优秀旅游城市"的城市名片效应，大力发展旅游业，从而带动第三产业的发展，有效增加县域财政收入。

四、简政放权，强化服务理念，为县域经济发展创造宽松的政策环境。县域经济的发展壮大，在很大程度上取决于宽松的政策环境。第一，简政放权，明确责权。赋予县镇两级更大的决策自主权和财政支配权。第二，调整财政扶持政策，进一步规范完善分税制，建立合理的激励机制，增强县域财政自给能力。第三，倾斜地方财政配套政策，减少相关项目，减轻县域的财政负担。第四，加强对县特别是贫困县（市）的财政支付和扶持，努力营造宽松的政策环境。

原载《茂名日报》2006.09.24

积极践行群众路线　规范公务接待工作

当下，一场以为民务实清廉为主题的党的群众路线教育实践活动正在全国各地如火如荼、扎实有效地开展。作为主管全市公务接待工作的接待部门，应如何发挥自身的优势，做好公务接待工作？笔者认为，应乘势而为，积极践行党的群众路线，改进工作作风，严格执行中央"八项规定"，规范公务接待工作。

一、理论武装头脑，提高党性修养。公务接待作为党委、政府的重要工作之一，公务活动务必要着眼公务接待工作政治性本质，自觉投身党的群众路线教育实践活动，用党的理论武装头脑，牢记党的性质、宗旨和理想信念，发扬党的优良传统和作风，加强自身建设，增强干部素质，不断提高执政能力；牢固树立马克思主义的世界观、人生观、价值观，坚持学以致用，学用结合，加强政治修养、道德修养和业务修养，切实把教育实践活动的开展作为提高党性修养的一次充电和提升，永葆共产党员的先进性和纯洁性。

二、严格执行规定，推进接待工作。中央"八项规定"、《党政机关厉行节约反对浪费条例》《党政机关国内公务接待管理规定》《广东省党政机关厉行节约反对浪费条例实施细则》《广东省党政机关国内公务接待管理办法》等法规先后出台，这与公务接待工作息息相关，接待部门作为实施者和执行者，贯彻落实得好与坏，直接关乎党委、政府的形象和公信力。因此，在密切联系群众、服务经济建设大局中，务必讲政治、转作风，重科学、促发展，强素质、树形象，认真"照镜子"，自觉"正衣冠"，主动"洗洗澡"，全面"治治病"，"保持健康，强健体魄"，严格执行相关规定，大力推进公务接待工作。

三、改进工作作风，提升接待效能。 以改进工作作风为抓手，认真对照摆问题，深刻自省找差距，净化身心扫污垢，自我加压树标杆。要以饱满的工作热情和进取精神推进公务接待事业发展，把改进作风的成效体现到大力推进机关建设、拓展接待职能、精心组织重大接待任务上，体现在进一步端正和改进工作的态度、落实的准度、实施的精度和执行的力度上。对照查找工作中规章制度是否健全，执行规定有无偏差，工作协调是否到位，服务意识是否树牢等问题，切实在改进作风中提升接待服务效能和服务质量。

四、聚焦"四风"问题，完善接待规程。 以贯彻落实中央"八项规定"精神为契机，聚焦"四风"，对照要求，完善公务接待工作规章制度，规范接待工作流程，大力促进接待工作规范化、制度化、科学化，特别在考察点和线路安排、餐饮住宿安排、组织会议、调查研究、工作协调、后勤管理等方面，充分体现"八项规定"的要求，确保接待范围更明确，接待标准更明细，接待流程更规范，接待纪律更严明，接待礼仪更简约，接待安排更科学。

五、下基层接地气，树立接待形象。 结合扶贫开发工作、驻村第一书记工作和关爱留守儿童工作，积极践行群众路线，深入基层接地气，体察民情，了解民意；进村入户，摸清底子，制订计划，解民忧，纾民困，帮助群众解决生产生活中的实际困难和突出问题；建立健全定期接访、定期走访、定期反馈制度，进一步树立为民务实清廉形象。

六、创新工作方式，展现接待魅力。接待工作的提升离不开服务的创新、方法的创新、方式的创新。接待服务中要改变为接待而接待的服务形式，推行一站式服务、特色化服务、人性化服务、多角度服务、多方位服务；接待方法上要改变传统的、单一的工作方法，加强与青年志愿者组织的联系与沟通，组建青年志愿者服务人员库，把青年志愿者接纳到大型活动的接待工作中去，发挥青年志愿者在迎接来宾、跟车服务、情况介绍、后勤保障等工作的向导性作用，使接待人员从一般接待事务中解脱出来，把主要精力放到宏观、统筹安排等方面；接待方式上要敢于创新，全方位宣传特色茂名历史和地方餐饮文化、鲜明的石化产业、特色现代农业、滨海新区战略等，展现地方独特魅力。

七、加强基地建设，提高接待水平。接待水平的高低，很大程度上取决于当地接待基地硬软件环境。建立健全服务经营机制，推行企业化管理，推进劳务、用工和分配与市场接轨，建立市场化的接待费结算机制；加强接待基地经营管理，拓展经营路子，可采用部分租赁或合作或控股等形式，降低服务经营成本，盘活资产，提高资产使用率；整合接待资源，推进党政机关内部接待场所或饭堂集中统一管理和利用，建立资源共享机制；加强接待基地软、硬件环境建设，加大员工培训力度，学习接待礼仪常识和业务常识，营造浓厚的企业文化氛围，逐步实现自负盈亏、自我发展。

原载《茂名日报》2014.05.24

坚决贯彻"五个严格" 规范公务接待管理

最近,《中共茂名市委办公室 茂名市人民政府办公室关于规范党政机关国内公务接待管理的意见》(茂办发〔2014〕8号),几易其稿,千呼万唤终于出台了。读完全文,总体感觉有亮点,有新意,可操作性强,就像一篇廉政檄文,激励和鞭策着各部门和领导干部要切实加强党风廉政建设,厉行勤俭节约,反对铺张浪费,营造良好的执政环境。那么,如何贯彻落实文件精神,确保公务接待管理不流于形式,不走过场不走样不走偏呢?笔者认为,只有坚决贯彻"五个严格",执行公务接待管理规定,才能推动我市党政机关国内公务接待管理工作走向深入,走向更高层面,从而大大提升茂名形象,助推茂名科学发展。

一、严格界定公务接待范围是规范公务接待管理的基础。 国内公务,是指出席会议、考察调研、执行任务、学习交流、检查指导、请示汇报工作等公务活动。而要规范公务接待管理,严格界定接待范围十分重要,这是基础性工作。范围界定了,责任明了,"谁家孩子谁家抱",不会扯皮,不会"踢皮球",公务接待工作就可如鱼得水,得心应手,从而大大提升公务接待管理的水平和质量。就这份《意见》而言,界定接待范围时,我市充分考虑到省情和市情，结合实际，从人性化的角度，增加了"应邀来访、出席公务活动的，其相关邀请函件经公务接待管理部门负责人审批同意后，可以纳入接待范围。无公函的公务活动和来访人员一律不予接待"。这一表述，明确了如何处理"有邀请函件"和"无公函"公务活动的接待问题；同时，对招商引资等工作的接待管理也作了界定，实行单独管理，注重实际效益，强化审批和审计监督，严禁以招商引资为名变相安排公务接待。如此一来，只要严格执行既已界定的接待范围，公务接待管理规范化、科学化、制度化就向前迈出了可喜的一大步。

二、严格落实公务接待标准是规范公务接待管理的前提。要规范公务接待管理，前提条件是落实好公务接待标准问题。公务接待标准定了调，有了蓝本，有了依归，那么，公务接待管理自然不会走偏差，不会因超标准而违规违纪，造成不必要的浪费。公务接待标准主要包括用餐标准、住房标准、会议费用标准等。《意见》中明确了各区（市）党委、政府和经济功能区党工委、管委会可根据当地经济发展水平和市场价格等情况，按照会议费用的标准制定并定期调整公务接待标准，纳入预算管理，单独列示。同时，从严控制陪餐人数，接待对象10人以内的，不超3人作陪，而接待对象10人以上的，陪同人数则不能超过接待对象人数的三分之一，这是硬性规定，不可逾越。此外，对住宿、菜式、餐饮等其他要求也作了明确规定。接待标准落实了，关键是贯彻执行的问题。公务接待管理当中，绝不能有违反《党政机关厉行节约反对浪费条例》《党政机关国内公务接待管理规定》《广东省党政机关厉行节约反对浪费实施细则》《广东省党政机关国内公务接待管理办法》等法规的行为发生，更不能突破标准安排公务接待，否则，规范管理就无从谈起，法规就变成一句空话，形同虚设。

三、严格规范公务接待行为是规范公务接待管理的关键。规范公务接待管理，在很大程度上取决于公务接待行为规范与否。公务接待行为涉及面广，主要包括公务接待原则、对口接待问题、公务接待清单、迎来送往的安排、参观考察点的安排、公务接待车辆的安排、廉洁自律规定以及活动场所、活动项目和活动方式等一系列行为。如何规范这些行为，这就要考验接待单位的执行能力、组织协调能力和政治敏锐力。细节决定成败，如果公务接待行为不规范，或者某些行为失误，或者在执行过程中某个环节出差错，那么，整个公务接待工作就白搭了，不但严重影响茂名的形象和声望，而且严重影响茂名经济的科学发展乃至全局。可以这样说，公务接待行为规范了，公务接待管理就规范了，对茂名的各项工作将大有裨益，大有促进。

四、严格执行公务接待财经纪律是规范公务接待管理的根本。违反接待财经纪律，从小的来说，是违规违纪行为，从大的来说，那是贪污犯罪。因此，《意见》中明确了"五禁止"：禁止在接待费中列支应当由接待对象承担的费用，禁止以举办会议、培训为名列支、转移费用，禁止向下级单位或个人转嫁接待费用，禁止在非税收入中坐支接待费，禁止借公务接待名义列支其他支出。同时，严格按照国库集中支付制度和公务卡管理规定来支付接待费，并附上财务票据、公函和接待清单。如此严明的财经纪律，既像一股扑面而来的清风，沁人肺腑，振奋人心；又像悬在头上的一把双刃剑和套在头上的一道"紧箍咒"，稍不留神，就会碰得头破血流，甚至走上不归路。只要依法依规，循规蹈矩，公务接待管理规范化、科学化、制度化的道路也就越走越近了。

五、严格进行公务接待督查是规范公务接待管理的保障。进一步建立健全监督检查机制，是确保规范公务接待管理的重要制度保障。没有切实可行的监督检查制度，公务接待管理规范化问题始终走不出恶性循环的怪圈。《意见》中明确了市公务接待管理部门是制定全市党政机关国内公务接待管理制度的部门，指导下级党政机关国内公务接待工作，会同财政、审计、纪检监察机关按年度对本级各部门及下级党政机关国内公务接待规章制度制定、标准执行、经费管理使用、信息公开、接待项目、接待场所管理等情况进行监督检查，定期公开督查情况，接受社会监督，并将国内公务接待工作纳入问责范围，违规违纪行为将严肃查处。督查内容多，任务重，责任大，压力也不小，严厉的公务接待督查机制，把公务接待管理部门的职能和政治地位一下子抬高了一大截，这为规范公务接待管理提供了合理依据和法规保障。只要规范运作，依规执行，健全督查制度，公务接待管理就会向规范化方向推进和发展。

原载《茂名日报》2014.09.22

原载《南粤接待》2014 第 4 期

践行"三严三实" 铸造公仆之魂

党的十八大以来，习近平总书记在不同的场合多次强调，党员干部特别是各级领导干部要严以修身、严以用权、严以律己，谋事要实、创业要实、做人要实。这"三严三实"无疑是贯穿着马克思主义政党建设的基本原则和内在要求，成了共产党人最基本的政治品格和做人用权准则，党员干部修身之本、为政之道、成事之要。最近，中央也作出了在县处级以上领导干部中开展"三严三实"专题教育活动的部署，作为落实习近平总书记从严治党要求的战略决策，作为党的群众路线教育实践活动的延展深化，作为加强党的思想政治建设和作风建设的重要举措。因此，党员干部必须深刻领会践行"三严三实"的精神实质，切实把"三严三实"内化于心，外化于行，固化于制，全力铸造公仆之魂，为贯彻落实"四个全面"战略布局提供不竭动力、坚实基础和根本保证。

一、铸造公仆之魂，必须全面领会和理解践行"三严三实"的精神实质和基本内涵，把"三严三实"作为协调推进"四个全面"战略布局的不竭动力和力量之源

"三严三实"从字面上看，就是"严"与"实"，是一个有机统一的整体。"严"，强调的是凡事都要懂规矩、讲规矩、守规

矩；"实"，注重的是在规矩之内，做事做人要有务实精神，要有实干态度，要有实际效果。

（一）明确践行"三严三实"的起点在于"严"，终点在于"实"。手握公权力的领导干部，要以"严"字为前提和保证，这是修身、用权、律己之本；要以"实"字为目的和根本，这是谋事、创业、做人之基。只有"严"字当头，严修身、严用权、严律己，才能以"实"字作为归宿，谋事实、创业实、做人实。

（二）正确理解"修身"与"干事"。所谓做事先做人，有才须有德。德行不彰，才能亦失色。《礼记·大学》曰："古之欲明明德于天下者，先治其国；欲治其国者，先齐其家；欲齐其家者，先修其身。"可见，齐家、治国、平天下，就是要以修身为前提，而党性修养从本质上说就是做人的修养。因而，作为党员干部要以"三严三实"作为基本准则，把做人与做事、修身与创业结合起来，从"严以修身"做起，只有修好身，学会做人，才能会干事、干好事。

（三）尊重人民的主体地位和首创精神，凝聚民心，广集民智。各级领导干部作为协调推进"四个全面"战略布局的组织者、推动者、引领者和实践者，只有尊重人民的主体地位和首创精神，凝聚民心，广集民智，群策群力，而且要严以修身、严以用权、严以律己，以脚踏实地的精神务实谋事、创业做人，才能提升党的凝聚力、战斗力和执行力，增强党的影响力和公信力，从而为共同推进"四个全面"战略布局提供不竭动力和力量之源，确保"四个全面"战略布局落地生根，开花结果，惠及和反哺广大民众。

二、铸造公仆之魂，必须对党忠诚、个人干净、敢于担当，把"三严三实"作为修身之本、为政之道、成事之要

俗话说：群众看党员，党员看干部。党员也就自然而然成了群众的标杆，而领导干部则是标杆中的标杆。因此，领导干部在践行"三严三实"过程当中，必须要以身作则，率先垂范，敢于担当，勇于负责，恪守"三严三实"要求，发挥示范带头作用，靠实干立身，凭实绩进步，做到以想干事凝聚力量、以敢干事展示气魄、以会干事增强本领，通过自觉行动来体现"三严"，通过实践来检验"三实"。

（一）强化责任担当意识。"是否具有担当精神，是否忠诚履责、尽心尽责、勇于担责，是检验每一个领导干部身上是否真正体现了共产党人先进性和纯洁性的重要方面。"这是习近平总书记多次强调的领导干部要有担当精神。可见，敢于担当是我们党先进性的题中应有之义，是领导干部对党是否忠诚的具体表现，是领导干部基本素质和个人修养的重要标志。因而，党员干部必须要强化责任担当意识，可以说，责任担当意识有多强，责任感就有多强，责任感有多强，则对人民负责的态度就有多强，对党和国家的忠诚度就有多深，这是领导干部做人做事责任担当精神的第一要素。

（二）主动担当执政为民的责任。在其位、谋其政、负其责，这是作为每一位党员干部应有的执政为民之责。在党言党、在党忧党、在党为党，为党尽心、为国尽力、为民尽责，凡事都要主动担当起执政为民的责任，一切从人民群众根本利益出发，竭尽全力做好分内事，力求做到守土有责、守土负责、守土尽责。

（三）在工作中体现责任担当。群众利益无小事，只有坚持权为民所用、情为民所系、利为民所谋，切实为群众办实事做好事，在工作中时时处处体现责任担当，才能彰显领导干部说话的"底气"，处事的"灵气"，工作的"朝气"，谋事的"才气"，干事的"地气"。

三、铸造公仆之魂，必须坚持"严""实"结合，加强党性修养，把"三严三实"作为做人谋事、创业用权的行为准则

中央在县处级以上领导干部中开展"三严三实"专题教育活动的根本目的在于，通过加强领导干部的党性修养，着力解决"不严不实"问题，切实增强践行"三严三实"的思想自觉和行为自觉，提高党员干部思想水平和执政能力，从而为全面建成小康社会提供坚实政治基础和组织保证。

（一）正确看待和使用手中的权力。每一个职位都意味着相应的权力和责任，有职就有权，有权就有责，职、权、责是不能脱节和不可分割的，是有机统一的。如何看待和使用手中的权力问题，就成为领导干部践行"三严三实"的关键所在。一切权力来源于人民，一切权力属于人民，权为民所赋，权为民所用，权为民所督，这是我们每一位党员干部必须牢牢记住的权力观，也是我们每一位共产党人必须具备的政治品格和基本素质。因此，"有权不可任性"，行使手中的权力必须依法依规，中规中矩，这是领导干部"严以用权"的基本要求。

（二）坚持"三严""三实"结合，善于把践行"三严三实"与履职尽责结合起来。加强作风建设，坚定理想信念，践行根本宗旨，本质上就是不断加强党性修养，提高领导干部做人谋事、创业用权的本领。只有坚持"三严""三实"结合，返璞归真，回归领导干部个人本真的要求，才能更好地继承和弘扬共产党优秀传统，才能善于做人谋事和创业用权，确保"三严""三实"落到实处。

（三）把"三严三实"作为严格遵守新常态下作风建设的新要求和反对"四风"的强大思想武器。"四风"问题，说到底就是"不严不实"的具体表现，是"三严三实"的对立面。践行

"三严三实"，就是从修身、用权、律己、谋事、创业、做人等方面对党员干部提出了新标准和新要求，是从"严"和"实"的高度为领导干部指明了为官之道和从政准则，只有修身严、用权严、律己严，才能谋事实、创业实、做人实，也只有主动适应和严格遵守新常态下作风建设新要求，把"三严三实"作为反对"四风"的强大思想武器，才能更好地践行"三严三实"，以优良的党风促政风带民风，从而促进各项事业发展。

四、铸造公仆之魂，必须要深学精知，身体力行，知行合一，把践行"三严三实"内化于心，外化于行，固化于制

开展"三严三实"专题教育活动，最终的效果要体现在"三个见实效"：在深化"四风"整治、巩固和拓展党的群众路线教育实践活动成果上见实效，在守纪律讲规矩、营造良好政治生态上见实效，在真抓实干、推动改革发展稳定上见实效。而要达到"三个见实效"，领导干部必须把知和行、认识和实践统一起来，学会在干中学、在学中干。

（一）从实际出发，尊重事实，尊重规律，深学精知。要善于在总结实践经验的基础上不断深化对"三严三实"的认识和理解，从实际出发，尊重事实，尊重规律，强化问题导向，带着问题开展学习教育，牢牢把握精神实质，深学精知，把"三严三实"内化于心。

（二）切实行动起来，以实干精神、务实作风、实际行动践行"三严三实"。要结合正在开展的驻点直联工作和扶贫开发工作，以实干精神、务实作风、实际行动深入农村基层一线，深入田间屋头，听民声，纾民困，解民忧，排民难，为群众办实事做好事，切切实实把"三严三实"外化于行。

（三）勤学善思，温故知新，着眼于长效机制。要善于学习，温故而知新，善于在学习中不断丰富和创新活动内容和活动载体，摒弃"耍花架子""贴时髦标签""玩文字游戏"等与"三实"格格不入和不学无术的做法，着眼于长效机制，建立和完善制度，把"三严三实"固化于制，变成领导干部的行为准则和基本规矩。只有依靠自律和他律，依靠制度和规矩，依靠思想自觉和行动自觉，勤学善思，身体力行，知行合一，才能真正做到严以修身、严以用权、严以律己，谋事要实、创业要实、做人要实，铸造公仆之魂。

原载《茂名日报》2015.07.01

强化群众观念　弘扬清风正气

今年纪律教育学习月期间，一本《警醒与教训——损害群众利益典型案例教育读本》引起笔者的阅读兴趣。编者精心编排了25组镜头，集中反映了部分镇村两级干部贪污征地补偿款、公益林补偿款、救灾扶贫款，挪用、侵占安居工程补助、燃油补贴、种粮补贴，利用职权索取钱财、受贿、谋取不正当利益的种种行径，犯罪手法、丑恶行径触目惊心。通读教育读本，字里行间，如春风化雨，润物无声；如战斗檄文，发人深省，耐人寻味，颇受启示。

启示一：监管机制缺失，监督缺位乏力，是导致部分干部损害群众利益的关键因素。自1999年实施村民自治以来，我市广袤农村发生了翻天覆地的变化，各地按照村民自治的要求，出台和完善了村民自治制度和监督制度。然而，在监管制度日趋完善的语境之下，仍存在着一些监管漏洞，让村干部有可乘之机，导致损害群众利益的案件时有发生，且大有愈演愈烈之势，这应引起各级党委、政府的高度重视，毕竟这不是小问题。我们须知，任何工作如果监管机制缺失，监督缺位乏力，那么，即使再完善的监管制度，对于"官小而权大"的村干部来说，也犹如花瓶，形同摆设，如此一来，村干部不做损害群众利益之事那才怪呢。黄某，身居茂名市碧桂园所在地茂南区镇盛镇那梭村党支部书记、主任一职，要风得风，要雨得雨，风光无限，无论招商引资抑或征地拆迁等工作，一直都被镇委、镇政府乃至区委、区政府视为先进典型，树为标杆。然而，黄某却得意忘形，把群众利益抛诸脑后，罔顾监管制度，一手遮天，居然胆大妄为，虚开支出现金收据套取集体款私分。这说明了农村中人治思维还相当普遍，有些地方村级监管机制形同虚设。笔者弄不明白的是，村账镇管制度早已实施，为何村干部套取现金却如探囊取物、轻易得手呢？显而易见，这是镇有关部门监管不到位，监督缺位乏力的表现。虽然村务公开制度、村民代表会议议事制度、民主理财制度等也十分健全，但是迫于村干部的威慑力，村民想监督而监督不了，从而导致了损害群众利益的案件屡屡发生。因而，只有加大监督力度，而且也只有监督到位到点，形成监管长效机制，才能真正对村干部起到监督和管理作用。

启示二：群众观念淡薄，自律意识薄弱，是导致部分干部损害群众利益的主观因素。作为村一级的干部，天天与群众打交道，一举手一投足，在某种意义上往往代表了党委和政府在基层的形象，是民心向背的风向标。如果村干部的群众观念淡薄，廉洁自律意识薄弱，心中没有老百姓，视群众利益为无物，视党风廉政建设和规章制度为儿戏，那么，廉洁自律底线就会失守，这样势必影响党群、干群关系，影响党委、政府的权威和公信力。吴某，一个响当当的人物，当镇盛镇彭村书记40年，茂南区无人不知，无人不晓，镇干部管他叫"书记头"，是区镇名副其实的"金牌书记"，足见吴某的说话和做事的分量是任何村干部都无法比拟的，极具号召力和影响力，可谓一呼百应。然而，遗憾的是他却落马了。落马的原因很简单，一个"贪"字。贪念一且占据了上风，也就自然而然地不把群众放在眼里了，渐渐脱离了群众，步步滑向了深渊，正如习近平总书记所说："一个政党，一个政权，其前途和命运最终取决于人心向背。如果我们脱离群众、失去群众拥护和支持，最后总也会走向失败。"吴某正因为一念之贪，最终没能守住廉洁自律这道底线。贪污了4万多元，失去了群众，失去了名声，失去了自由，落得个"晚节不保"的臭名。因而，各级领导干部要筑牢群众观念，守住自律底线，那才是上上之策。

启示三：文化素质低下，疏于学习教育，是导致部分干部损害群众利益的根本因素。其实，文化素质低下并不是问题，问题的关键是，明知文化素质低，却偏偏懒于学习，疏于教育，放任自流，甚至连基本的法律常识都不懂，那就是幼稚、无知的表现了。有的居然把群众利益当作赚钱的工具，视扶贫资金为"唐僧肉"，"能吃一口是一口，能骗一笔是一笔"，还挪作经营发展私人公司，着实可悲可叹。时下，很多外出老板纷纷回乡加入了村干部队伍，想大展拳脚一番，以实现人生价值。然而，抱着"捞一把"目的而回来的也不乏其人，陈某可算是"精明"的一个。他就任茂南区袂花镇荔枝车村书记只不过短短两年，大事做不来，却手眼通天，把"老板"式的思维方式和"家长制"的管理模式发挥得淋漓尽致。而且深谙"捞钱"之道，把村委会当作自己的"公司"，把群众利益当作可买卖的"商品"，把村中的公益项目当作"摇钱树"，凌驾于制度之上，大搞"一言堂"，大至"一事一议"财政奖补专项资金，小至帮扶单位支持的修缮款，"大小通吃"，动辄千多元的高级洋酒、餐费和礼品发票，还明目张胆、肆无忌惮地挪用扶贫资金作为自己公司的运营经费，这个村干部当得潇洒、风流、快活。很显然，这是文化素质低下、疏于学习教育的最生动最形象的表现。如此折腾下去，还有什么党性原则、党的先进性和纯洁性可言？因此，加强学习教育，提高文化素质，应是今后一个时期加强村干部队伍建设的努力方向和题中应有之义。

启示四：**思想道德滑坡，法治观念淡薄，是导致部分干部损害群众利益的内在因素。**众所周知，党的执政之基在于农村，基础不牢地动山摇。如果基础夯实了，筑牢了，地自然不会动，山也不会摇。因而，各级党委、政府一直十分关心农村的困难群众和弱势群体，出台了一系列的扶贫惠农政策，把党和政府的温暖送到贫穷农户的心坎上。但是，农村干部队伍当中居然有这么一些人，敢冒天下之大不韪，利用手中权力，把黑手伸向了贫困农户的"兜"里，索要危改房扶持款，私分帮扶资金，甚至连"低保户""五保户"的救命钱也敢"吃"，思想道德滑坡到如此地步，法治观念淡薄到如此程度，实在不可理喻。有着 20 多年党龄的化州大塘村党支部书记陈某就是这样一个人，不管办任何事，不给好处不办事，办了事一定要好处，无视党纪国法，摊派和私分扶贫款，向危房户索取"辛苦费""跑腿费"。这种"过河湿脚"的做派，与元代散曲《醉太平·讥贪小利者》中"贪小利者"的丑恶嘴脸无异。"夺泥燕口，剥铁针头，刮金佛面细搜求，无中觅有。鹌鹑嗉里寻豌豆，鹭鸶腿上劈精肉，蚊子腹内刳脂油，亏老先生下手。"陈某厚颜无耻到这般田地，着实令人唏嘘，既是思想道德沦丧滑坡的表现，也是"贪婪""法盲"本质的体现。因而，村干部的思想道德教育不能放松，法治观念更需强化。

启示五：**惩处力度不够，歪风邪气盛行，是导致部分干部损害群众利益的外在因素。**村干部是经村民选举产生而负责管理村级事务的人员，严格意义上说并不是公职人员。然而，村干部作为特殊群体，我们不能小觑，"别把村干部不当干部"。事实上，他们手握的公权力并不亚于公职人员，掌握着涉农各类资金的分配、村民建房用地审批、集体资产处置、计生、殡改、社会事务、农业水利设施、道路工程建设、征地拆迁等，这些事务都与群众利益息息相关，而且也都得依赖于村干部才能完成。如果是村级组织管理混乱，民主监督流于形式，权力监管缺位，那么，这就为"小村官"埋下了滋生腐败的根。加之基层领导干部对村干部的权力也有一种误区，总认为村干部工作辛苦、烦琐、压力大，没有什么问题可出，即使出了也是小问题。甚至有的基层干部明知村干部出了问题，还出面说情，争取大事化小、小事化了，这样就无形中助长了村干部违法乱纪等歪风邪气的蔓延，久而久之，村干部就胆大妄为起来了，为所欲为。信宜市旺将村原党支部书记仇某，当了40多年支部书记，50多年的村干部，在村中俨然"土皇帝"，说一不二，独断专行，我行我素。在处理旺将电站纠纷当中，由于市、镇组织调处时态度过于暧昧，从而助长了仇某的嚣张气焰，于是，他以做群众思想工作为由，多次受贿或变相索取9万多元，最终变成了阶下囚。可见，对于出了问题的村官，无论党龄多长、资格多老、年龄多大，绝不能包庇、纵容、护短，而应形成强大的震慑力，促使村干部不能抱有侥幸心理，不能以身试法，以达到"查处一起，警示一群，教育一片，整治一方"的效果。

原载《茂名日报》2015.08.31

树立集团化办学理念
打造健康职业教育品牌

最近，教育部发布了《关于深入推进职业教育集团化办学的意见》，明确提出要扩大职业教育集团覆盖面，到 2020 年初步建成 300 个具有示范引领作用的骨干职业教育集团，鼓励国内外职业院校、行业、企业、科研院所和其他社会组织等加入职业教育集团。显而易见，多元主体组建职业教育集团，开展职业教育集团化办学，探索职业教育体制机制改革创新，不仅是加快发展我国现代职业教育的重要方向，也成了高等职业教育创新发展的新常态。校企合作大门的敞开，再次给职业教育插上了走向辉煌的翅膀。作为刚刚成立的广东茂名健康职业学院，肩上的担子并不轻。紧跟政策形势，引领茂名健康产业发展，打造茂名健康职业教育品牌，推进高等职业教育发展，这是广东茂名健康职业学院义不容辞的责任和题中应有之义。

一、树立集团化办学理念，推动健康职业教育优质资源共享。 "政府引导、市场运作、龙头带动、城乡联姻、校企合作、实现共赢"，这是我国职业教育集团化的办学理念，通过市场与合作双机制，整合教育资源，避免重复建设，实现资源共享和优势互补，发挥教育资源最大效用。可见，跨行业、跨区域协同创新发展是经济发展新常态下的必然要求，"大职业教育"则是职业教育发展的必然趋势。职业教育集团化办学作为加快发展我国现代职业教育的重要方向，从本质上说，就是通过搭建职业教育平台，对行业、企业、科研院所、用人单位等进行资源整合，形成利益共同体，发挥资源优势，实现资源共享，达到多元合作、协同育人、协同发展、协同创新，促进人才培养链、产业链和利益链的深度融合。茂名健康职业学院是一家刚刚成立的高等职业院校，与南方医科大学、广州中医药大学、广东医学院等医学类院校和医药类企业的合作空间则是全方位的。开展深度战略合作，能促进办学宗旨、培养目标、办学组织、办学方式与行业企业和社会经济发展高度契合，推动健康职业教育优质资源共享。

二、树立集团化办学理念，激发健康职业教育办学活力。职业教育集团化办学并不是职业院校单方或者孤立办学，而是庞大的社会系统工程，涉及行业、企业、学校、社会等多方，因而在教育、科研、培训、社会服务、生产等方面必然要紧密结合、融为一体，才能激发高等职业教育办学活力。企业要根据健康职业学院的教学要求设置相应的教学机构、实训室和开发对应专业岗位；健康学院要对接专业需求引入企业资源，引进企业文化，共育技术技能人才，共建实训实验基地，建立产品试制基地，促使"实训室——病（药）房、教师——医（护、药）师、学生——学徒、实习——实操"有效贯通。只有强化校企合作，深化产教融合，实施"走出去"和"请进来"战略，不断创新健康职业教育办学模式，开展跨区域服务，促进区域职业教育协调发展，才能实现"校企一体、产教并举、中高对接、区域联动"，形成学生、学校、企业、社会多赢格局。

三、树立集团化办学理念，深化健康职业教育教学改革。集团化办学是发展现代职业教育的重大举措，承担着引领区域、行业职业教育教学改革的重任。茂名健康职业学院作为培养健康产业人才的重要载体，必须深化办学模式、人才培养模式、专业设置模式、教学模式、教学评价模式改革，才能推动健康职业教育教学改革与健康产业转型升级衔接，促进产业链、岗位链、教学链深度融合。我们要充分发挥合作单位在专业技术、设备设施、专业人才、组织管理等方面的资源优势和影响力，参与健康职业学院人才培养与教学改革，为健康职业教育提供实训基地、实习岗位、兼职教师、课程素材等不可或缺的优质教学资源，形成教育资源流动和共享。建立健全专业设置动态机制，在现有护理、药学、健康管理、医学检验技术、康复治疗技术等专业基础上，根据健康产业发展态势适时作出专业设置调整，增加口腔、助产、营养、旅游、健身、美容、保健、养老等专业，以适应经济社会对健康产业技术技能人才结构、规格和质量要求，服务于国家"一带一路"发展战略，从而提升健康职业教育国际影响力和健康产业国际竞争力。

四、树立集团化办学理念，拓宽健康职业教育人才培养渠道。茂名健康职业学院作为新创办的高等职业院校，健康职业教育人才培养的上升通道尚没打通，还处于探索阶段，只有通过集团化办学，才能拓宽适合健康产业发展的技术技能人才培养渠道。我们可以借助职业教育集团的中职、高职、本科院校和国际高等教育机构，为学生接受不同层次健康职业教育提供机会，为学生多途径成才搭建"立交桥"，为教师和企业员工技术技能培训交流、健康职业教育与企业人才供需衔接、学生和企业员工流动顶岗兼职创造条件。茂名健康职业学院要积极推动中高职五年一贯制，打通与本科院校上升通道，实现高职与本科对接，开展国家级中职师资培训和订单培养、定向培养、现代学徒制等，尝试"文化素质+职业技能"招生考试办法，建立学分积累与转换制度。只有这样，才能不断拓宽健康产业技术技能人才成长通道，提升服务能力，促进就业创业。

五、树立集团化办学理念，提升健康职业教育服务区域协调发展能力。立足和服务区域经济发展不仅是高等职业院校的责任所在，也是高等职业院校赖以生存的发展动力。因此，高等职业院校服务于区域经济发展的关键取决于高等职业院校与区域经济产业链的对接程度。茂名健康职业学院的创建，正是市委、市政府在国家高度重视健康产业发展的语境之下，审时度势，从实施滨海发展战略和城市向东向南靠海发展战略的高度，紧紧抓住"一体两翼三大抓手"发展思路，加快推进我市"一本四专"高校建设的结果。因此，茂名健康职业学院的办学思路和发展定位，只有结合健康产业发展态势和老龄化社会的实际，构建"政府、行业、企业、学校"联动命运共同体，聚集多方资源，培养适合社会需求的健康产业技术技能人才，才能真正实现茂名健康职业学院人才培养与健康产业发展对接，实现校企协同创新科技成果与区域经济发展对接，实现行业企业发展战略选择与区域发展动向对接，形成健康职业教育与区域经济发展良性互动，促使校企合作从低端走向高端，从而提升健康职业教育服务区域经济能力，促进区域协调发展。

六、树立集团化办学理念，规范完善健康职业教育保障机制。当前，我国正处于全面建成小康社会的决定性阶段，正处于深化改革、加快转变经济发展方式的攻坚时期。只有加快职业教育发展，尤其高等职业教育改革创新，才能真正落实中央"四个全面"战略布局。实践证明,开展集团化办学是深化产教结合、校企合作,激发职业教育办学活力,促进优质资源开放共享的务实改革创新之举。职业教育集团化走过了 20 多年,虽然取得了一定成绩,但是效果不尽如人意,尤其是政策扶持、经费投入等明显不足。最近,教育部出台的《关于深入推进职业教育集团化办学的意见》,明确提出要扩大职业教育集团覆盖面,到 2020 年初步建成 300 个具有示范引领作用的骨干职业教育集团。在短短的 5 年间,要按时按质按量完成如此艰巨的组建任务,如果没有政府的政策支持和社会各界的参与,规范完善高等职业教育保障机制,是根本完成不了的。茂名健康职业学院作为茂名健康产业航母尽管已扬帆起航,然而,很多工作却尚处于"摸着石头过河"阶段,基础设施建设、办学经费、校园扩建、教学仪器设备、教学管理、学生管理、建章立制等方方面面,都需要政府和社会各界从人力、物力、财力的支持,尤其要优先落实教育、财税、土地、金融等政策,全力支持茂名健康职业学院开展体制机制改革、招生招工一体化、培养模式创新等探索创新,大力支持建设集教学、生产、培训等功能于一体的共享型实训基地、专业教学资源、仿真实训系统和共享型教学团队,支持创建就业、用工、招生、师资、图书、技术、管理等信息共享平台,推动茂名健康职业学院内涵发展,从而加快推进职业教育集团化发展步伐,提升社会服务能力。

原载《茂名日报》2015.11.16

打造健康职业教育品牌
推进职业教育集团发展

深入推进职业教育集团化办学，是国家教育体制改革的必由之路。最近教育部出台的《关于深入推进职业教育集团化办学的意见》，为各地内涵建设和发展职业教育指明了方向，为推进职业教育集团化发展开出了良方。这对打造茂名健康职业教育品牌，加快推动我市职业教育集团化办学，推进高等职业教育发展具有里程碑的意义。

一、职业教育蓬勃发展催生职业教育集团，推动职业教育体制改革创新

职业教育集团化诞生于 20 世纪 90 年代初，是国家教育体制改革的产物，可比起早在 20 世纪 60 年代就出现的国外职业教育集团已然慢了大半拍。令人欣慰的是，职业教育凭借自身固有的优势，发展速度之快令人咋舌，全国各地职业教育如雨后春笋般蓬勃发展，方兴未艾，成为教育行业的佼佼者，催生了模式多样而且独具特色的职业教育集团。天津市批准组建的 5 家行业职业教育集团，注重校企合作与工学结合，发挥校企优势，校企资源共享，注重知识与技能培养，提高学生实践能力，促使学生实现从学校到社会的跨越，促进创业就业，形成了"天津模式"。河

南省在 8 类行业组建了职业教育集团，以"以城带乡"为主要特色，以名牌职业院校和品牌专业为龙头，联合职业院校、企业等组建职业教育集团，以城带乡，以强带弱，城乡结合，资源互补，实现了横向、纵向联合发展，推动职业教育集团化发展，缔造了"河南模式"。江苏省依托优势产业，打造了"江苏模式"，最大特点就是分段教育，以教学条件优良的高等职业院校为龙头，中等职业学校为主体，行业企业联合，形成集团分段培养体系，实行学生先到中等职业学校接受基础知识教育和技能培训，再到高等职业院校继续深造培养，实现中职教育和高职教育有机结合，优势互补，发挥资源最大效用。海南省以旅游、商业等行业为服务导向，创造了"海南模式"，主要采用市县合作、三段式培养方式，分为市县职教中心负责基础文化知识培养、城市中等职业学校负责专业理论及技能培养、企业负责实习三个阶段，进而达到全面提升职业教育水平和最佳效应。广东省组建了近 60 家行业性或区域性职业教育集团，参与成员达 211 所职业院校、119 个行业协会、4000 多家企业，初步建立了招生、培养、实训、就业一条龙，产教融合、校企合作的现代职业教育"广东模式"。云南、福建、浙江、山东、河北等也依托地方优势产业组建了职业教育集团，形成了富有地方特色的典型模式。

职业教育集团化办学作为组织调动社会力量参与办学，吸引更多资源向职业教育汇聚，持续推进职业教育办学模式、育人模式改革的有效途径，成为国家职业教育改革发展的重要方向和重大举措。由此可见，深化推进职业教育集团化办学，不但是发挥企业重要办学主体作用、促进职业教育"双主体办学"的重要实现形式，创新技术技能人才培养模式、提升技术技能人才培养质量的重要途径，而且是新形势下整合职业教育资源、实现优势互补、谋求共赢的务实创新之举，还是实现职业教育为经济服务、校企合作、产学研结合，推动职业教育向规模化、连锁化、集团化发展的重要载体。这对全面落实"四个全面"战略布局，全面提升服务国家战略，推动职业教育体制改革创新、办学主体发展、办学水平提升、办学效益提高等发挥着重要的作用。

二、突破壁垒，厘清权责，为职业教育集团发展提供政策扶持

（一）打破散兵作战、单打独斗、活力不足局面，形成多元主体办学格局。经过 20 多年的探索和发展，我国职业教育集团化办学从无到有、从小到大、从单一到多样，初步形成了多元主体办学格局。尤其近几年，随着国家对职业教育的重视，推进力度大，发展迅速，有效地推动校企资源整合，促进技术技能人才系统培养，形成了一批特色鲜明、规模大、上档次、知名度高、影响广泛的职业教育集团，越来越多的社会力量积极投身于职业教育领域。有关数据显示，截至 2013 年，全国共有职业技术培训机构达 11.23 万所；亦有统计资料表明，2015 年整个学历职业教育市场的规模达 2959 亿元；华泰证券预测，到 2020 年，我国职业教育市场规模有望突破万亿元。可见，职业教育发展前景广阔，大有可为。遗憾的是，如此庞大的职业教育机构与市场之间却缺乏集团化办学的能力，没能发挥应有的协作效应，大部分教育机构仍处于散兵作战、单打独斗层面，加之行业企业参与热情不高，活力不足，动力不够，合作基础和合作精神不对等，因而，政策制定、师资队伍建设、教学实训环境、地区均衡发展、产教融合等方面面临着严峻的挑战。随着教育部《关于深入推进职业教育集团化办学的意见》的出台，集团化发展的方针政策对小而散的职业培训市场亮起了整合的信号，随之将会引发新一轮行业企业以各种各样的形式参与职业教育的热潮，职业培训机构也会因"企业"和"职业教育机构"双重身份，成为此轮热潮的重要参与者和受益者。

（二）实现校企利益均沾，推进职业教育集团内涵建设。职业教育集团化并不是新生事物，办学思路很早以前就已提出，而且全国多个省份都已有较大数量的职业教育集团成立运行，也许受到诸多因素的掣肘，运行效果却并不尽如人意。众所周知，职业教育集团化面向的是产业与教育内部共建，遵循的是职业教育和产业发展规律，如果行政指令多，干预多，那么职业教育集团就不算真正意义上的教育集团，却往往变成了行政机构的附属，彻底改变了组建职业教育集团的初衷。其实，通过行政指令来推动职业教育集团发展，形式大于内容已然成为通病，虽然在组织形式上有了实体，但事实上却沦为空架子，成员单位之间的利益分配不均，多赢局面没能真正形成。因此，要打通学校与产业之间的利益壁垒，加快职业教育内涵建设，实现利益均沾，还有很长的路要走，仍需各方通力合作，才能形成多赢局面。

（三）突破"流于形式，走过场"政策壁垒，为职业教育集团化办学提供政策支撑。深入推进职业教育集团化的关键是制定一套无论院校抑或行业企业都能接受的协同办学机制，而且不能搞形式主义和重复建设。就目前而言，不少职业教育集团的管理机构只是参照学术性团体来建设，却很少集团在民政部门进行法人注册，有的即使注册了，也只是依附于牵头单位，成员单位仅仅只有一所学校和若干家企业。而且成员单位代表性不强，区域、行业骨干、龙头企业参与比例不高，集团章程、规划、配套制度和日常协作机制不健全，存在明显的学校内部管理痕迹，民主治理也得不到充分保障，影响了其他成员单位参与热情和集团整体实力的提升。因此，作为地方教育行政主管部门或者行业主管部门，应加大政策制定及监管力度，不能过多干预，而应创造条件，为职业教育集团化可持续发展提供强有力的政策支撑。

（四）完善政策环境，扫清体制障碍，给力职业教育集团发展。任何工作的开展和推进都离不开地方党委、政府的政策支持和引导，职业教育集团化发展概莫能外。由于政策环境的不给力和监管制度的缺失，存在政出多门、多头管理现象，况且对职业教育集团缺乏权威认定和评价考核，因而严重影响了职业教育集团常态化的运行及办学成效的发挥。很多省份尽管出台了专项保障性政策，然而却只停留在文件上。据不完全统计，目前全国927个职业教育集团中能享受到政府专项经费投入的不足10%。可以说，要把职业教育集团做大做强，各级党委、政府必须在外部环境、组织架构、管理制度、载体建设、服务能力等方面提供政策支持，扫清体制障碍，理顺体制关系，创造宽松优厚的政策环境，从而激发职业教育集团办出活力，办出特色，办出成效。

（五）转换角色，明确定位，厘清权责，做优做大做强职业教育集团。职业教育集团作为一项复杂的社会系统工程，涉及职业院校、企业、行业、政府等，如果角色地位不明确，权责不清晰，必然导致运作管理不规范。目前，职业教育集团在发展过程当中，由于政府的主导作用和职业院校的主体作用没得到充分发挥，行业、企业参与的约束机制和激励机制尚没形成，运作管理不规范在所难免。因此，作为地方政府要主动扮演积极引导和宏观调控角色，明确定位，厘清院校、企业、行业及政府的权利、义务和责任，赋予职业教育集团更多的办学自主权，建立与市场经济体制相适应的职业教育集团运行体制，运用利益杠杆促进企业参与职业教育集团建设，做优做大做强职业教育集团。

（六）拓展办学功能，合力培养技术技能人才。集团化办学作为发展现代职业教育的主要载体，只有通过统筹中职教育、高职教育、职教集团内各成员单位等方式，建立跨行业、统领校企的职业教育集团，才能服务国家区域发展战略，为区域特色产业提供技术技能人才支撑，实现各类职业教育管理一体化。显然，现阶段职业教育集团的优势尚没完全体现出来，职业院校专业发展与功能建设存在虚假成分，成员企业、行业组织参与人才培养的不多，没能把企业行业最新要求和标准引入学校，实训基地建设没能形成人才动态流动和互聘共享。因此，院校要主动承担起主体责任，行业组织发挥桥梁纽带作用，成员企业则要自觉负担起社会责任，为职业教育提供实训基地、实习岗位、兼职教师、课程素材等教学资源，这样才能推动职业教育改革，促进行业产业持续发展。

三、健康产业发展业态为打造茂名健康职业教育品牌提供原动力支撑

（一）健康产业政策导向清晰，为打造茂名健康职业教育品牌奠定基础。健康产业作为一项新兴的朝阳产业，方兴未艾，成为中国经济的新亮点，市场发展潜力巨大，任何产业都无法比拟。国务院《关于促进健康服务业发展的若干意见》从鼓励扩大供给、刺激消费需求两个维度提出了放宽市场准入、加强规划布局和用地保障、完善财税价格政策等七大政策措施，勾勒了健康产业未来发展的蓝图，到 2020 年，健康服务业总规模达到 8 万亿元以上，基本建立覆盖全生命周期、内涵丰富、结构合理的健康服务业体系，打造一批知名品牌和良性循环的健康服务产业集群，并形成一定的国际竞争力，基本满足广大群众的健康服务需求。国务院《关于加快发展养老服务业的若干意见》也提出，到

2020 年全面建成以居家为基础、社区为依托、机构为支撑，功能完善、规模适度、覆盖城乡的养老服务体系，养老服务产品更加丰富，市场机制更加完善，养老服务业持续健康发展。十八届五中全会提出的"健康中国"战略，是从大健康、大卫生、大医学的高度，突出以人的健康为中心，融入经济社会发展之中打造健康中国而编制的一项全局性、综合性、战略性的政策举措。可以预见，随着"健康中国"战略的落地，医疗健康产业将引领新一轮经济发展浪潮，许多从事医疗服务、健康保险、养老产业及互联网医疗等企业将会投身到健康产业的浪潮中去。这样，"十三五"期间围绕大健康、大卫生、大医学的医疗健康产业有望突破 10 万亿市场规模。健康产业的迅猛发展也必将形成新的经济增长点，推动经济转型升级，促进行业优胜劣汰和分化整合，为打造茂名健康职业教育品牌奠定坚实基础。

（二）健康产业发展前景广阔，为打造茂名健康职业教育品牌创造发展机遇。健康产业成为国民经济的支柱产业，这是大势所趋，也是健康产业发展的必然。有关资料显示，目前全球股票市值中，健康产业相关股票的市值约占总市值的 13% 左右。在发达国家，大健康产业已经成为带动整个国民经济增长的强大引擎。美国的医疗服务、医药生产、健康管理等大健康产业增加值占 GDP 比重超过 15%，成为美国第一大产业；加拿大、日本等大健康产业增加值占 GDP 比重也超过 10%。而且，随着健康产业中生物科技的重大突破，迅速催生了新的产业革命，孕育着大规模的产业化，日本等发达国家已把健康产业与新能源、节能环保产业结合起来，作为经济社会发展的战略重点。我国作为一个拥有 13 亿人口、从中等收入迈向高收入的大国，健康产业刚刚起步，仅占国内生产总值的 5% 左右。随着人口老龄化和城镇化加速，健康产业的提升空间极大，2015年，我国大健康产业的市场规模达4万亿~5万亿元；到2020年，我国大健康产业的市场规模将达10万亿元，成为我国国民经济新的增长极，这为打造茂名健康职业教育品牌创造了难得的发展机遇。

（三）老龄化社会和现实生存环境，为打造茂名健康职业教育品牌提供切入契机。随着国家经济建设的突飞猛进，社会竞争日益激烈，生活节奏加快，老年性疾病、病毒、传染病、精神病等严重影响了人民的生命健康，尤其在广大农村，肠道传染病、微量营养素缺乏病、妇女孕产期疾病、地方病和寄生虫病等尚没得到有效遏制，艾滋病、"非典"、禽流感等新发传染病也加重了我国疾病预防控制难度。加之居民生活环境、工作环境和生活习惯的变化，恶性肿瘤、高血压、心脑血管病、糖尿病等严重病患者急剧增加，老年性痴呆、中风、帕金森病、充血性心脏衰竭等使老年人不得不长期待在疗养院和医院，由此而产生巨额医疗费用，给社会和家庭带来沉重经济负担。健康产业作为经济社会发展到一定阶段的产物，作为一个复合性的产业群体，以个性化健康检测评估、咨询服务、调理康复等为主的健康管理服务产业，为人的健康提供保健食品、保健用品、健康管理、医疗卫生服务，被广大患者以合理方式获得并使用，促进了社会稳定和社会和谐，为建设"健康中国"注入了动力和活力，也为打造茂名健康职业教育品牌提供了切入契机。

原载《茂名日报》2016.03.28

开展"两学一做" 永葆共产党员本色

我市各地正在开展以"学党章党规、学系列讲话，做合格党员"为主要内容的学习教育，以巩固拓展党的群众路线教育实践活动和"三严三实"专题教育成果。扎实开展"两学一做"学习教育，可以正党风、强政风、带家风、促民风，激发基层党组织新活力，永葆共产党员本色。

一、从加强党的思想政治建设高度领会"两学一做"精神实质

在反"四风"和反腐败的高压态势之下，腐败现象依然存在，败坏了党风政风民风，侵蚀了党的执政基础。只有从加强党的思想政治建设的高度深刻领会"两学一做"精神实质，才能从思想上、政治上、行动上与党中央保持高度一致，筑牢拒腐防变的思想防线。

（一）开展"两学一做"学习教育，坚定党员理想信念。现实生活当中，有的党员理想信念模糊动摇，精神空虚迷茫；有的对共产主义缺乏一种坚定的信仰，对中国特色社会主义缺乏一种坚强的信心；有的甚至参与或从事封建迷信活动，信仰宗教，相信鬼神，不信马列。事实上，共产主义作为党的最高理想和一种社会制度，并不是虚无缥缈的，而是共产党人的一种精神旗帜，一种精神支柱，是实现中华民族伟大复兴"中国梦"的力量之源。作为共产党员，无论什么时候都不能丢掉这面旗帜，这是合格党员最起码的条件。开展"两学一做"学习教育，目的在于推动党内教育从"关键少数"向广大党员拓展，从集中性教育向经常性教育延伸，引导党员严格践行党章，约束言行，规范言行；坚定共产主义理想和中国特色社会主义信念，志存高远，胸怀理想，提高党性觉悟；维护党中央权威和党的领导核心地位，在党言党、在党忧党、在党为党、在党爱党，讲政治、有信念，讲规矩、有纪律，讲道德、有品行，讲奉献、有作为，做心中有党、心中有民、心中有责、心中有戒的表率。

（二）开展"两学一做"学习教育，筑牢党的执政根基。习近平在十八届中央纪委六次全会上指出，要推动全面从严治党向基层延伸。开展"两学一做"学习教育正是推动全面从严治党向基层延伸的重大举措，把全面从严治党落实到每一个党支部，落实到每一名党员，实现党员全覆盖；整顿软弱涣散基层党组织，化解突出矛盾，以改革创新精神补齐制度短板，严密党的组织体系，严肃党的组织生活，严格党员教育管理，严明党的工作责任制。因此，只有不断创新党员教育管理制度，才能使党的根基更加牢固，基层组织更具战斗力，党员更具精气神，从而为协调推进"四个全面"战略布局和落实五大发展理念提供坚强的组织保障。

（三）开展"两学一做"学习教育，创建风清气正政治生态。一个地方政治生活的好与坏，反映了这个地方政治生态的优劣，关乎经济社会发展全局，关乎党和政府的形象，关乎人心向背。重大问题或者事项不请示不报告，当面一套背后一套、当"两面人"，拉帮结派、搞团团伙伙，这是党员不守政治纪律、不懂政治规矩的具体表现。尽管不是主流，却损害群众利益，败坏社会风气，影响党的威望和公信力，削弱党组织的战斗力，侵蚀党的执政根基。开展"两学一做"学习教育，突出以党章党规作为做人做事、从政为官、工作生活的准绳，创建风清气正政治生态，明底线、强党性，懂红线、守规矩，筑防线、知敬畏，引地线、严治家，清白做人，干净干事，规矩办事，做政治上的明白人，实现干部清正、政府清廉、政治清明。

二、从强化党员意识着力重塑共产党员形象

党员意识是共产党员思想觉悟和党性修养的重要表现，是共产党员的立身之本，立德之基。党员要是没有了党员意识，那就失去了做党员的资格，党员身份也就名存实亡了。开展"两学一做"学习教育，就是着力"解决一些党员党的意识淡化问题"，强化党员意识，重塑党员形象。

（一）党员意识是合格党员的基本要求。党的整体形象好与否，关键在于党员的个体形象，党员的个体形象集中表现为党员的思想、观念和行为。可见，党员意识是合格党员的基本要求，是党员个体形象的基础，是党的整体形象的基石。党员具有党员意识，意味着党员的思想、观念、行为与党的性质、党的宗旨相一致。当前，有些党员在党不为党、不护党，组织纪律散漫，在一定程度上损害了党在群众中的形象和威信。因此，必须强化党员的意识，从党员的思想观念、行为方式、价值取向等方面重塑党员形象。

（二）党员意识是新时期党员的本质要求。随着改革创新的深入发展，形势错综复杂，作为一名党员，必须要有党员意识，这是新时期党员的本质要求。只有党员具有坚定的政治立场、敏锐的政治洞察力和清晰的政治鉴别力，才能保持清醒的政治头脑，保持政治定力，才能对大是大非作出理性、准确的判断。增强政治意识、大局意识、核心意识、看齐意识就是中央从强化党员意识的根本出发而提出的具体要求，也是开展"两学一做"学习教育解决党的意识淡化问题的内在要求。

（三）党员意识是党员凝聚正能量的核心要求。党员作为社会群体的一员，一举手一投足都影响着社会，反之，社会的不良风气也影响着党员，这就要求党员在工作生活当中有别于群众，要起示范引领作用，这是强化党员意识的核心要求。只有不断强化党员意识，使党员意识在学习、工作、生活当中得到充分的释放和高度的彰显，才能使党员以正确的思想观念和行为方式匡正社会风气，敢担当，勇负责，凝聚正能量，塑造党员形象。

三、从规范组织生活入手锤炼共产党员党性

党性强与否关键看党员是否信奉党的主张，接受党的约束。也就是说，党性是一种状态，状态的好与否是党员党性强弱的标尺。这体现在政治信念的坚定性、政治立场的原则性、政治鉴别的敏锐性、政治忠诚的可靠性。开展"两学一做"学习教育，把党内教育从"关键少数"向全体党员拓展，严格规范组织生活也就成为锤炼党员党性的重要一环。

（一）规范组织生活为锤炼党性提供组织保障。组织生活严格规范与否是党组织战斗力强不强的主要表现，如果组织管理严密，就不会有党员不参加组织生活，不接受党内外群众监督的现象发生。党章明确规定，每个党员，不论职位高低，都必须编入党的一个支部、小组或其他特定组织，参加党的组织生活，接受党内外群众的监督。只有严格规范的组织生活，才能对党员进行有效管理、教育和监督，对党员进行精神约束；也只有严密的组织生活制度，才能为党员提供坚强有力的组织保障，更好地锤炼党员党性，塑造正确的世界观、人生观和价值观。

（二）规范组织生活为锤炼党性提供思想支撑。学习党章，让党员明白党的基本理论和党的主张；学习党规，让党员守纪律，懂规矩，知敬畏；学习习近平总书记重要讲话，让党员了解和认同路线方针政策。规范组织生活作为开展"两学一做"学习教育的重要一环，基础在学，关键在做，知行合一，表里如一，久而久之形成一种极具穿透力的组织生活文化，一种极具向心力和凝聚力的强大"气场"，影响着党员的思想、观念和行为，从而为锤炼党性提供有力的思想支撑。

（三）规范组织生活为锤炼党性提供教育平台。如果组织生活制度形同虚设，那么，党员自然没有组织观念和党性可言。严格规范组织生活，严肃党内政治生活，以改革创新精神补齐制度短板，为锤炼党性提供教育平台，这从根本上解决有些党员不知党章、不信党章，或者知而不信、信而不奉等问题。这样，才能使党的组织生活、党员教育管理真正活起来、严起来、实起来，使合格党员的标尺立起来，使做人做事的底线划出来，使党员的先锋模范形象树起来，使思想的自觉转化为行动的自觉，彰显党员信仰的力量、信念的力量、精神的力量。

四、从践行核心价值观层面衡量共产党员标准

把践行社会主义核心价值观作为"两学一做"学习教育的重要内容，并转化为具体工作、自觉行动和日常生活的基本准则和行为规范，是检验和评价学习教育效果的标准和衡量合格党员的基本尺度，换言之，"能否努力追求高尚道德、带头践行社会主义核心价值观、保持健康生活方式"是检验学习教育效果的试金石。

（一）以践行核心价值观引领道德风尚。现实当中，有的党员不讲奉献、不讲公德、不讲诚信，有的价值取向扭曲、道德行为失范，有的情趣低俗、贪图享乐。习近平总书记强调，把培育和践行社会主义核心价值观作为凝魂聚气、强基固本的基础工程，积极引导人们讲道德、尊道德、守道德，追求崇高的道德理想。带头积极践行社会主义核心价值观，加强道德修养，崇德向善，把社会主义核心价值观内化为精神追求，外化为行动自觉，引领道德风尚，这是作为党员的应有责任。

（二）以践行核心价值观弘扬优秀传统文化。习近平总书记指出，培育和践行社会主义核心价值观必须立足于中华优秀传统文化。抛弃传统、丢掉根本，就等于割断了自己的精神命脉。因而，只有把社会主义核心价值观与党章党规有机结合起来，把优秀传统文化融入践行社会主义核心价值观当中去，并贯穿于"两学一做"学习教育全过程，才能全面理解核心价值观的丰富内涵，理解党的宗旨和党员的历史使命。

（三）以践行核心价值观提升行动自觉。开展"两学一做"学习教育，基础在学，关键在做。作为党员，要视党章为镜子，视党规为戒尺，视重要讲话为航标，学而信，学而用，学而行，把"两学"内化为笃行的标准，外化为行动的自觉。结合驻点直联、"夜学、夜访、夜谈"、精准扶贫等工作，以社会主义核心价值观作为规范和引领，践行"三严三实"，提升笃行自觉性，增强工作主动性，崇尚创新，注重协调，倡导绿色，厚植开放，推进共享，永葆共产党员本色。

原载《茂名日报》2016.05.09

学习重要批示精神　推动茂名振兴发展

习近平总书记对广东工作的重要批示，是习近平总书记从战略和全局的高度为广东把脉定位，使我们更加清醒认识广东在全国发展大局中的责任担当，更加明晰发展的优势和前进的方向。为此，茂名各级党员干部要准确领会、深刻理解、正确把握总书记重要批示的精神实质和深刻内涵，并转化为具体行动，推动茂名在新一轮发展中继续走在粤东西北前列，再创茂名发展新优势，引领茂名振兴发展，开创茂名发展新局面。

一、"四个坚持" ——茂名振兴发展的根本遵循

习近平总书记对广东工作的重要批示，要求广东坚持党的领导、坚持中国特色社会主义、坚持新发展理念、坚持改革开放。这"四个坚持"是总书记重要批示的本质要求，也是改革发展的前提条件和根本保证，成为改革发展的旗帜、方向和原则。茂名作为经济欠发达地区，只有把"四个坚持"作为茂名振兴发展的根本遵循，增强"四个意识"，坚定"四个自信"，坚决维护以习近平同志为核心的党中央权威，切实把思想和行动统一到总书记重要批示精神上来，才能进一步巩固党风廉政建设成果，营造干净干事、风清气正、干事创业的政治环境，推动茂名经济社会稳步健康发展。

（一）坚持党的领导，增强"四个意识"。坚持党的领导，是由中国的特殊历史和国情决定的，体现了中国特色社会主义的本质特征。事实证明，只有中国共产党的坚强领导，才能把13亿中国人团结起来，把思想统一起来，把力量凝聚起来，为发展中国特色社会主义和推进改革开放提供根本保障。因此，坚持党的领导，就必须充分发挥党统揽全局、协调各方的领导核心作用，只有进一步增强政治意识、大局意识、核心意识、看齐意识，才能更加紧密地团结在以习近平同志为核心的党中央周围，更加坚定地维护以习近平同志为核心的党中央权威，更好地贯彻落实中央的决策部署，战略性地思考、谋划、推进茂名经济社会发展，确保茂名在粤东西北振兴发展中继续走在前列。

（二）坚持中国特色社会主义，加快推进"五位一体"总布局和"四个全面"战略布局。坚持中国特色社会主义是历史的必然选择，也是中国人民的必然选择。习近平总书记在广东视察工作时指出，"我们的改革是在中国特色社会主义道路上不断前进的改革，既不走封闭僵化的老路，也不走改旗易帜的邪路。"因而，改革发展就必须坚持中国特色社会主义不动摇，就必须以道路自信、理论自信、制度自信、文化自信作为改革发展的精神动力，加快推进经济建设、政治建设、文化建设、社会建设和生态文明建设"五位一体"总布局和全面建成小康社会、全面深化改革、全面依法治国、全面从严治党"四个全面"战略布局，强化不同区域之间的产业共建，促进区域协调发展，实现共同繁荣。

（三）坚持新发展理念，引领经济发展新常态。发展理念是发展行动的先导，是管全局、管根本、管长远的宏观战略。创新、协调、绿色、开放、共享发展理念聚焦于发展动力、发展不平衡、人与自然和谐、发展内外联动、社会公平正义等问题，内涵丰富，富有时代特质。实践证明，只有树立长周期的发展战略，运用新发展理念来驱动创新、深化改革、培育新动能，才能引领经济发展新常态，推动茂名振兴发展。

（四）坚持改革开放，构建开放新格局。坚持改革开放，可以说是广东发展先行一步的最鲜明特点，也是广东永远高举的鲜明旗帜。实践证明，改革与开放是辩证统一、相辅相成、相互促进的，改革必然促进开放，开放也必然要求改革，只有坚持改革开放，才是实现发展的强大动力源，才能实现开放格局、开放路径、开放效益的全面升级。茂名作为国家"一带一路"发展战略的重要节点，要全面深化改革，坚持开放发展，深度融入世界经济，助力"一带一路"倡议，把"一带一路"建设成为和平之路、繁荣之路、开放之路、创新之路、文明之路，构建高层次大开放新格局。

二、"三个支撑"——茂名振兴发展的务实路径

加快茂名振兴发展是全面建成小康社会的必然要求，也是时代发展的必然要求。如何加快茂名振兴发展，习近平总书记在对广东工作的重要批示中已给出了答案，就是推进供给侧结构性改革、实施创新驱动发展战略、构建开放型经济新体制。"三个支撑"赋予了茂名新的历史使命，成为加快茂名振兴发展、全面建成小康社会的务实路径。

（一）推进供给侧结构性改革，激发发展内生动力。由于受到经济体制壁垒、创新发展乏力、新兴产业发展有限等因素的掣肘，推进供给侧结构性改革并不是一件容易的事情，唯有从生产端入手，把成本竞争转移到质量竞争，坚持"三去一降一补"，才能源源不断地激发发展内生动力。就茂名而言，推进供给侧结构性改革的重点任务就是化解过剩产能，优化产业结构，提高产

业核心竞争力和资源配置效率；化解房地产库存，打通供需瓶颈，促进房地产业健康发展；推进金融去杠杆，防范和稳妥处理金融风险，有效化解地方政府债务；优化企业生产经营环境，多措并举帮助企业降低成本，打好交易、税负、社会保险、财务、物流等成本组合拳；补齐软硬基础设施短板，加快水电气路、新一代信息基础设施、新能源汽车基础设施、城市地下管网、交通基础设施互联互通、水利基础设施、生态保护和环境治理等建设，增加公共产品和公共服务供给，提高投资精准度。

（二）实施创新驱动发展战略，增强发展活力。创新是引领发展的第一动力，创新驱动发展战略则是经济社会发展的核心战略。习近平总书记要求广东为全国实施创新驱动发展战略提供支撑，这就要求全省加快形成以创新为引领和支撑的经济体系和发展模式，为加快茂名振兴发展注入更强劲的动力，增强发展活力。茂名可以借助创建国家高新区的机遇，充分发挥石化主导产业优势，聚焦国家科技产业创新中心建设，加强产学研合作，培育壮大众创、众包、众扶、众筹等创新创业新模式，打造新产品、新企业、新产业、新业态，组建新型研发机构、工程中心、重点实验室等创新平台，推动科技企业孵化器和众创空间建设；强化创新人才支撑，强力推进"扬帆计划"和"特支计划"，引进优秀创新创业团队，吸引高层次高素质人才携技术项目来茂名创新创业，振兴实体经济，为茂名振兴发展增强发展活力。

（三）构建开放型经济新体制，激发发展外生动力。茂名作为经济欠发达地区，如何为构建开放型经济新体制提供支撑，关键是增强经济社会发展的外生动力。在经济发展新常态下，只有全方位、多层次、宽领域、高水平的开放，才能强化构建开放型经济新体制支撑。茂名的着力点就是积极参与粤西区域、环北部湾区域经济合作，发展海洋经济，加快融入国家"一带一路"发展战略；通过协同开放，构建珠三角、粤东西北全面开放的国际经济合作带，整合优势资源，集聚后发优势，扩大利益汇合点和优势互补点，激发经济社会发展新的外生动力，实现跨越发展；发扬钉钉子精神，抢抓当前发展的黄金期、窗口期、机遇期，全力推进重大产业项目、交通基础设施项目、城市扩容提质和"三大平台"建设，为加快茂名振兴发展增强决策部署、创新发展、项目管控的主动性、创造性和前瞻性。

三、"两个走在前列"——茂名振兴发展的战略定位

习近平总书记对广东"两个走在前列"的要求，具体到茂名来说，就是要继续在粤东西北振兴发展中走在前列。为此，必须贯彻落实省粤东西北振兴发展战略，坚持新的发展理念，奋发图强，砥砺奋进，实干兴茂。

（一）把脉发展定位，加快推动茂名振兴发展。茂名作为农业大市和人口大市，具有人力资源、原材料、土地和生态环境等先天优势。然而，由于经济欠发达，技术创新动能跟不上，市场化程度不够，很多从珠三角转移过来的产业往往只能满足于原有的产品定位和技术能力，一旦更高端、更上游的主导产业转型，则容易导致转移产业在市场开拓、产业协同、地企协作等出现断档现象，陷入举步维艰的境地也就在所难免。因而，茂名要在粤东西北振兴发展中走在前列，必须要全面落实"一体两翼三大抓手"发展思路，全面实施"三个做大"发展战略，调优经济结构，向先进制造业、现代服务业延伸，延长第一产业链条；做大做强做优主导产业石油化工，把现代服务业向现代农业、海洋渔业等生产型服务业拓展；着眼于产业转型升级和产品更新换代，培育发展新动能，打造自主创新品牌，争当实施创新驱动发展战

略的新标杆。

（二）以创建全国文明城市为契机，突破瓶颈，补齐短板，实现与发达地区同步发展。茂名发展的最大短板就是交通不便，经济社会发展水平不高，高技术人才匮乏。因此，必须以推进"四横两纵"铁路网和"三横三纵"高速公路网建设为切入口，突破茂名发展的交通瓶颈。深茂铁路的即将开通，茂名的经济迎来了再次腾飞的春天。"一本五专"的强势崛起，为解开制约茂名发展的另一道枷锁提供了可能，只要在培养人才、引进人才、留住人才、集聚人气等方面共同发力，后发优势就有了动力和活力，实现与发达地区同步发展就不是梦。

（三）聚焦时间节点，凝魂聚气，凝心聚力，开启现代化建设新征程。聚焦于党的十九大召开、茂名建市 60 周年、建党 100 周年三个时间节点，借助珠三角与茂名产业共建的时机，充分挖掘人力、矿产、绿色旅游等资源，开启现代化建设新征程。挖掘、吸纳、集聚和创造后发优势，补短板，兜底线，抓稳定，保平安，坚持以人为本，打好民生牌，筑牢社会保障线，改善民生，提升福祉，共享普惠，把后发劣势转化为后发优势，实现茂名跨越式发展，从而使茂名在全面建成小康社会、加快建设社会主义现代化新征程上迈出更加坚实的步伐。（此文获中共茂名市委组织部、茂名日报社联合举办推进"两学一做"学习教育常态化制度化征文三等奖）

原载《茂名日报》2017.06.05

实施乡村振兴战略　推动美丽乡村建设

　　党的十九大报告提出实施乡村振兴战略，强调农业农村农民问题是关系国计民生的根本性问题，必须始终把解决好"三农"问题作为全党工作重中之重。乡村振兴战略的提出，不仅根植于我国社会主要矛盾发生变化的这一新时代背景，而且契合了新时代城乡要素流动新趋势，描绘出乡村发展新蓝图。可见，乡村振兴战略成为解决中国特色社会主义新时代"三农"问题的重大战略，成为解决新时代社会主要矛盾的战略举措，为我市当前乃至今后一段时期农业农村工作提供了根本遵循和战略方向。

　　一、历史与现实燃点乡村振兴新希望

　　（一）从中国乡村发展历程看乡村振兴。"振兴"就是振发兴举，发展使兴盛，增强活力。党的十九大报告提出实施乡村振兴战略，正是基于我国乡村面临着凋敝和衰落的客观现实，以激发乡村发展活力，增强乡村吸引力，构建新时代乡村可持续发展新机制，从另一个侧面也彰显出我国乡村曾经存在辉煌与成就。在悠悠的历史长河中，我国乡村在国家中占据着特殊而重要的地位，乡村的富庶成为我国盛世历史的标志，留下了数不胜数的描写乡村优美田园生活的浪漫诗篇，展现出乡村无穷的魅力和独特的吸引力。随着工业化和城镇化的加快，农村空心化、发展相对滞后等问题日益凸显，国家提出了新农村建设的战略构想，十九大重提乡村振兴战略，就是用历史的眼光看待乡村的重要地位和特殊作用。由此可见，乡村的振兴是中华民族伟大复兴中国梦伟大征程中城乡融合发展的新阶段，产业形态、发展目标、治理体系升级换代正当其时。

（二）从国外乡村发展看乡村振兴。乡村的衰败是工业化、城镇化进程中不可避免的问题，也是发达国家必经的历史阶段。世界各国都采取积极可行的举措避免农村衰败，日本"一村一品运动"、韩国"新村建设"、法国"乡村复兴运动"等，事实上与我国乡村旅游异军突起有着异曲同工之妙。显然，实施乡村振兴战略符合世界乡村发展趋势，可以通过一系列的政策和举措去推动和实现。

（三）从城乡发展进程看乡村振兴。人民对美好生活的向往是党的奋斗目标。当城里人对水泥森林逐渐产生厌倦之后，便留恋乡村的田园风光，需要乡村留住乡愁；而生活在乡村的几亿农民，更加希望乡村更富饶、生活更幸福。因而，绝不能忽略乡村，而且任何时候都不能忽视农业，不能忘记农民，不能淡漠农村。习近平总书记强调，中国要强，农业必须强；中国要美，农村必须美；中国要富，农民必须富。进入新时代，世情国情农情发生了根本变化，唯有坚持农业农村优先发展，实施乡村振兴战略，全方位缩小城乡差距，才能使城市和乡村实现各美其美、美美与共，实现人民对美好生活的向往，让"城市变为城市，乡村变为乡村，最主要的是留住各自不同的特点，留得住乡愁"。

（四）从文化传承看乡村振兴。振兴乡村绝不是一个简单的经济问题，而是一个关乎农耕文化传承问题。中国共产党的奋斗是从工农联盟开始的，城市的发展是以乡村的稳定作为基础的，这是共产党执政的根基之一。乡村振兴战略的提出，无疑是让几亿农民继续留在农村生产生活，挖掘传统乡村资源，传承农耕文化，营造乡土气息，创造乡村文明，使乡村成为美好的乐园。

（五）从对外开放看乡村振兴。随着对外开放新格局的形成，以"一带一路"建设为重点的创新能力开放合作，拓展对外贸易新业态新模式，促进国际产能合作，需要把实施乡村振兴战略作为重要抓手，形成各有侧重和互为补充的长期经济稳定发展战略格局。相对风云变幻的国际形势，实施乡村振兴战略就显得更加安全可控，更有利于推动对外开放新格局的形成。

二、时代与使命要求打造农业农村新业态

（一）着力"三产"融合发展。农村产业融合是拓宽农民增收渠道、构建现代农业产业体系的重大举措，是加快转变农业发展方式、推进农业农村现代化的必然要求。茂名农村地广而后发乏力，劳动力老龄化、农村空心化、环境脏乱差等普遍存在。因此，一要优化农村大众创业、万众创新环境，引导工商资本打通农业发展瓶颈，发展乡村旅游、休闲农业、创意农业、养老服务业、农村电商等新业态。二要深度挖掘农业产业新空间，发展"互联网+"模式，推动可视农业发展，扩大线上线下销售，用电商大数据倒逼产业转型，推进三产深度融合。三要拓宽农村经济发展和农民增收渠道，使农民成为发展农业、振兴乡村的主体力量，支持和鼓励农民创业就业，实现农民生活富裕，让农村成为令人向往的地方、农业成为现代产业、农民成为体面职业。

（二）着力全面深化农村改革。全面深化农村改革就要全面激活市场、要素和主体，打通乡村发展瓶颈，让农民最大程度地分享改革红利。一要巩固和完善农村基本经营制度，深化农村土地制度改革，完善承包地"三权"分置制度，构建现代农业产业体系、生产体系、经营体系。党的十九大报告明确指出，保持土地承包关系稳定并长久不变，第二轮土地承包到期后再延长 30 年。这不仅有利于推进农业规模化经营和可持续发展，也给农民吃了一颗"定心丸"。二要深化农村集体产权制度改革，完善农业支持保护制度，发展多种形式适度规模经营，培育新型农业经营主体，健全农业社会化服务体系，实现小农户和现代农业发展有机衔接，这是实现现代化强国的必由之路，也是推进农业农村现代化的根本出发点和落脚点。茂名作为农业大市，要实现小农户和现代农业发展有机衔接，打造以精细农业为特色的优质农副产品供应基地是务实之举。三要推动产业链升级转型，把目光和定位瞄准全球市场，搭建农业发展平台，拓展农业产业链、价值链、供应链，融入文化元素，提高附加值，做精做细做高做优农产品，拉动茂名农业生产园区化、产业化建设，做大做强做亮茂名特色农业。四要从产业特色、本土化人才、专业服务商协作着力，培养造就一支懂农业、爱农村、爱农民和有感染力、带动力、服务力的"三农"工作队伍。五要挖掘与丰富、传承与创新特色文化，保护传统古村落，推动民俗文化与现代文化、历史文化与当代艺术、农业观光与文化休闲融合，使融合发展的潜力、要素激发的活力、文化传承的动力交汇在一起，让乡村再度焕发新光彩。

（三）着力自治、法治、德治融合发展。党的十九大报告提出，加强农村基层基础工作，健全自治、法治、德治相结合的乡村治理体系，这是党中央首次把德治纳入乡村治理范畴。从长期的乡村治理实践看，茂名始终不断吸收优秀传统的本土文化，准确把握乡村治理时代脉搏，创新运用"党建+"模式，探索出以党建为引领、以法治为保障、以德治为基础、以村民自治为根本的党建引领"三治融合"乡村治理新实践。传承发展荔枝文化、石油文化、冼夫人文化、橘红文化等独具特色的本土文化,构建具有地域特色的历史文化名城,打造"好心茂名","产业兴旺、生态宜居、乡风文明、治理有效、生活富裕"的茂名美丽乡村指日可待。

三、以责任与担当开创城乡融合新格局

（一）着力推进城乡基本公共服务均等化。茂名的农村成为城乡发展的短板,如果任由发展下去,那么,城镇化的"虹吸效应"就会让乡村一步步走向衰落。因而,建立健全城乡融合发展的体制机制和政策体系,逐步缩小城乡发展差距,推动要素资源更多向农村配置,加快推进城乡基本公共服务均等化,这是历史发展的必然,也是新时代城乡发展的要求。茂名正通过县域中心城市和沙琅、长坡、合江、钱排等县域副中心建设这个有力抓手,从人力、物力、财力、政策上加大农村建设力度,提升农村的"内在气质"和"外在颜值",强健农村发展的"骨骼"和"血肉",形成工农互补、城乡融合的新型工农城乡关系,保持乡村振兴的长久动力,激发乡村发展活力。

（二）着力推进特色小镇建设。特色小镇建设就是整合和集聚乡村优美环境、人文风俗、历史文化、特色资源,承载产业与人口,吸引城市资源要素的流入,承接城市消费的外溢,推动特色产业发展。把特色小镇建设与乡村振兴融合发展,不仅符合特色小镇建设理念,也从根本上增强了乡村振兴发展的内生动力。茂名特色小镇建设可以说刚刚起步,中国特色小镇沙琅,"森林小镇"钱排、根子,马贵高山草甸运动小镇和博贺民宿创意小镇,产业特色鲜明,引领作用明显,辐射效应凸显,推动创业创新,促进产业优化升级,加快城镇化进程,推进城乡融合发展。

（三）着力打造全域乡村旅游。加快推动城镇基础设施向农村延伸，消除城乡间基础设施差异，补齐乡村发展短板，这不是把城市的高楼大厦等表象向农村延伸，而是在保持乡村文化和风情风貌的基础上，推动乡村生活品质和质量的提升，增强农民的获得感和归属感。茂名全力打造全域乡村旅游，就是增强乡村高质量发展的重大举措。譬如，高州南塘凭借鉴江百里绿道作为纽带，将南塘冼夫人纪念馆、南塘柳村七彩田园、南塘彭村生态公园、古郡水城等人文景观和自然景观串联成独具魅力的旅游观光带，引领乡村产业融合发展，打造生态宜居乡村风情风貌，让城里人到乡村望得见山、看得见水、记得住乡愁。

（四）着力全面推进新农村建设。全面推进新农村建设和180条省定贫困村示范村建设，是我市实施乡村振兴战略的重要抓手和载体。我市农村大部分村庄是没有规划的，生产生活混合在一起，与新时代格格不入，与小康社会也极不相称。因而，可以借鉴山东南张楼村的"城乡等值"经验和江苏苏南的做法，按照生产、生活、商业、工业进行功能分区，或富村并穷村，或多个村庄合并建成乡村小镇，这样有利于形成规模的乡村小镇，有利于重新规划和基础设施建设，有利于打造田园共同体，发展新产业新业态，提升农民生活品质和幸福指数，使乡村成为农民生产生活之地，成为城市的后花园和城里人旅游观光休闲养老之地。（此文获茂名日报社"学习贯彻党的十九大精神征文"二等奖）

原载《茂名日报》2018.02.13

诠释伟大建党精神　传承优秀传统文化

没有中华文化繁荣兴盛，就没有中华民族伟大复兴；没有中华优秀传统文化，就没有伟大建党精神。

在五千多年文明发展中孕育的中华优秀传统文化，是中华民族的精神命脉，是中华民族伟大复兴的根和魂。中国先进分子以国家兴亡为己任，广泛传播马克思主义真理，激活中华优秀传统文化的生命因子，为伟大建党精神的形成提供了丰富的精神滋养和丰润的文化土壤。习近平总书记在庆祝中国共产党成立100周年大会上的重要讲话指出："一百年前，中国共产党的先驱们创建了中国共产党，形成了坚持真理、坚守理想，践行初心、担当使命，不怕牺牲、英勇斗争，对党忠诚、不负人民的伟大建党精神，这是中国共产党的精神之源。"伟大建党精神，是对中国共产党先驱心路历程的高度浓缩，具有历史穿透力、精神感召力、理论引领力、实践指导力。可以毫不夸张地说，中国共产党在伟大的建党实践当中孕育形成的伟大建党精神，不仅彰显了坚持马克思主义基本原理同中国具体实际相结合的内在特质，而且充满了中华优秀传统文化的精神因子。

伟大建党精神是马克思主义与中华优秀传统文化相结合的精神宝库，是中国共产党的精神之源。弘扬伟大建党精神，就是对中华优秀传统文化传承发展的最好注脚，是弘扬中华优秀传统文化的生动诠释。

一、"坚持真理、坚守理想"——马克思主义与中华优秀传统文化在思想境界上的高度彰显

（一）马克思主义是中国共产党人坚守理想信念的鲜活灵魂。"坚持真理、坚守理想"，从本质上说，就是坚持马克思主义的科学真理，坚定共产主义远大理想，坚守中国特色社会主义共同理想。中国先进分子从俄国十月革命看到了"世界人类全体的新曙光"，尝试到了"真理的味道非常甜"，感受到了信仰马克思主义的磅礴力量。中国共产党从成立之日起就坚持以马克思主义为行动指南，旗帜鲜明地把社会主义和共产主义确定为奋斗目标，明确"革命军队必须与无产阶级一起推翻资本家阶级的政权""承认无产阶级专政，直到阶级斗争结束""消灭资本家私有制"等。中国共产党人始终如一地坚持真理、坚守理想，开辟马克思主义中国化的新境界，指导中国人民不断推进伟大社会革命，深刻改变了近代以来中华民族发展的方向和进程，深刻改变了中国人民和中华民族的前途和命运，深刻改变了世界发展的趋势和格局。这是中国共产党人对理想信念和价值追求的真实反映。正因为中国共产党人坚持马克思主义、坚守理想信念，才使中国共产党人经受住了任何风险任何考验。正如习近平总书记所指出的那样："中国共产党为什么能，中国特色社会主义为什么好，归根到底是因为马克思主义行！"因此，换句话说，对马克思主义的信仰，对社会主义和共产主义的信念，就是中国共产党人坚守理想信念的鲜活灵魂。

（二）马克思主义是中国共产党人伟大思想品格的魅力彰显。坚定共产主义远大理想，并不是空中楼阁或虚无缥缈的，而是中

国共产党人伟大思想品格的魅力彰显。中国共产党之所以能够开辟伟大道路、创造伟大事业、取得伟大成就，是因为一以贯之"坚持真理、坚守理想"。100 年来，中国共产党坚持马克思主义基本原理同中国具体实践相结合、同中华优秀传统文化相结合，坚持解放思想与实事求是相统一，不断认识世界、改造世界，不断改变人民历史命运、为人民求解放创造新生活，不断开辟马克思主义中国化的新境界，形成了"三大理论成果"：毛泽东思想成为带领中国人民"站起来"的伟大理论，邓小平理论、"三个代表"重要思想、科学发展观成为带领中国人民"富起来"的伟大理论，习近平新时代中国特色社会主义思想成为带领中国人民"强起来"的伟大理论。党的十八大以来，习近平总书记提出中华民族伟大复兴的中国梦，成为当代中国人看得见、摸得着、叫得响、能共享的共同理想，成为全国各族人民团结奋斗的精神旗帜。对马克思主义的信仰，对中国特色社会主义的信念，对实现中华民族伟大复兴中国梦的信心，成为指引中国共产党团结带领人民站起来、富起来、强起来的强大精神力量，成为中国共产党人经受住任何考验的精神支柱。中国共产党为什么能，中国特色社会主义为什么好，归根到底是因为马克思主义行！

（三）马克思主义中国化是中华优秀传统文化传承发展的生动演绎。"坚持真理、坚守理想"中的"真理""理想"，就是坚持马克思主义的科学真理，坚定共产主义远大理想，坚守中国特色社会主义共同理想。而在中华文化语境当中所称的"真理"，其实就是我们平常所说的"自然而然的规律"，也就是我们通常说的"道"。古人云："真理虚寂，惑心不解，虽不解真，何妨解俗。"意思是说，真理虽然有时让人迷惑不解，但是不妨碍人们对真理的追求和运用。老子曰："故道大，天大，地大，人亦大。

域中有四大，而人居其一焉。人法地，地法天，天法道，道法自然。"这从本质上说，万事万物都要遵循"自然而然的规律"，做任何事情都不能违背自然规律和生存法则。"志于道，据于德，依于仁，游于艺"，孔子说的也是这个意思。所以说，坚持马克思主义的科学真理，其实就是马克思主义中国化在传承发展中华优秀传统文化过程中的生动演绎，也是马克思主义基本原理在中国革命、建设和改革中的创新实践和精彩演绎。事实证明，中国共产党人"坚持真理、坚守理想"，就是奉行道义、顺道而为，坚持将马克思主义基本原理同中国具体实践相结合、同中华优秀传统文化相结合，传承发展中华优秀传统文化，不断开辟马克思主义中国化的新境界，并以马克思主义中国化统一思想、指导实践、推动工作，全面开启建成社会主义现代化强国新的征程。

二、"践行初心、担当使命"——马克思主义与中华优秀传统文化在政治意义上的高度彰显

（一）为中国人民谋幸福，为中华民族谋复兴，凸显中国共产党人鲜明的政治品质。"践行初心、担当使命"，这是中国共产党人的历史责任和时代使命。初心就是坚持为中国人民谋幸福，使命就是为中华民族谋复兴。"过去的一切运动都是少数人的，或者为少数人谋利益的运动。无产阶级的运动是绝大多数人的，为绝大多数人谋利益的独立的运动。"马克思、恩格斯在《共产党宣言》中的庄严宣告，响彻全世界。作为马克思主义政党，作为中国最先进的阶级——工人阶级的政党，中国共产党不仅代表着工人阶级的利益，而且代表着中国人民和中华民族的利益。中国共产党建立伊始就将初心融入血脉，把使命扛在肩上，走群众路线，依靠人民，敢于斗争、敢于胜利，在腥风血雨中一次次绝境重生，在攻坚克难中不断从胜利走向新的胜利。党的一大明确

提出"革命军队必须与无产阶级一起推翻资本家阶级的政权""直至阶级斗争结束为止，即直到社会的阶级区分消灭为止，承认无产阶级专政"；党的二大指出，党的最高纲领是实现社会主义、共产主义，但在现阶段的纲领，即最低纲领是打倒军阀，推翻国际帝国主义的压迫，统一中国为真正的民主共和国，并对全体党员提出了"个个党员不应只是在言论上表示是共产主义者，重在行动上表现出来是共产主义者"的具体要求；党的四大第一次明确无产阶级在民主革命中的领导权和工农联盟问题，还提出了"反对国际帝国主义""反对封建的军阀政治""反对封建的经济关系"的正确主张。由此可见，中国共产党人的初心使命不仅具有鲜明的政治品质，而且凸显历史责任、现实担当和时代使命。正如习近平总书记所说："从石库门到天安门，从兴业路到复兴路，我们党近百年来所付出的一切努力、进行的一切斗争、作出的一切牺牲，都是为了人民幸福和民族复兴。"中国共产党人结合中国国情和实际，灵活运用马克思主义和中国独特的方式践行初心使命，团结带领中国人民进行革命、建设、改革，中华民族迎来了从站起来、富起来到强起来的伟大飞跃，实现中华民族伟大复兴进入了不可逆转的历史进程。

（二）江山就是人民、人民就是江山，人民性成为马克思主义最鲜明的政治品格。马克思主义最鲜明的品格就是人民性，把人民立场作为根本立场，把为人民谋幸福、为民族谋复兴作为根本使命。"践行初心、担当使命"，不但体现了中国共产党的政治本色，而且体现了党的性质宗旨、理想信念、奋斗目标，也体现了党的根基在人民、血脉在人民、力量在人民，成为中国共产党凝聚人心、密切党群关系、带领人民砥砺前行的根本动力。中国共产党勇于担当，敢于负责，主动作为，自觉把对国家、对民族、对人民的责任扛在肩上，以坚忍不拔的意志毅力，以"敢教日月换新天"的勇气魄力战胜一切艰难险阻，目的在于团结带领人民共同创造美好生活，实现中华民族伟大复兴的中国梦。"江山就是人民、人民就是江山，打江山、守江山，守的是人民的心。"中国共产党没有任何自己特殊的利益，从来不代表任何利益集团、任何权势团体、任何特权阶层的利益，只是代表最广大人民的根本利益。江山就是人民、人民就是江山，打江山、守江山，守的是人民的心，人民性成为马克思主义最鲜明的品格，成为中国共产党人最亮丽的底色。

（三）"践行初心、担当使命"是中华优秀传统文化"仁爱民众、心系天下、坚韧果敢、坚毅担当"精神的赓续发展。"嗟乎！燕雀安知鸿鹄之志哉""三军可夺帅也，匹夫不可夺志也""古之立大事者，不惟有超世之才，亦必有坚忍不拔之志"……这些句子中的"志"，意思是比喻远大志向。"初心"表示最初的心意，"使命"表示重大的责任，"初心使命"就是人们和组织的远大志向和奋斗目标。"所以表不忘初心，而必果本愿也。"这句话表达的意思是，时时刻刻不忘记最初的心愿，最终必能实现本来的愿景。中华民族自古以来就十分推崇仁爱民众、心系天下、坚韧果敢、坚毅担当的精神，正是在这种精神的激励和鼓舞下，在中华优秀传统文化的滋养下，一批批致力于中华民族觉醒和复兴的有识之士冲破重重黑暗，践行初心使命。尤其中国共产党人初心依旧、使命不改，义无反顾地高举马克思主义旗帜，在腥风血雨中依靠人民群众，勇往直前，克服重重困难，不断从胜利走向新的胜利。这种"践行初心、担当使命"，恰恰是对中华优秀传统文化的传承和发展，是中华民族精神的赓续发展，是中国共产党在百年波澜壮阔的奋斗中演绎伟大建党精神的真实写照，并且锤炼出中国共产党鲜明的政治品格，为构建中国共产党人的精神谱系提供了有力支撑，奠定了厚实基础。

三、"不怕牺牲、英勇斗争"——马克思主义与中华优秀传统文化在精神意志上的高度彰显

（一）"不怕牺牲、英勇斗争"是中国共产党在波澜壮阔奋斗中形成的最鲜明的特质和最鲜艳的底色。"不怕牺牲、英勇斗争"，是一种敢于战胜各种艰难险阻和风险挑战，随时准备为党和人民牺牲一切的坚强意志和优秀品质。中国共产党是在斗争中成长起来的，在不怕牺牲、英勇斗争中求得生存、获得发展、赢得胜利。有斗争就会有牺牲，中国共产党人愿意为人民和民族牺牲宝贵的生命，愿意为实现人民对美好生活的向往、实现中华民族伟大复兴而进行英勇斗争。正因为中国共产党在前进的道路上团结带领人民不怕牺牲、勇往直前、向死而生、视死如归，毫无畏惧、永不退缩地面对一切困难和挑战，才能进行伟大斗争、建设伟大工程、推进伟大事业、创造伟大成就，实现中华民族伟大复兴进入了不可逆转的历史进程。毋庸讳言，"不怕牺牲、英勇斗争"不仅是中国共产党人的坚强意志和优秀品质，而且成为中国共产党最鲜明的特质和最鲜艳的底色。

（二）中国共产党在困难挑战中锤炼不畏强敌、不惧风险、敢于斗争、勇于胜利的风骨。不怕牺牲、英勇斗争，就是面对一切困难和挑战，面对一切风险和磨难，毫无畏惧，始终保持斗争精神、顽强意志、优良作风，始终保持视死如归的坚定意志和敢于斗争的革命精神，坚定不移地开辟新天地。这是中国共产党人在应对困难挑战过程当中所表现出来的一种精神的风范、坚定的意志、坚强的毅力，彰显一种不畏强敌、不惧风险、敢于斗争、勇于胜利的风骨。马克思曾经指出："如果我们选择了最能为人类而工作的职业，那么，重担就不能把我们压倒，因为这是为大家作出的牺牲；那时我们所享受的就不是可怜的、有限的、自私的乐趣，我们的幸福将属于千百万人，我们的事业将悄然无声地存在下去，但是它会永远发挥作用，而面对我们的骨灰，高尚的人们将洒下热泪。"为此，恩格斯用"斗争是他的生命要素。很少有人像他那样满腔热情、坚韧不拔和卓有成效地进行斗争"的语句高度评价了马克思的人格魅力。毛泽东同志也曾说过："从古以来，中国没有一个集团，像共产党一样，不惜牺牲一切，牺牲多少人，干这样的大事。"中国共产党是"无产阶级的先锋军，为无产阶级奋斗，和为无产阶级革命的党"，共产党员是"特殊材料制成的人"，不惧"为他所信仰的主义而死"。中国共产党人正如毛泽东所说的那样，面对各种困难和挑战，始终把"实行社会革命"作为根本政治目的，不畏强敌，不惧风险，敢于斗争，敢于胜利。在百年波澜壮阔的历史实践中，中国共产党焕发出蓬勃生机，迸发出强劲生命力，实现了一个又一个"不可能"，创造了一个又一个奇迹，在世界形势深刻变化的历史进程中始终走在时代前列，在应对国内外各种风险挑战的历史进程中始终成为全国人民的主心骨和坚强领导核心。所以，习近平总书记说："在应对各种困难挑战中，我们党锤炼了不畏强敌、不惧风险、敢于斗争、勇于胜利的风骨和品质。"

（三）中国共产党人用鲜血和汗水写就慷慨壮丽的英雄史诗，挺起中华民族的脊梁。"不怕牺牲、英勇斗争"中的"牺牲"意味着放弃生命或权益，"斗争"就意味着争斗或搏斗。"牺牲"与"斗争"表现出来的是一种大义凛然、浩然正气的精神气概，也就是孔子所说的"勇者不惧"。在中国历史上，自古就有埋头苦干的人，有拼命硬干的人，有为民请命的人，有舍身求法的人……这些人之所以具有不怕牺牲、勇于斗争的勇气和大无畏的精神，是因为这些人有志气、有骨气、有正气、有底气。中国共产党在斗争中诞生、在斗争中发展、在斗争中壮大，中国共产党人是最富斗争精神的革命者，凭借杀身成仁、舍生取义的精神，高举马克思主义旗帜，同具体的革命、建设和改革实践相结合，同中华优秀传统文化相结合，带领人民一次次战胜了看似不可能战胜的困难，一次次兑现了看似不可能兑现的承诺，一次次实现了看似不可能实现的奇迹，用鲜血和汗水写就了慷慨壮丽的英雄史诗，挺起了中华民族的脊梁，使得"不怕牺牲、英勇斗争"成为中国共产党的优良传统作风和政治本色。

四、"对党忠诚、不负人民"——马克思主义与中华优秀传统文化在道德品格上的高度彰显

（一）忠诚于党、忠诚于人民、忠诚于党的事业，体现中国共产党人"对党忠诚、不负人民"的高尚品德。"对党忠诚、不负人民"，不仅是中国共产党人的根本要求，也是中国共产党人负起政治责任的庄重承诺，更是中国共产党人的根本政治规矩。党的八大第一次把"对党忠诚老实"作为党员的基本义务写入党章；党的十二大在党章中增加了"言行一致，不隐瞒自己的政治观点"作为党员的基本要求；党的十八届六中全会明确"党的各级组织和全体党员必须对党忠诚老实、光明磊落，说老实话、办老实事、做老实人"；党的十九大在党章中规定党的干部"要做到忠诚干净担当"。显而易见，中国共产党人对党忠诚、不负人民一以贯之，任何时候任何情况下都不改其心、不移其志、不毁其节，做到忠诚党的信仰，忠诚党的组织，忠诚党的理论路线方针政策，站稳人民立场，坚守人民情怀，践行以人民为中心的发展思想。100 年来，中国共产党在不平凡的历程中，在新时代坚持和发展中国特色社会主义的历史进程中，之所以始终成为坚强领导核心，是因为每个共产党员都对党忠诚、不负人民，永葆为中国人民谋幸福、为中华民族谋复兴的初心使命，实现好、维护好、发展好最广大人民根本利益。习近平总书记强调指出："工作作风上的问题绝对不是小事，如果不坚决纠正不良风气，任其发展下去，就会像一座无形的墙把我们党和人民群众隔开，我们党就会失去根基、失去血脉、失去力量。"因此，中国共产党人严格遵守党的政治纪律与政治规矩，增强"四个意识"、坚定"四个自信"、做到"两个维护"，牢记"国之大者"，保持清正廉洁的政治本色，赓续红色血脉，传承红色基因，做政治上的明白人、经济上的清白人、作风上的正派人，清除一切损害党的先进性和纯洁性的因素，确保党不变质、不变色、不变味，永葆中国共产党人廉洁作风、涵养浩然正气的高尚品德。

（二）爱党护党为党，密切党群关系，全心全意为人民服务，体现中国共产党人的价值追求。"对党忠诚、不负人民"，不仅是马克思主义者道德品格的价值追求，也是马克思主义者党性修养的最高境界。毛泽东同志强调："一个共产党员，应该是襟怀坦白，忠实，积极，以革命利益为第一生命，以个人利益服从革命利益""用以巩固党的集体生活，巩固党和群众的联系""关心党和群众比关心个人为重，关心他人比关心自己为重。这样才算得一个共产党员"。习近平总书记也强调指出："全国广大共产党员要始终在党爱党、在党为党，心系人民、情系人民，忠诚一辈子，奉献一辈子。"由此可见，爱党护党为党，密切党群关系，全心全意为人民服务，不仅体现中国共产党人的价值追求，而且体现中国共产党始终代表最广大人民根本利益，没有任何自己特殊的利益。因而，中国共产党人始终时刻牢记全心全意为人民服务的根本宗旨，始终保持同人民群众的血肉联系，一代又一代中国共产党人，前赴后继，以信念、人格、实干立身，团结带领人民为党为人民的事业顽强拼搏、接续奋斗，堂堂正正做人，清清白白做官，踏踏实实做事，做到权为民所用、情为民所系、利为民所谋，以实际行动诠释中国共产党人对党无限忠诚，对人民无限热爱，实现了中华民族从站起来、富起来到强起来的历史性飞跃。

（三）马克思主义基本原理同中华优秀传统文化相结合，体现中国共产党人独特的忠诚基因。"对党忠诚、不负人民"中的"忠诚"是指真心实意，诚心诚意，绝无二心。"天下之德，莫过于忠""执一如天地，行微如日月，忠诚盛于内，贲于外，形于四海，天下其在一隅邪！夫有何足致也！"这些句子所说的"忠""忠诚"，就是中华民族最看重的人的品德、人的品性，忠于国家、忠于人民，充分体现了中华文化深厚的家国情怀。中国共产党在波澜壮阔的百年征程中，把马克思主义基本原理同中华优秀传统文化相结合，形成了中国共产党人独特的忠诚基因。中国共产党将"对党忠诚""随时准备为党和人民牺牲一切"写入入党誓词，生动形象地诠释了中国共产党人忠诚于党、忠诚于人民的要求。可以说，忠诚是中国共产党人崇高的政治品质，人民在中国共产党的心目中拥有至高无上、不可替代的地位。习近平总书记强调指出："对党绝对忠诚要害在'绝对'两个字，就是唯一的、彻底的、无条件的、不掺任何杂质的、没有任何水分的忠诚。"这就要求中国共产党人对党要绝对忠诚，对人民也要绝对忠诚，要把党性与人民性相统一，把忠诚于党与忠诚于人民相统一。中国共产党的力量来自党员对党的事业的忠诚，来自党员贯彻执行党的路线方针政策的行为自觉，来自人民群众的衷心拥护和爱戴。迈进新时代，为实现人民对美好生活的向往，就要在思想上政治上行动上保持同以习近平同志为核心的党中央高度一致，同人民站在一起、想在一起、干在一起，对党忠诚、不负人民，在全面建成社会主义现代化强国第二个百年奋斗目标、实现中华民族伟大复兴的中国梦新的征程中创造新的时代辉煌、铸就新的历史伟业。

原载《茂名日报》2021.10.11

鉴江新语

"三生"融合打造茂名特色田园综合体

"田园综合体"作为新生事物，既陌生又熟悉，既亲近又遥远。那么，何谓"田园综合体"呢？通俗地说，就是与农业、农村、农民有关的田园项目。其实，这是一道与群众生产生活息息相关的热点话题，是一道事关生产、生活、生态融合发展的重要课题，是一道推动乡村振兴发展，各级党委、政府必须作答而且要答得完美无瑕的考题。

2012年，田园东方创始人张诚极为关注乡村社会形态和乡村风情风貌，结合北大光华EMBA课题发表了一篇题为《田园综合体模式研究》论文，并把理论研究成果转化为具体实践，在"中国水蜜桃之乡"无锡市惠山区阳山镇落地实践了第一个田园综合体项目——无锡田园东方。2016年9月，中央农办领导考察指导无锡田园东方项目，对田园综合体项目模式给予了高度评价和充分肯定。2017年2月5日，由田园东方主导实践，源于阳山的"田园综合体"作为乡村新型产业发展的亮点措施写入了中央一号文件，从此，集循环农业、创意农业、农事体验于一体的田园综合体便应运而生。全国各地在中央政策的扶持下，采取切实可行的举措，大力推进田园综合体建设，加快乡村振兴发展。茂名作为一座既古老又年轻的城市，也紧紧抓住难得的发展机遇，借助依山傍海的区位优势和得天独厚的资源禀赋，催生了富有地方特色的"大唐荔乡""好心湖畔"两个国家级田园综合体。

高州"大唐荔乡"国家田园综合体的建设，是基于高州具有种植荔枝 2000 多年历史、种植面积 7 万亩、"国家白糖罂、白腊荔枝生产基地""国家荔枝标准化示范区"这个大背景。高州历史文化底蕴深厚，旅游资源丰富，拥有荔枝贡园、红荔阁、浮山岭三大历史文化景区，无可比拟的资源优势造就了"大唐荔乡"国家田园综合体。高州市着眼于独具特色的优势资源，整合了国家级田园综合体、国家级现代农业产业园、国家级兴村强县示范、广东省现代农业产业园、广东省森林小镇、广东省古木公园等资源，全力打造产业实力雄厚的世界荔乡和大唐荔乡。随之，荔乡风貌风情景观大道、独具特色荔枝园林、荔乡风韵村落、微商小镇、荔枝产业新业态、荔枝文化雕塑牌坊、全球最大荔枝物流文旅主题园（包括全球最大最齐全的国家级荔枝种质资源圃、国家荔枝文化博览馆、智慧物流基地）等项目应势而上，有序推进。

茂南"好心湖畔"国家田园综合体是全省首个国家农业综合开发融合发展试点示范项目。茂南区围绕"村庄美、产业兴、农民富、环境优"的总体目标，致力"塑罗非鱼之都、扬荔枝之名、强水稻之业"，打造优质水稻标准化示范园、特色荔枝产业示范园、高标准罗非鱼产业示范园、文旅休闲服务区、农产品加工产业集聚区、生态宜居区、仓储物流电商质检中心的"三园三区一中心"，实现"三产融合""三生同步""三位一体"，让生态旅游、自然教育、康养度假与现代农业同频共振、联动发展，加快推进乡村振兴。

田园综合体是出于商业考量而提出的一种商业运作模式，是一种让企业参与、带有商业模式顶层设计、城市元素与乡村结合、多方共建、共享共赢的开发方式，创新城乡发展，推动产业变革，促进社会发展，重塑中国乡村美丽田园、美丽小镇，使生产空间实现集约高效，生活空间实现宜居适度，生态空间实现山清水秀，构建生态、生活、生产"三生"融合发展的特色小镇。事实上，构建特色小镇不仅是产业、文化的整合，也是交通、环境、生态等要素的融合发展。起步较早的浙江省特色小镇建设，坚持产业、文化、旅游"三位一体"和生产、生活、生态"三生"融合发展，这样的特色小镇成为田园综合体的最终归宿。纵观茂名两个国家级田园综合体，可以说，生产、生活、生态"三生"融合发展贯穿建设全过程，从美好愿景到蓝图描绘，从"纸上谈兵"到"实践作战"，从整体谋划到分步推进，突出"三农"，注重"三产"融合，实现"三生同步""三位一体"无缝对接。加快乡村振兴发展，决胜全面建成小康社会，这是茂名打造国家田园综合体的根本出发点和落脚点。

原载《茂名日报》2019.07.22

优越营商环境激发大学生回流创业就业

　　《茂名日报》近日报道，市委、市政府紧紧抓住大力推进粤港澳大湾区建设的发展机遇，不失时机出台创业就业政策，多管齐下，大力营造优越营商环境，激发了许多大学生回流茂名创业就业，为茂名经济高质量发展提供了强有力的人才支撑。

　　大学生创业就业作为社会极度关注的焦点问题，不仅关乎社会繁荣稳定发展大局，而且关乎能否全面建成小康社会，关乎能否实现中华民族伟大复兴中国梦。为此，从中央到地方都十分重视大学生的创业就业，各级党委、政府把大学生创业就业摆在重要位置，密集出台就业政策，不断拓宽就业渠道，提高创业就业服务水平和质量，促进扩大就业，减轻企业负担，增强企业活力。随着《国务院关于做好当前和今后一个时期促进就业工作的若干意见》和《广东省进一步促进就业若干政策措施》（简称"促进就业九条"）的相继出台，为地方营造良好的创新创业环境提供了政策支撑和制度保障。激励大学生多渠道就业，引导大学生到基层就业，鼓励大学生投身"大众创业　万众创新"洪流当中去，到各类创业孵化基地、众创空间、科技孵化器创业创新，全国各地掀起了新一轮大学生创新创业高潮。

　　如何让大学生追梦圆梦，实现就业创业梦想？市委、市政府结合茂名市情和区域优势，从减轻企业负担、重点用工企业服务、支持中小微企业吸纳就业、促进创业带动就业、激励高校毕业生多渠道就业、劳动力技能培训、帮扶困难职工就业、深度开展校企合作等方面出台了"促进就业十一条"创业就业政策，为大学生创业就业提供了政策扶持和制度保障。茂名"二本四专"高等教育新格局的形成，不仅为深度开展校企合作，实现我市"六大主导产业"企业无缝对接创造了条件，而且为广大大学生提供了更为广阔的创业就业前景和施展才华的人生舞台。创新职业培训模式，实现职业培训与全日制教育相结合，可以说是我市开展大学生创业就业的最大亮点和最大特色。大规模开展粤菜师傅职业技能教育培训，推进"粤菜师傅"工程快速发展，实现"培训+就业"多形式多渠道精准对接，多措并举支持大学生返乡下乡创业，鼓励各类群体到茂名乡村创业就业，推动"以就业促进创业，以创业带动就业"政策稳步实施。茂名交通建设日臻完善，粤西重要交通枢纽已然成型，城市建设日新月异，临港产业异军突起，石化产品加工发展势头强劲，旅游发展势如破竹，融入粤港澳大湾区建设步伐明显加快，"滨海绿城　好心茂名"指日可待。优越的营商环境，激发了许多大学生回流茂名创业就业，成为拉动地方经济发展不可或缺的主要力量。譬如，信宜市通过整合资源，推动"粤菜师傅"工程与农业、旅游业、绿色产业深度融合，促进"三产"融合发展，很多当地大学毕业生瞄准难得发展良机，不再盲目追求珠三角地区大城市或一线城市创业就业，而是理性地回流家乡创业就业，在家门口办起了农家乐、微商、民宿，大力发展休闲农业和林下经济，为撬动当地经济高质量发展奠定了厚实基础。

优越的营商环境不仅为大学生回流创业就业提供了先决条

件，也为推动地方经济高质量发展作了很好的铺垫。因此，各级党委、政府要提高政治站位，加大"放管服"改革力度，善作善成，久久为功；要把大学生创业就业作为工作的重中之重，完善创业就业政策，主动作为，敢于担当，创新载体，优化环境，强化服务，高位强力推进大学生创业就业；要以"四城同创"为主要抓手，勠力同心，奋力"建设产业实力雄厚的现代化滨海城市，打造沿海经济带上的新增长极"，不断擦亮"滨海绿城 好心茂名"城市品牌和文化品牌，从而提升群众获得感、幸福感、安全感。

原载《茂名日报》2019.08.12

"四城同创"擦亮"好心茂名"城市品牌

《茂名日报》近日报道,我市凝魂聚气,众志成城,持续发力,勠力推进全国文明城市、国家卫生城市、国家森林城市和平安茂名创建,不断提升城市品位,擦亮"好心茂名"文化品牌和城市品牌,推动"四城同创"跃上新台阶。街道干净整洁,美观大方,出行便捷,交通畅顺,市民文明素养明显提高,社会治安持续向好,城市在森林中,森林在城市里,美轮美奂、动静相宜、如诗如画的"滨海绿城 好心茂名"城市画面展现在世人面前。

我市开展"四城同创"工作以来,各级党委、政府和职能部门整合资源,多方联动,主动作为,勠力同心,群策群力,致力推进"四城同创"工作。社会各界和群众更是同心同向,发挥主观能动性和主人翁作用,朝着创建全国文明城市、国家卫生城市、国家森林城市和平安茂名的目标砥砺前行,奋发有为,成果丰硕,引人瞩目。市委、市政府凭借前瞻眼光和战略思维,全力推进城市扩容提质,拉大城市框架,拓展城市功能,提升城市品位,提高城市生活质量,全面集中开展环境卫生、市容秩序、市政基础设施、老旧小区、农贸市场、厕所改造等专项整治行动,深入开展"八大提升行动",茂名城市旧貌换新颜,城市建设日新月异，市民文明素质大为提高，城市品位明显提升，"好心茂名"城市魅力美丽绽放，到处呈现出一派繁华景象。

开展"四城同创"作为一项得民心、顺民意的民生工程、民心工程、德政工程，作为市委、市政府作出的重大决策部署，成为擦亮"滨海绿城 好心茂名"文化品牌和城市品牌的有力抓手和务实路径。这不仅关乎人民群众获得感、幸福感、安全感的提升，而且关乎能否决胜全面建成小康社会。因而，各级党委、政府和党员干部要采取超常规的措施，有序推进"四城同创"工作。要聚民心，汇民智，集民力，形成组合拳，全市上下拧成一股绳，劲往一处使，让"红袖章""红帽子""红领巾""红背心""红马褂"活跃在茂名城市的每个角落。他们穿街走巷，维持交通秩序，打扫街道卫生，指导垃圾分类，维护社会治安，共同为"四城同创"尽一份绵力。尤其是，各级党委、政府把"四城同创"与"不忘初心、牢记使命"主题教育结合起来，弘扬"好心茂名"精神，传承好心文化，大力推进"滨海绿城，好心茂名"文化品牌和城市品牌建设，不断擦亮"滨海绿城 好心茂名"文化品牌和城市品牌。大力推动与茂名城市建设同步成长的江滨公园、春苑公园、人民广场等公园改造升级，不遗余力地建设潘茂名纪念公园、官渡公园、上宾体育公园、江东体育公园、1号湖公园等，大手笔、大视野、大格局修建露天矿生态公园，不仅为打造"滨海绿城 好心茂名"文化品牌和城市品牌写下了浓墨重彩的一笔，也为创建全国文明城市、国家卫生城市、国家森林城市、平安茂名平添亮丽底色。有关资料显示，2018年全市完成荒山荒（沙）地造林、更新造林、有林地造林面积7706.67公顷，城市建成区绿地率达40.65%，全市森林覆盖率达55.92%。我们可以自豪地说，"城在绿中、绿在城中、终年常绿、四季有花"的"滨海绿城 好心茂名"已然成型,绿树成荫,鸟语花香,海天一色,风光无限,美不胜收,令人遐想。

"四城同创"作为市委、市政府近期乃至今后一段时期的一项重要工作,作为决胜全面建成小康社会的重要抓手,永远没有休止符。因此,各级党委、政府要按照市委、市政府的决策部署,围绕中心工作,主动作为,步调一致,同心同向,凝心聚力,凝魂聚气,撸起袖子加油干,有序稳步推进"四城同创"工作,不断擦亮"好心茂名"城市品牌,从而奋力建设产业实力雄厚的现代化滨海城市,打造沿海经济带上的新增长极,决胜全面建成小康社会,为实现中华民族伟大复兴的中国梦奠定厚实基础。

原载《茂名日报》2019.10.29

发展农业职业教育　传承发展农耕文明

　　近日，省农业农村厅对广东省 2020 年高素质农民培育省级示范基地名单进行了公示，作为全省少有的几家高校之一的广东茂名农林科技职业学院赫然在目，引起社会广泛关注和热议，更令刚到广东茂名农林科技职业学院工作没几天的笔者激动不已，感慨万千。

　　广东茂名农林科技职业学院作为目前省内唯一一所融合教育、农业、林业、渔业资源的高职院校，作为茂名市委、市政府着力打造"二本四专"百年高等教育新格局的重要组成部分，发展农业职业教育、传承发展农耕文明、培育新时代高素质农民、打造乡村振兴"茂名样板"责无旁贷。众所周知，以渔樵耕读为代表的农耕文明，作为人类历史上第一种文明形态，历经千百年的传承发展，培育和形成了爱国主义、团结统一、独立自主、爱好和平、自强不息、集体至上、尊老爱幼、勤劳勇敢、吃苦耐劳、艰苦奋斗、勤俭节约、邻里守望等文化传统和核心价值理念，不仅对维护国家统一、推动乡村振兴、建设美好家园、厚植爱国情怀和丰富文化生活具有春风化雨、润物无声的重要作用，而且对维护和保护世界文化多元化和多样性，促进全球经济安全稳定增长、协调平衡增长、持续包容增长具有深远意义。广东茂名农林科技职业学院作为农业职业教育的主阵地，作为传承发展农耕文明的重要载体，为服务区域经济培养农业专业技术人才提供了强有力支撑和奠定了厚实基础。

习近平总书记指出，"农耕文化是我国农业的宝贵财富，是中华文化的重要组成部分，不仅不能丢，而且要不断发扬光大。""不能名为搞现代化，就把老祖宗的好东西弄丢了！"习近平总书记的讲话振聋发聩。那么，如何传承发展农耕文明，挖掘农耕文明所蕴含的思想精华和文化特质，这就值得大家思考了。农耕文明作为千百年来中华民族生产生活的实践结晶，作为华夏儿女在长期农业生产中以不同形式延续、积淀下来的精华浓缩和文化集合，无论富有中国特色的农事节气，抑或大道自然、天人合一的生态伦理；无论独具特色的宅院村落，抑或巧夺天工的农业景观；无论充满乡土气息的节庆活动，抑或丰富多彩的民间艺术；无论耕读传家、父慈子孝的祖传家训，抑或邻里守望、诚信重礼的乡风民俗，无一不是中华农耕文明的鲜明标签和文化符号，无一不是传统文化核心价值观的精神资源和哲学精髓。由此可见，农耕文明不仅是中华优秀传统文化、社会主义先进文化的根脉，也是坚定中国特色社会主义文化自信的根本所在。

"乡村文明是中华民族文明史的主体。""乡村振兴，既要塑形，也要铸魂。"习近平总书记从中华民族伟大复兴的历史高度，为推进农村精神文明建设、走乡村文化兴盛之路提供了基本遵循和路径指引。茂名作为农业大市，正举全市之力打造乡村振兴"茂名样板"，传承发展提升农耕文明就显得尤为重要。广东茂名农林科技职业学院更应发挥主渠道作用。目前，广东茂名农林科技职业学院已与省农业农村厅等相关职能部门签订了协议，实行省市共建，开设的现代农业技术、畜牧兽医、风景园林设计、食品加工、园林工程、水产养殖、机器人技术、汽车检测和维修技术等 15 个专业，与农业农村农民息息相关，与人们的生产生活密切关联，与乡村振兴发展、美丽乡村建设密不可分，"农"字当头，特色鲜明，优势明显，办学定位明确，立足粤西，面向全省，辐射北部湾经济区。这不仅契合构建茂名"二本四专"高等教育新格局的决策部署，而且为打造乡村振兴"茂名样板"提供了人才支撑和智力支持，也为传承发展农耕文明、培育新时代高素质农民提供了重要平台。

打造乡村振兴"茂名样板"，不但要做强做优做特农业产业，打造具有茂名地方特色的六大农业产业带，推进农业产业园区创建，构建 1 个荔枝国家现代农业产业园、1 个国家农业科技园、2 个国家田园综合体试点、6 个省级现代农业产业园的"1+1+2+6"现代农业新格局，发展壮大乡村振兴产业基础，而且要传承发展提升农耕文明，选育、研发、保护、利用农作物、畜禽、水产、农业微生物等农业种质资源，这是人类生存不可或缺的重要资源之一，是新品种选育的基础，是遗传信息代代相传的主要载体。中华民族发现、驯化、培育了大量农业种质资源，这些有生命的、活态的、可延续的种质资源，在传承中华农耕文明、推动人类社会发展过程中发挥了不可替代的作用。为此，广东茂名农林科技职业学院要不断创新办学模式，要把培育新型职业农民作为农业职业教育的重要抓手，深化产教研融合，开展校企深度合作，加强企业联盟、行业联合、园区联结，推动学历教育与非学历教育并驾齐驱，建立社区参与、企业推动、科技支撑、社会联动的办学机制。

传承发展农耕文明，要与"三农"发展、乡村振兴发展、美丽乡村建设、传统村落保护协同推进，"让文化遗产融入现代生活"，让鲜活的农耕文化遗产在现代化的农业中找到合适的位置，促进农业发展，提高农民收入，推动传统农业文化可持续发展，增强文化自信，留住特色农业文明世代传承的主体，留住传统农业技术，留住农耕文明的根与魂。

原载《茂名日报》2020.06.23

奏响创建全国文明城市最强音

  《茂名日报》近日报道，2020年茂名市精神文明建设暨创建全国文明城市攻坚推进会召开，研究部署2020年创建全国文明城市综合测评工作。市委书记、市人大常委会主任许志晖在推进会上强调指出，我市正处于获得全国文明城市提名资格的决胜时刻，全市上下要万众一心，突出重点，攻坚克难，驰而不息，久久为功，要以更大的决心、更大的力气深耕厚植好心茂名精神，奋力夺取文明创建硕果，培育引导良好行为，一体推进"四城同创"，形成"人人为创卫加分，人人为创文添彩，人人为创森植绿，人人为平安奉献"的生动局面，奏响创建全国文明城市最强音。

  面对如此激烈的竞争，我市各级党委、政府和党员干部要着实提高政治站位，深刻认识创建全国文明城市的历史意义和现实意义，要把创建全国文明城市作为"一把手"工程，作为战略谋划的政治工程、大手笔投入的啃硬骨头工程、久久为功的跨任期工程、齐抓共管的社会系统工程，要以"功成不必在我，功成必定有我"的大胸怀、大格局、大魄力，主动作为，敢于担当，对标对表，精准发力，压实主体责任，层层落实任务，抓细抓实，抓常抓长，以更大力气、更大功夫、更大勇气高位推进全国文明城市创建工作。

　　每一座城市都具有独特的历史文化底蕴。茂名作为一座既年轻又古老的城市，凭借独有的方式演绎着动人的故事。以1700年前的晋代名医潘茂名医者仁心诠释和践行"好心"为发轫，到1500年前的"中国巾帼英雄第一人"洗夫人，以"唯用一好心"的精神维护国家统一和民族团结，茂名人始终把"好心"基因作为茂名地方文化的根和魂代代相传，作为茂名的一种精神图腾熔铸到"好心茂名"城市的血脉当中，历经千年的传承发展，演变成如今富有时代气息的"好心茂名"文化品牌和城市品牌，一座"容得下肉身、放得下灵魂"的"滨海绿城"正耀眼崛起，熠熠生辉，光彩夺目。2017年9月25日，茂名市拉开了创建全国文明城市的帷幕，经过三年的奋力拼搏，文明之花美丽绽放，并且结出累累硕果。从书记市长到一般党员干部，从各级党政机关到广袤的农村社区，从志愿服务者到平民百姓，从耄耋老人到三岁幼儿，全市上下，团结一心，众志成城，积极投身创建全国文明城市行动，尤其各级领导干部做到了创文情况一线了解、创文决策一线形成、创文问题一线解决。市委、市政府先后投入60多亿元开展"三整治两提升""八大提升行动""六大攻坚行动"，奏响创建全国文明城市最强音，书写创建全国文明城市的新时代答卷，茂名蓝、滨海绿成为茂名最亮丽的底色。以"好心茂名"精神为特质的"好心茂名"人层出不穷，故事感人肺腑。他们弘扬道德模范崇高精神，树立道德标杆，崇尚美德，践行美德，弘扬时代新风，不断擦亮"好心茂名"城市名片，形成了"学习道德模范、宣讲道德模范、争当道德模范"的社会新风尚。目前，茂名市有15人获评"中国好人"、39人获评"广东好人"，涌现出全国抗击新冠肺炎疫情先进个人叶秀丰、"院长妈妈"李兰、

"单眼女孩"陈晓婷等"好心茂名"人。他们以博大的情怀演绎诠释"好心茂名"精神,传承发展"好心茂名"文化,为创建全国文明城市,为打造好心之城、文明之城、生态之城、魅力之城、滨海绿城贡献力量。

徜徉茂名的大街小巷,到处都荡漾着文明新风,每个人亦都切身感受得到创建全国文明城市所带来的翻天覆地的变化,享受得到看得见摸得着的红利,群众的获得感、幸福感、安全感大为提升。全市提升改造城区老旧小区 17 个片区,升级改造农贸市场 34 座,改建公厕 125 座,建设无障碍设施 2600 多处、摩托车及共享车位 11 万多个、小车位 1.1 万个;全国第一条贯通新老城区的 12 公里"好心绿道",宛如绿飘带舞出亮丽的人生和美好的生活;小东江十里生态景观带,风景如画,美不胜收,彰显了"好心茂名"的城市品位,成为茂名城市的"地标"景观;全省首个国家农业综合开发融合发展试点示范项目"好心湖畔"田园综合体焕发勃勃生机,多姿多彩的田园风光令人目不暇接;"城市伤疤"蜕变成"颜值担当"的露天矿生态公园、文化底蕴深厚的潘茂名纪念公园、休闲自在的官渡公园、星罗棋布的"好心公园""好家风公园"……争奇斗艳,熠熠生辉,实现了"300 米见绿,500 米见园"的目标。三年的全国文明城市创建,可以说茂名成绩斐然,令人瞩目,在竞争全国文明城市提名城市的省文明城市测评当中,2018 年度排第二,2019 年度排第一。2020 年度成绩如何呢? 近日召开的创建全国文明城市攻坚推进会已作出了战略部署,坚持以问题为导向,列出创建清单,明确责任任务,持续打造有情怀有温度有高度的"好心之城",答案即将揭晓,我们拭目以待。

文明无止境,创文在路上。为了力争获得"全国文明城市提名城市"，各级党员干部要凝心聚力，群策群力，形成"人人为创卫加分，人人为创文添彩，人人为创森植绿，人人为平安奉献"的工作格局，各级党委、政府更要以创建全国文明城市攻坚推进会为契机，攻坚克难、砥砺前行，久久为功、善作善成，为建设产业实力雄厚的现代化滨海城市、打造沿海经济带上的新增长极而凝聚起磅礴力量。

原载《茂名日报》2020.09.21

绿色产业撬动"滨海绿城"耀眼崛起

《茂名日报》近日报道，茂名市以市场为导向，以结构调整为主线，大力发展富有地方特色的经济林、林下经济等绿色产业，打造产、供、销、加特色产业链，培植新鲜水果、干鲜果品、林产化工、中药材、林产饮料等具有市场竞争力的名优特色品牌产品，构建绿色产业体系，推动茂名绿色生态经济高质量发展，撬动"滨海绿城"耀眼崛起。

"面对传统石化产业的发展瓶颈，茂名正谋划新的产业迭代，推动传统石油化工向绿色化工和氢能产业转型升级。"面对茂名如何实现由"油城"向"氢城"战略转变，撬动"滨海绿城"耀眼崛起的重大课题，茂名市政府主要领导如是说。事实上，推动传统石油化工向绿色化工和氢能产业转型升级，这是市委、市政府打造"好心茂名滨海绿城"城市名片和文化名片中的一项战略举措，也是打造绿色产业链，推动茂名绿色生态经济高质量发展，撬动"滨海绿城"耀眼崛起的一个新引擎。早在 2016 年 7 月，市委、市政府站在战略的高度，审时度势，率先在粤西地区拉开了创建国家森林城市的帷幕，坚持绿色发展理念，把"绿色信念"植入城市发展的血脉当中，践行"绿水青山就是金山银山"绿色发展理念，以创建国家森林城市作为实现绿色崛起、建设滨海绿城的重要抓手，开展以"大地植绿、心中播绿、全民享绿"为重点的增绿提质行动，书写绿色惠民华章，推动茂名绿化大提升，促进特色经济林、森林旅游、林下经济等绿色产业发展，多项生态工程齐头并进，开展生态环境综合治理，构建星罗棋布的"城市绿肺"，打造绿色发展"茂名样板"，茂名蓝、滨海绿成为茂名城市建设最亮眼的底色。4 年多来，茂名先后投入30.15 亿元，实施环城林带、道路林网、城市绿地等重点林业生态工程 100 多项，新建公园、游园 60 个，品质提升森林公园、湿地公园等 89 个，全市完成造林更新作业面积 4.12 万公顷，年均新造林面积占市域面积的 0.74%，新建环城林带 84 公里，新建改造高速公路、国省道绿化带 500 公里，新建城乡居住区绿道215.8 公里，完善提升水系林网 64.7 公顷，打造露天矿生态公园、博贺沿海防护林带、好心绿道、小东江十里景观带等 12 个亮点工程。目前，全市森林覆盖率 55.80%，城区绿化覆盖率42.34%，道路绿化率 98.35%，人均公园绿地面积 16.26 平方米，实现了"主干道路有景观、重点区域有亮点、公园绿地有精品""300 米见绿、500 米入园"的目标，城乡生态环境日臻完善，居民生态福祉大幅增进，群众满满的获得感、幸福感、安全感。作为"广东省生态镇"的高州市大坡镇也正将绿水青山转化为金山银山，漫山遍野的油茶树，昔日的旧猪栏改养石蛙、娃娃鱼，绿色竹海编织致富梦，惠民举措落地开花，硕果累累，羡煞旁人。

随着创建国家森林城市活动的纵深推进，"好心茂名滨海绿城"的城市名片和文化名片越擦越亮，茂名蓝、滨海绿越发彰显独特魅力，不断刷新城市高颜值。创建国家卫生城市、创建全国文明城市、平安茂名建设也随之相继展开，"四城同创"竞相绽放，争奇斗艳，交相辉映，相得益彰。以"四城同创"为新动力全方位推动绿色产业发展，特色经济林、森林生态旅游、森林康养、林下经济等绿色生态经济异军突起，势如破竹，发展前景一片光明，一幅林茂农富的美丽画卷正在茂名大地徐徐展开。林果、林药、林茶、林油等新模式层出不穷，在瑞恒农林科技、大亚木业、宏益鳄鱼、惠生源、天山林牧、南药药业等龙头企业的辐射带动下，种植与培育、林下种植养殖、林木种苗花卉、森林食品加工、林产品加工、生态旅游等新产业新业态百花齐放，电白沉香、化州橘红、高州油茶、信宜铁皮石斛等品牌产品脱颖而出。时至今日，全市形成了以速生丰产林、珍贵用材林、绿化苗木、木本林果林药、特色经济林、林产化工、林浆纸一体化、人造板加工和森林生态旅游为主体的九大林业产业体系，构建起东部荔枝带、西部龙眼带、中部香蕉带、信宜三华李种植区和化州北部特色水果区为特点的"三带两区"的水果种植基本格局。全市拥有国家级林下经济示范基地 1 个，省级林下经济示范基地 3 个，林下经济（扶贫）示范县 1 个，特色经济林项目单位（企业）7 个，"广东省森林小镇"5 个。2019 年，全市林业产业总产值 213.54 亿元，"滨海绿城"正在变成现实。

　　"作为一座重化工业城市，茂名的环境实现了逆袭，主要得益于我们始终牢固树立绿色发展理念，宁愿牺牲 GDP 也要保护好生态环境。"这是市委、市政府向全市人民作出的庄重承诺，彰显了市委、市政府打造"好心茂名滨海绿城"城市名片和文化名片的信心和决心。我们有充分的理由相信，随着绿色产业发展的高歌猛进，"好心茂名滨海绿城"这张城市名片和文化名片必将擦得更加亮丽，更加光彩夺目，一座魅力四射的"滨海绿城"必将耀眼崛起。

原载《茂名日报》2020.10.14

传承农耕文化　擦亮农业名片

　　最近，一篇《你好，我叫高州农业》的文章在朋友圈广为流传，引发社会热议。笔者近日忙里偷闲，用心用情细细品读了这篇文章。通篇文章没有华丽的语句，也没有漂亮的措辞，仅是用朴素的语言图文并茂地概括阐述了高州农业发展轨迹和高州现代农业产业发展所取得的累累硕果。从文章当中，我们读到了高州农业发展的辉煌历史，读到了高州农耕文化的源远流长，读到了"农业天堂"高州农业发展的现在和将来，读到了高州现代农业产业的繁荣与发展，读到了作为农业大市的茂名乡村全面振兴的未来和希望，读到了茂名人民对美好生活的憧憬和向往。

　　"好山好水好产品，高产高质高效益"，这是"农业天堂"高州农业发展的真实写照。作为一座千年古郡，高州农耕文化可谓历史悠久，源远流长，文明灿烂。古有岭南道教先驱、西晋名医潘茂名遍尝百草，推广种植南药，"中国巾帼英雄第一人"冼夫人传播先进农业生产经验，唐代名宦高力士推介高州荔枝进贡朝廷；今有中国稻作科学之父、新中国首任中国农科院院长丁颖为振兴中华农业，勤力建设中国第一个稻作试验场，选育推广优良稻种，促进水稻增产、农业增效、农民增收。高凉古郡孕育了千年农耕文化，传承发展农耕文明，农业成果丰硕，高州"三高"

农业成为广东省山区综合开发的一面旗帜。

高州是一个典型的"七山一水两分田"山区，也是全国绿化模范县，森林覆盖率高达 68.49%，地广物丰，山灵毓秀，水资源丰富，一江十河，交通阡陌，土壤肥沃，地貌多元，气候多样，生态良好，环境优美，田园风光无限，如诗如画，形成了一个天然的大氧吧和温室大棚。正是高州拥有如此独特的自然环境和区域优势，造就了四季花果飘香、鱼米香甜的农业天堂，粮食、荔枝、龙眼、蔬菜、罗非鱼、鸡蛋、畜禽等主要农产品富足，农业产量、产值、产业规模稳居全省前列。

高州农业发展势头如此强劲，关键因素在于高凉人有着一种敢为人先、久久为功、善作善成的精神。历届党委、政府和党员干部始终保持着一种"咬着青山不放松"的韧劲，保持着一种"靠山吃山、靠水吃水"的执着信念和务实作风，对发展农业的决策政策绝不朝令夕改，而是不忘初心、牢记使命，一代接着一代撸起袖子加油干，致力农业产业发展，传承发展农耕文明，打造农业亮丽名片。时至今日，高州荔枝、高州香蕉、高州桂圆肉、新垌茶、储良龙眼等 5 个产品获得了国家地理标志保护产品；高州桂味荔枝、高州龙眼肉、高州龙眼干、高州荔枝干等 4 个农产品成为国家名特优新农产品，建成了高州荔枝、高州龙眼 2 个广东省特色农产品优势区。作为国内外龙眼鲜果及干果加工、销售的集散地，高州已形成了"买世界，卖世界"的发展态势。高州龙眼省级现代农业产业成为目前唯一以龙眼产业为主打的省级现代农业产业园，构成了 1 个国家级现代农业产业园+1 个国家级田园综合体+2 个省级现代农业产业园的现代农业产业发展新格局。目前，高州市委、市政府正全力打造全国最强荔枝产业集群和世界级荔枝特色小镇，从生产、加工、仓储、冷链、物流、销售到产品开发、品牌打造、文化创意、休闲旅游等，不断延伸荔枝产业链，全方位立体式打造新产业新业态新产能新模式。

千年古郡耀千古，农业旗帜扬四海。我们要传承农耕文化，发展农耕文明，擦亮农业名片，讲好农业故事，传播农村好声音，传递农民正能量，在全社会形成关注农业、关心农村、关爱农民的浓厚氛围，为乡村全面振兴的美好明天，为建设产业实力雄厚的现代化滨海城市、打造沿海经济带上的新增长极而凝聚澎湃力量，让乡亲们的日子越过越红火。

原载《茂名日报》2020.10.27

发展农业职业教育　撬动乡村全面振兴

　　《茂名日报》近日报道，茂名市乡村振兴学院在广东茂名农林科技职业学院揭牌成立，标志着我市乡村振兴工作迈向了新的高度、新的广度。茂名市乡村振兴学院的成立，是市委、市政府决战决胜脱贫攻坚、打造乡村振兴"茂名样板"的主要抓手，是发展农业职业教育、撬动乡村全面振兴的重要举措，是推动茂名"两本四专"建设、打造茂名高等教育新高地的务实路径，为推动茂名市农业全面升级、农村全面进步、农民全面发展，加快实现从农业大市向农业强市转变提供了强有力的人才支撑。

　　实施乡村振兴战略，是党的十九大作出的重大决策部署。近年来，市委、市政府把实施乡村振兴战略作为解决"三农"问题的总抓手，围绕"产业兴旺、生态宜居、乡风文明、治理有效、生活富裕"的总目标，对标对表"三年硬任务"，撸起袖子加油干，砥砺前行，全面推动乡村产业振兴、乡村人才振兴、乡村文化振兴、乡村组织振兴。短短几年，我市广袤的农村发生了翻天覆地的变化，基础设施、人居环境、产业发展、乡风文明、乡村治理等结出了累累硕果，成绩可圈可点，群众满满的幸福感、获得感、安全感。对此，省委实施乡村振兴战略领导小组给予了高度评价和充分肯定，在 2019 年度推进乡村振兴战略实绩考核中，茂名综合评价等次为"优秀"，排在全省前列。的确，近年来，市委、市政府举全市之力打造乡村振兴"茂名样板"，全方位开展以垃圾、污水、农村公厕作为重点的人居环境整治，实施"四好农村路"攻坚行动，全力推进中小河流治理、村庄集中供水、农村物流服务体系建设、农村电网改造和信息基础设施建设。尤其值得一提的是，我市各地大手笔推进生态宜居美丽乡村建设，以"小菜园、小果园、小花园、小公园"建设为主体，美化绿化村庄环境，亮点频现，异彩纷呈。譬如，串联10条美丽乡村139公里的信宜市"锦江画廊"碧道，可以说是我市开展人居环境整治、建设美丽乡村的一个缩影，也是我市打造乡村振兴"茂名样板"亮眼之笔，为茂名乡村振兴发展增添亮丽底色。有关资料显示，目前全市已创建了1个示范县、4个示范镇、103个示范村，新建乡村绿化美化示范点78个，打造元坝村、平垌村、牙象村、八坊村等61条人居环境整治示范亮点村，钱排、根子、罗坑、长坡、文楼等还获得"广东省森林小镇"称号。正在建设推进的乡村振兴"精彩100里"示范带，更是引人入胜，美不胜收。该示范带以茂南好心湖畔田园综合体项目为起点，以根子镇大唐荔乡田园综合体项目为终点，统筹推进小东江沿线的农村人居环境整治、中小河流整治及美丽乡村、名镇名村、乡村旅游景点、农业产业园等项目建设，连线连片开发农村旅游、红色旅游、休闲农业、森林康养，推动发展美丽农村经济。可以预见，不久的将来，一条条"人在村中、村在画中、画在村中"绚丽多彩的"画里的乡村"将变成现实。

推动乡村全面振兴的关键在于做强做优特色农业产业，而推动乡村产业振兴的关键在于培养乡村人才，如果没有乡村人才的振兴，也就没有乡村全面振兴。茂名市乡村振兴学院的应运而生，契合了国家实施乡村振兴战略时代背景。其实，自2018年成立以来，广东茂名农林科技职业学院凭借超前的眼光和创新的思维，始终围绕"三农"工作大做文章，在市委、市政府和教育主管部门的领导下，以党建为引领，致力发展农业职业教育，整合农业资源，传承农耕文化，打造农业专业特色，建设特色专业群，助推乡村振兴发展。短短两年，学院就成为"广东省2020年高素质农民培养省级示范基地""广东省农村实用人才培训基地"，大力开展市县干部、基层干部、新型职业农民、新型经营主体、在校大学生"五位一体"模式人才培养等各类提升培训班，为全市农村输送了各类农业专业人才，为全市乡村振兴发展奠定了厚实基础，提供了人才支撑。这些农村专业人才有力地推动了乡村产业发展，撬动了茂名乡村全面振兴。譬如，在今年疫情十分严峻的情势下，茂名仍然成功举办了2020年中国荔枝产业大会，而且荔枝销售实现逆势上扬，销售总量52万吨，金额69.2亿元，荔枝产业整体增收接近20亿元，荔枝主导产业全链条提供农民就业岗位15万个。显然，荔枝产业振兴已成为茂名实施乡村振兴战略的重要抓手，成为名副其实的惠民、利民、富民的现代农业产业。目前，全市已创建了11个国家和省级农业产业园区，构成了1个荔枝国家现代农业产业园、1个国家农业科技园区、2个国家级田园综合体、7个省级现代农业产业园的"1+1+2+7"现代农业新格局。产业园示范引领作用和辐射带动效应日益彰显，主导产业集群初具规模，"三产"融合稳步发展，园区联农带农机制初步建立。这是市委、市政府实施科技引领、创新驱动、品牌创建、三产融合等硬核举措的结果，是积极探索数字化新营销，引领荔枝行业标准化转型，开发多样化荔枝产品，推动荔枝产业升级发展的结果；是大举发展农业职业教育，推动乡村专业人才振兴的结果；是坚持党建引领，完善乡村治理体系，涵育文明乡风，推动乡村文化振兴和组织振兴，打造共建共治共享新格局的结果。

我们相信，在各级党委、政府的主导下，致力发展农业职业教育，传承农耕文化，积淀农业文明，凝心聚力培养各类农村专业人才，必能推动乡村全面振兴，实现全市农业全面升级、农村全面进步、农民全面发展。

原载《茂名日报》2020. 12. 07

决胜脱贫攻坚　推动乡村振兴

　　近日，媒体以《茂名电白：脱贫路上故事多　特色产业遍开花》为题，报道了电白区打好脱贫攻坚组合拳，讲好脱贫攻坚故事，决战决胜脱贫攻坚，特色扶贫产业遍地开花，为脱贫攻坚注入源头活水。读罢这则消息，笔者激动不已，感慨万千。

　　到2020年，在现行标准下农村人口实现脱贫，贫困县全部摘帽，解决区域性整体贫困，这是党中央对全国人民作出的庄严承诺。今年是打赢脱贫攻坚战的收官之年，也是全面建成小康社会的收官之年。如何决战决胜脱贫攻坚，市委、市政府始终从讲政治的高度，高瞻远瞩，运筹帷幄，从脱贫攻坚的顶层设计到具体措施的落地推进，从产业扶贫的发展到就业教育扶贫的推动，从党建的引领到乡村振兴的融合，每走一步都彰显了各级党委、政府决策部署的缜密性、可行性、创新性，凸显党员干部开拓、务实、勤勉的工作作风，体现基层党组织强而有力的号召力、组织力、执行力。电白区扶贫路上涌现出感人肺腑的脱贫攻坚故事，就是我市各级党员干部演绎茂名脱贫攻坚故事、讲好茂名脱贫攻坚故事的一个缩影，也可以说是茂名书写党建引领推动产业扶贫的亮眼之笔，充满温情，充满人性，充满活力，充满动力。电白立足县域资源优势，因地制宜，创新模式发展"造血"式产业扶贫，实行一把钥匙开一把锁，"一村一品""一村一特色""一镇一品""一镇一业"，"特色化、规模化、标准化、商品化"的特色扶贫产业项目遍地开花，星罗棋布。望夫镇牛大力种植基地面积达 2000 亩，覆盖 11 个村 4235 户 11270 人，产值近 3000 万元，成为当地群众打开农业增效农民增收的"金钥匙"；沙琅镇谭儒村萝卜种植基地面积达 4460 亩，年产值超过 2600 万元，还辐射带动周边两个村委会群众种萝卜致富；林头镇 11 条贫困村共投入 1000 多万元扶贫资金，建成广东首家澳寒羊科研产业基地，实现固定投资收益分红 224 万元。特色扶贫产业的发展，不仅为茂名脱贫攻坚注入了源头活水，而且大大激发了群众内生动力，提振精气神，增强脱贫致富的信心和决心，提升群众获得感、幸福感、安全感，还引领带动就业扶贫、教育扶贫深入开展。尤其值得一提的是，茂名在全省率先全面推广实施"南粤家政"工程，建立了首家带有浓郁"好心茂名"文化气息的"广东好心家政职教集团"。市委、市政府以"广东好心家政职教集团"为龙头，全面推动"南粤家政"工程实施，全市从事家政服务企业达 238家，从业人员 6 万多人，约占全省从事家政服务人员的 20%；以"美食"为媒，以"本领"为径，推动"粤菜师傅"工程实施，建设省级"粤菜师傅"培训基地和大师工作室各 2 个，打造"粤菜师傅"工程一条街，不少沉睡的乡村旅游资源得以涅槃重生，越来越多的贫困劳动力手握"金钥匙"打开了道道脱贫奔小康之门。

决战决胜脱贫攻坚的关键在于大力推动产业扶贫，更要注重发挥产业扶贫带动效应，融合生态宜居、乡风文明、社会治理等元素，通过党建引领乡村全面振兴发展，建设美丽乡村。我市各地推行的小花园、小果园、小菜园、小公园等"小四园"建设，是党建引领乡村全面振兴的生动实践，不但使广袤的农村装扮得美轮美奂、如诗如画，而且加快推动了农村共建共治共享治理新格局的进一步形成，为全面建成小康社会奠定厚实基础。高州宝光街道丁堂村作为省定贫困村，祖祖辈辈都以种植荔枝、龙眼、香蕉和水稻为生，由于缺乏科学的种植技术和市场竞争力先天不足，靠天吃饭的传统种植方式制约了当地农村经济发展，村集体收入几乎为零。自珠海市现代农业发展中心进驻之后，把丁堂村作为农业科研成果转化的基地，充分发挥农业技术优势，依托农业资源，大做绿水青山文章，采取前沿农业最好的技术手段，发展"人无我有、人有我优、人优我特"的特色产业，对农业发展中心培育出来的好种苗进行转化推广，发展种植百香果、四季蔬菜和养殖荔枝鸡等产业，促使优质品种迅速占领市场，提高产品竞争力，依托电商把最新鲜的农产品第一时间运送到市民手中。目前，丁堂村按照统一规划、统一种苗、统一农资、统一技术、统一管理、统一品牌、统一销售的方式，推动百香果、蔬菜、荔枝鸡扶贫产业蓬勃发展，示范带动 500 多户村民分散种植百香果256 亩、四季蔬菜 523 亩、养殖荔枝鸡 10 万羽，"山上果、树下鸡、田里菜"的产业结构已然成型。村容村貌干净整洁，房前屋后篱笆墙圈起来的小花园、小果园、小菜园错落有致、绿意盎然，村道两旁的紫荆花姹紫嫣红、摇曳多姿，充满恬静和谐的田园气息，美丽的乡村景致令人心驰神往。如今，"世外桃源"般的村庄犹如繁星点点遍布茂名大地，灿若星河，这是市委、市政府决战决胜脱贫攻坚的结果，是党建引领产业扶贫，辐射带动乡村振兴发展的结果。

"产业兴旺、生态宜居、乡风文明、治理有效、生活富裕"，这是实施乡村振兴战略的总要求。全面建成小康社会，全面建设社会主义现代化强国，最艰巨最繁重的任务在农村，最广泛最深厚的基础在农村，最大潜力最大后劲在农村。为确保脱贫攻坚的质量和成色，按照党中央的决策部署，脱贫攻坚后将设过渡期，继续实行摘帽不摘责任、摘帽不摘政策、摘帽不摘帮扶、摘帽不摘监管，切实巩固拓展脱贫攻坚成果。为此，建立长短结合、标本兼治的体制机制，将巩固拓展脱贫攻坚成果与乡村振兴有机衔接，形成脱贫攻坚和乡村振兴相互支撑、相互促进的良性互动局面，紧紧抓住贫困村创建新农村示范村这个重要抓手，将乡村振兴政策优先在贫困村实施，增强内生发展动力，激发发展活力，巩固拓展脱贫成果，这是推动脱贫攻坚与乡村振兴深度融合、互促共进的务实路径，也是实现乡村全面振兴的必由之路。

原载《茂名日报》2020. 12. 14

打造特色产业　决胜脱贫攻坚

媒体报道，电白区"特色产业富万家"案例在近千项民生工程案例中脱颖而出，获评全国 65 个"2020 民生示范工程"之一。这是电白区委、区政府继去年"精准扶贫"项目获评全国"2019民生示范工程"之后又一次获得国家级殊荣。打造富有地方特色产业，不仅是决战决胜脱贫攻坚的重大举措，而且是实施乡村振兴战略的务实之举，也是打造乡村振兴"茂名样板"的主要抓手。电白区"特色产业富万家"案例获此殊荣，是我市各级党委、政府推行"党建引领+特色产业+合作社+农户+基地"产业扶贫模式的生动实践，也成为各级党员干部决战决胜脱贫攻坚的鲜活注脚，为打造乡村振兴"茂名样板"写下了浓墨重彩的一笔。

今年 9 月，全省产业扶贫工作推进会在电白区召开，这从某种程度上说明了我市的决战决胜脱贫攻坚成绩亮眼，得到了省委、省政府的认可和肯定，产业扶贫经验在全省得以推广和复制。的确，近年来，市委、市政府在决战决胜脱贫攻坚工作中注重因势利导，谋定而后动，精准扶贫，精准脱贫；注重因地制宜，精准施策，一村一策，发展"一镇一业""一镇一特""一村一品"；注重党建引领，开展特色产业扶贫；注重打造新业态新模式，加快推动脱贫攻坚与乡村振兴有效衔接；注重产业结构调整优化，发展壮大产业集群；注重龙头农业产业培育，发挥示范引领和辐射带动效应。电白区在特色产业发展过程当中，注重电白地方特色，形成了有特色、易操作、可复制的电白产业发展经验和做法，值得全市各地借鉴和推广。近年来，电白区在产业扶贫工作中，创新推行"党建引领+特色产业+合作社+农户+基地"产业扶贫模式，站位高远、思维创新，聚焦农业、优化产业，城乡统筹、镇村结合，山海联动、山水融合，创新驱动、挖掘潜力，园区联动、转型升级，赋能提质、激发活力，形成多业态、多模式、多元化发展态势，构建起"农村山区沉香、南药、龟鳖、小耳花猪，沿海地区水东芥菜、对虾、优质鱼、红心鸭蛋，平原地区花生、优质稻、北运菜、生猪，丘陵地区荔枝、龙眼、砂糖桔"的区域特色农业产业新格局。随着电白特色产业的纵深发展，电白区委、区政府把更多的精力放在打造延伸产业链条上，持续推进茂名市荔枝国家现代农业产业园电白园、电白沉香产业园、电白对虾产业园等园区建设，培育发展龙头企业 31家、农产品出口示范基地 4 家，从而撬动电白产业高质量发展，实现了村村有产业、人人有事干、家家有增收，群众获得感、幸福感、安全感得到全面提升。

今年是打赢脱贫攻坚战的收官之年。能否全面建成小康社会，关键看能否决战决胜脱贫攻坚；能否决战决胜脱贫攻坚，关键看能否实现与乡村振兴有效衔接；而能否实现与乡村振兴有效衔接，关键看能否巩固拓展脱贫攻坚成果，因此，决战决胜脱贫攻坚的关键在于产业扶贫的成色和底气。那么，茂名产业扶贫的底气究竟来自哪里？毋庸讳言，茂名的底气来自党组织的领导核心作用，来自党组织的组织力、凝聚力、战斗力，来自广大群众的内生动力和生机勃发的生命力。"党建+产业发展",看似一个简单的产业发展思路,事实上却蕴含着一个深刻的道理:高度决定思路,思路决定出路。经过几年的探索、实践、积淀,电白的产业发展思路和做法值得肯定。"种植上规模、产品有特色、产业创品牌",这是电白区一直坚持的产业发展思路,而且形成了一种长效机制。电白区望夫镇花山村是一条名不见经传的小山村,在当地党组织的带领下,积极落实党员联系户制度,明确责任和目标,引导农户流转土地,推广牛大力种植,发展集种植、生产、加工、销售于一体的综合开发产业集群,目前年产值1100余万元;沙琅镇谭儒村党支部紧紧扭住传统特色产业,以"党建+产业"发展模式致力打造"一村一品",着力塑造擦亮"谭儒萝卜"品牌,以良种良法促进标准化生产,把党小组建在产业链上,把党的惠农政策、协调服务、示范引领作用融入农业产业发展当中。如今的谭儒,由过去的省定贫困村而一跃蝶变成远近闻名的特色产业村,基地种植面积达3600亩,还带动周边的群众发展萝卜种植500多亩,总产值达2460万元。由此可见,农业产业的发展,不但要看产业的特色和成色,而且要看产业品牌的塑造和辐射带动效应,更要看基层党组织的组织力、凝聚力、战斗力。

只要充分发挥基层党组织的核心领导作用,保持发展战略定力,发挥群众的主观能动性和主人翁精神,激发群众内生动力,焕发发展生机活力,必能决战决胜脱贫攻坚,决胜全面建成小康社会,为脱贫攻坚与乡村振兴实现有效衔接奠定厚实基础,为群众的获得感成色更足、幸福感更可持续、安全感更有保障提供强有力的支撑。

原载《茂名日报》2020.12.29

产城融合发展　打造滨海绿城

　　近日《茂名日报》转载了《羊城晚报》记者专访市委书记许志晖的文章《大抓产业向海而兴　守护生态打造绿城》。文章中，许志晖书记就茂名如何围绕产业发展，高质量加快构建"1+4+6"发展布局这个主题，娓娓道来，如数家珍，读罢让人感慨万千。

　　一座城市的发展，如果没有产业作为支撑，那么，城市的崛起也就变成了一句空话，因而，产业的发展成为城市发展的核心要素，成为城市发展的灵魂，"产城融合"则成为城市发展的必由之路。众所周知，"产城融合"是在我国经济转型升级的语境之下而提出的城镇化与产业化协同发展的新思路新路径新模式，通过搭建不同类型的区域性发展平台，引导城镇转变过去单一的"产"或"城"的发展模式，实现产业与城市功能融合、空间整合，最终达到"以产促城，以城兴产，产城融合"目标，从而撬动城市经济增长提质增效。茂名作为一座"南方油城"，石化产业当然成为经济发展的生命线。近年来，市委、市政府依托"大炼油""大乙烯"的龙头效应，不断做大做强做优石化产业链，已形成了涵盖"石油炼制及乙烯裂解—有机化工原料—石化下游产品"石化产业全链条的产业格局。毋庸置疑，石化产业成为茂名基础最厚实、规模最大、实力最强的支柱产业，稳坐茂名产业发展的头把交椅，成为茂名城市发展的核心动力和核心要素。随着东华能源烷烃资源综合利用项目的落地，建成以丙烷脱氢为龙头的世界级绿色化工基地指日可待。这是继"油城"之后，一座新的"氢城"正在茂名大地耀眼崛起。"油城""氢城"双核联动，并驾齐驱，创新发展、特色发展、绿色发展、集聚发展、向海发展，成为茂名城市发展的必然选择。"十三五"时期，市委、市政府按照"北优、中联、南拓、东进"和向东向南靠海发展的思路统筹协调推进四大组团建设，完善城市功能布局，提升城市级能，形成了"两轴双中心、四组团多廊"的规划结构，向着"以产兴城，以城促产，产城融合"的目标砥砺奋进。

"建设产业实力雄厚的现代化滨海城市，打造沿海经济带上的新增长极"，这不是一句口号，而是省委、省政府为茂名作出的新定位新要求，也是写进市委、市政府工作报告向全市人民作出的庄严承诺。我们只有按照市委"1+4+6"发展布局，坚持新发展理念，加快向海而兴的发展步伐，聚焦大抓产业发展，优化城市空间结构，塑造产业经济地理，推动要素资源进一步向南北中央发展轴和东西滨海发展轴集聚，做大做强两区三大平台主要核心区，才能建设产业实力雄厚的现代化滨海城市，打造沿海经济带上的新增长极。近年来，市委、市政府不断增创茂名发展新优势，发挥茂名地缘优势、产业互补优势和人文优势，积极建设融入"双循环"新发展格局的现代产业体系，精准聚焦绿色化工与氢能、港口物流、文化旅游、大健康、建筑业和现代农业等六大优势产业。千亿级临港产业集群的初现，就是茂名产城融合发展的一个缩影和生动实践，不仅为打造沿海经济带上的增长极、推动茂名沿海经济带发展注入了源头活水，激发生机活力，也为打造世界级绿色化工和氢能产业基地、国家级特色现代农业产业基地、区域性现代商贸物流基地、南中国文旅康养度假基地和示范性城乡融合发展基地奠定了厚实基础，提供了有力支撑。随着茂名城市"向东、向南、靠海"发展步伐的加快，地处城市发展风口的共青河新城，汇聚高铁新城、奥体中心、融合产城建设，作为茂名城市发展的催化剂，正逐步发挥着强劲的催化效应，驱动新城的增值潜力。可以预见，不久的将来，"滨海绿城 好心茂名"将成为生态宜居、展示形象的城市典范和"产城融合"发展的标杆。

　　绿色是茂名城市发展最鲜活最亮丽的底色，茂名蓝滨海绿成为茂名城市建设的主基调，从郁郁葱葱的红树林到漫山遍野的荔枝树，从连绵起伏的高山草甸到绿意盎然的原始森林，从"氧吧"密布的山区到绿野仙踪的平原，天蓝地绿水清始终成为茂名生态环境保护的标配。绿色生态作为茂名城市的最大财富、最大优势、最大品牌，市委、市政府一直把"绿水青山就是金山银山"的发展理念贯穿城市发展全过程，"我们的城市、我们的茂名"理念已深入人心。今年2月18日，农历正月初七，我市4套班子领导连续第七年在春节假期过后第一个工作日开展植树活动，以实际行动践行"绿水青山就是金山银山"理念，为全市人民作表率，坚持绿色发展，走绿色生态转型之路。近年来，市委、市政府举全市之力创建全国文明城市、创建全国卫生城市、创建国家森林城市、创建好心平安茂名，彰显了市委、市政府坚持产城融合发展、打造滨海绿城的信心和决心，而且工作成绩斐然，成果丰硕。实施环城林带、道路林网、城市绿地、森林小镇、沿海防护林、生态修复、增绿提质等重点生态工程100多项，新建各类公园、游园60个，改造提升森林公园、湿地公园89个，打造露天矿生态公园、小东江十里景观带、官渡公园等森林城市建设亮点工程，实现"300米见绿，500米见园"；全市投入30.86亿元植树造林3.2万公顷，新建或品质提升各类公园149个，建设乡村绿化美化示范点664个，建成森林小镇5个、国家森林乡村55个、森林家园70个；成功创建国家卫生城市，成为全国文明城市提名城市。尤其值得一提的是，串联中心城区8路8巷、城市公园商圈和文化设施，辐射16个街区20多万人的茂名"好心绿道"，全国最大连片人工红树林种植示范基地水东湾种植万亩红树林、惠及沿线20多个村庄近10万人的信宜"锦江画廊"碧道，乡村振兴示范带"精彩100里"等，群众获得感、幸福感、安全感满满，点赞不止；"中国荔乡""全国水果第一市""中国罗非鱼之都""中国月饼名城""中国化橘红之乡"等"农"字品牌也擦得更响亮更闪亮。由此可见，坚持绿色发展理念，不但实现城乡增绿添景、生态修复、河涌整治，还推动荔枝、龙眼、三华李、化橘红等特色产业发展，辐射带动乡村特色生态旅游，撬动农村经济发展，推动乡村振兴。

　　绿色发展不仅提升了茂名城市颜值，而且释放了丰厚的生态红利，昔日灰蒙蒙的"南方油城"已蝶变成绿意盎然的滨海绿城、生态之城、文明之城、好心之城、魅力之城美丽绽放。山海并茂，好心闻名。

原载《茂名日报》2021.03.15

发展沉香产业　打造特色小镇

　　《茂名日报》近日报道，电白区观珠镇以党建为引领，以沉香产业为依托，深入挖掘沉香山人文历史价值，发展沉香特色产业，推动瑜丰沉香创意文化产业园、沉香温泉和新时代文明实践中心建设，集现代、古典、风情于一体的中国沉香特色文化旅游小镇已然成型，不仅为打造乡村振兴"茂名样板"奠定了厚实基础，也为美丽乡村建设平添了一道亮丽风景。

　　沉香产业作为茂名乃至全省的一张亮丽名片，历史悠久，源远流长，沉香种植的历史可追溯到1500多年前冼夫人生活的年代。其时，冼夫人带兵出征，将领士兵都会随身携带一个装有沉香粉末的战地香囊，受伤时便涂上沉香粉，这样不仅可以消炎止痛，而且可以加快伤口愈合。其实，自古以来，沉香就是一味珍贵药材，广泛应用于多种中成药和方剂中，具有行气镇痛、温中止呕、纳气平喘等功效。沉香作为高级香品的基础香料，可加工成工艺品，颇具收藏鉴赏价值。时至今日，沉香不但成为一种富有茂名地方特色的产业，而且成为一种独具地方特色的文化符号，产业与文化交相辉映，相得益彰，推动沉香产业高质量发展。电白区观珠镇作为茂名沉香产业的主产区，种植面积8.8145万亩，仅沉香GAP规范种植基地面积就达3.5万亩，种植规模位居全国前列，有"中国沉香第一镇"之称。观珠镇党委、政府紧紧扭住沉香这个主导产业，明确发展定位，明晰发展思路，把准发展方向。务实的发展路径，创新的发展思维，超前的发展理念，使沉香产业链越拉越长，沉香衍生产品越来越丰富，沉香品牌越擦越亮，"中国沉香之乡""沉香专业镇""沉香特色小镇"等光环熠熠生辉，光芒四射。这些响当当的国字号、省字号金字招牌，不但彰显了地方党委政府在塑造沉香产业品牌上下足了工夫，殚精竭虑，不遗余力，而且体现了领导干部在打造新产业新业态新模式上的发展理念、担当作为、务实创新。

沉香产业的发展不是单向发展，也不是单一发展，而是与千年积淀的沉香文化结伴同行，多元发展、创新发展、融合发展。沉香产业与沉香文化的高度融合，同频共振，共同推动沉香从家业变成企业，从企业变成产业，从产业变成事业。观珠镇的沉香产业发展到今天，可以说，沉香文化的因子融进了当地党委、政府的决策部署当中，也深深埋进了当地党员干部群众的骨子里。超前的思维和前瞻的眼光决定了中国沉香特色文化旅游小镇的前途和命运，也决定了沉香产业发展的思路和出路。观珠镇沙垌村，一个名不见经传的小村庄，摇身一变成为全国最大沉香集散地，拥有沉香育苗场 350 多个，沉香种植面积 6000 多亩，村内建有面积 1200 多平方米的沉香交易市场（沙垌沉香城）和沉香文化街。短短一公里的沉香文化街，从业人员达 4000 多人，拥有320 多家沉香产业店铺、作坊或工厂，韵香居、棋香居、沙垌老香厂等以"香"取名的店铺俯拾皆是，沉香材料、沉香精油、沉香线香、沉香茶、沉香佛珠链、沉香包装、沉香装饰品等产品琳琅满目，到处洋溢着浓郁的沉香文化气息。从事沉香产业的当地村民究竟富不富裕，我们不必说那些经营沉香的大公司或大老板创业的故事，只说观珠镇地地道道的沙垌村村民魏华龙的小故事。他在观珠镇商业街仅仅经营一家沉香批发商铺，令人意想不到的是，这家仅有30多平方米的店铺，一个月销售额居然高达数十万元。由此可见，沉香不仅是一种地方特色产业，引领村民增产增收，撬动农村经济发展，助推乡村振兴发展，而且是一种富有地方特色的文化，魅力绽放，历久弥新。

打造集现代、古典、风情三位一体的中国沉香文化特色旅游小镇，不但是观珠镇委、镇政府致力发展"一村一品""一镇一业"的务实路径，而且是发展沉香产业的出发点和落脚点，也是电白区乃至茂名市打造乡村振兴"茂名样板"，推动乡村振兴的重要举措。观珠作为一个山区镇，交通阡陌，路网发达，沉香、小耳花猪、南药三大特色产业蓬勃发展。从事沉香产业3万多人，人才优势明显，观珠人首创发明了生长快、结香多的奇楠沉香嫁接技术，育苗、种植、加工、取香工艺更是行业领先。因此，当地党委、政府致力围绕乡村振兴大做文章，强化党建引领，做大做强做特沉香产业，以瑜丰沉香文化创意产业园为重要载体，以沉香温泉、沉香山、沉香文化酒店、沙垌沉香文化街、观珠特色沉香路、世界级沉香交易中心、奇楠苗圃科研中心、沉香质量检测中心为主要抓手，整合沉香产业资源，凝心聚力打造苗圃、种植、生产、销售、科研、检测、博览、旅游、康养等沉香产业全链条，提升沉香产业竞争力，集群发展沉香产业，开发沉香药食产品，规范沉香行业标准，推动沉香文化品牌全面升级，擦亮中国沉香特色文化旅游小镇品牌，为打造乡村振兴"茂名样板"提供了强有力支撑。

原载《茂名日报》2021.07.19

赓续红色血脉　推动茂名高质量发展

近日，《南方日报》"权威访谈"栏目推出我市市委书记袁古洁专访《坚定向海而兴步伐　开创茂名美好未来》。袁古洁围绕茂名如何学习贯彻习近平总书记在庆祝中国共产党成立 100 周年大会上重要讲话精神、如何赓续红色血脉践行初心使命、如何遵循"九个必须"发挥茂名担当、如何贯彻新发展理念推动高质量发展等重点话题，娓娓道来。读罢令人信心百倍、斗志昂扬、干事更有劲头、奋斗更有激情。

茂名作为广东南路革命的红色热土，革命历史深厚，红色资源丰富，如何整合红色资源，赓续红色血脉，践行初心使命，推动高质量发展，始终是历久弥新的课题。在茂名这片具有光荣革命历史、英雄辈出的红色热土上，邵贞昌、罗克明、朱也赤等茂名革命先驱坚持真理、坚守理想，践行初心、担当使命，不怕牺牲、英勇斗争，对党忠诚、不负人民，用血肉之躯涵养担当作为的政治品格和久久为功的政治定力，永葆共产党员本色。陈喜初，深藏功名 70 年，参加辽沈战役、平津战役，屡立奇功；义无反顾奔赴朝鲜战场，浴血奋战；转业地方，忠于职守、勇于担当，扎根家乡参与乡村振兴，成为致富带头人。陈喜初几十年如一日，践行初心使命，事迹可亲、可敬、可学，平凡中见伟大。

陈喜初的光辉经历掷地有声，70年风雨兼程，铸就了作为一名优秀共产党员的人生丰碑。严家祠、南皋学舍等红色革命遗址之所以光芒万丈，是因为茂名拥有这样一大批优秀共产党员，赓续红色血脉，前赴后继，薪火相传。奋进新时代，筑梦新征程。我市正以开展党史学习教育为契机，弘扬伟大建党精神，传承红色基因，赓续红色血脉，挖掘红色资源，点线结合，串珠成链，开设红色文化游线路，开展革命传统教育，打造红色文艺精品，丰富伟大建党精神的时代内涵，推动茂名高质量发展，铸造茂名新辉煌。

习近平总书记指出，伟大建党精神，是中国共产党的精神之源。奋进新时代，中国共产党人只有大力弘扬伟大建党精神，传承红色基因，赓续红色血脉，继承革命先烈遗志，砥砺前行，才能推动工作历史性跨越。茂名作为全域革命老区，市委、市政府始终坚持以党建为引领，深入开展新一轮"大学习、深调研、真落实"，找差距、补短板，推动各领域工作走深走实。"十三五"时期，茂名各级党员干部群众撸起袖子加油干，实现GDP总量超过3200亿元，居粤东西北之首；全市建档立卡贫困户66040户154380人全部脱贫，顺利完成脱贫攻坚任务；2020年经受疫情严峻考验，全市农业总产值仍然超千亿元，增速超过全省乃至全国平均水平，为广东进入全国农业发展第一方阵提供了重要支撑。今年上半年，全市党员干部群众凝心聚力，众志成城，推动茂名实现地区生产总值1660.62亿元，增长12.9%，总量居粤东西北首位、全省第7位；227个省市重大项目建设速度加快，全市完成固定资产投资347.93亿元、增长21.1%，高于全省5.3个百分点；今年茂名荔枝产量增长12.4%，实现总收入71.2亿元，创造了茂名荔枝销售最新峰值；茂名进出口总额增长46.8%，居全省第三。由此可见，茂名在产业发展、脱贫攻坚等多领域实现了历史性跨越，这是党员干部群众弘扬伟大建党精神，传承红色基因，赓续红色血脉，践行初心使命，演绎好心茂名精神的结果，是各级党委、政府发扬艰苦奋斗精神和"钉钉子"精神，立足新发展阶段，贯彻新发展理念，构建新发展格局，坚持实干兴茂，推动茂名高质量发展的结果，彰显了"敢教日月换新天"的勇气和魄力，展现了敢于斗争、敢于胜利的品格和特质。

在全面建设社会主义现代化强国的新征程上，推动茂名高质量发展，关键在于贯彻落实习近平总书记"七一"重要讲话精神，牢牢把握"九个必须"的精神实质，深化落实省委"1+1+9"工作部署和市委"1+4+6"工作布局，坚定向海而兴的发展步伐，增创茂名新优势，主动担当作为，致力打造"山海并茂、好心闻名"现代化滨海城市。"好心茂名"不仅是一个文化品牌，也是一个城市品牌，更是推动茂名高质量发展的精神脊梁。"山海并茂、好心闻名"是对"好心茂名"文化品牌和城市品牌的生动诠释，全方位、立体式、多维度推动了茂名由"南方油城"华丽转身蜕变为"好心之城""生态之城""活力之城""魅力之城""文明之城""滨海绿城"。"加快建设产业实力雄厚的现代化滨海城市，打造沿海经济带上的新增长极"，这是省委赋予茂名的发展定位。其实，向东向南靠海发展，坚定向海而兴的发展步伐，一直是市委、市政府对茂名城市发展的战略决策。城市要发展，品位要提升，关键要凝聚共识，强化内涵建设，增强"好心茂名"的归属感和认同感，提升"好心茂名"营商环境，做大做强茂名"朋友圈"，打造茂名改革发展最大"同心圆"。茂名的产业优势突出，绿色化工与氢能、港口物流、文化旅游、大健康、建筑业和现代农业等成为推动茂名高质量发展的优势产业和主导产业，茂名石化炼油转型升级及乙烯提质改造、东华能源烷烃资源综合利用、华侨城南海旅游岛等重大项目建设，撬动了更多千亿级产业集群发展，为打造世界级绿色化工和氢能产业基地、国家级特色现代农业产业基地、区域性现代商贸物流基地、南中国文旅康养度假基地、示范性城乡融合发展基地等"五大基地"奠定了厚实基础。

聚焦农业产业振兴，深化"5+8"现代农业平台建设，是推动茂名高质量发展的重要抓手，也是构建农业产业发展新格局的必由之路。要以深耕荔枝、龙眼、三华李等特色农业为切入口，擦亮"产业、市场、科技、文化"4张金字招牌，构建"跨县集群、一县一园、一镇一业、一村一品"现代农业产业体系，推动农业产业高质量发展；要满怀豪情地书写乡村振兴这篇文章，加快推进乡村振兴示范带"精彩100里"建设，为打造乡村振兴"茂名样板"提供重要支撑，助力现代农业集聚区、城乡融合发展示范带、岭南乡村旅游风景道和农业农村改革创新平台建设，为"我们的城市、我们的茂名"注入源头活水，迸发"山海并茂、好心闻名"现代化滨海城市新活力新动能。

原载《茂名日报》2021.07.28

如椽巨笔谱写交通建设美丽华章

《茂名日报》近日报道，市委、市政府牢牢把握省促进粤东西北地区振兴发展的战略机遇，以"着力打造粤西重要交通枢纽"为目标，以"城市组团式发展"为重点，以打通对外快速通道为抓手，以开展"交通大会战"为手段，如椽巨笔，海陆并进，大手笔构建快速高效铁路网，大动作打造立体化高速公路网络，大规模推进城市快速路网建设、枢纽场站体系建设和港航建设，大力度推进市域交通一体化，全面提升"好心茂名"城市品质，用心用情用力谱写交通建设美丽华章。这不但为我市经济社会高质量发展提供重要支撑，而且为打造粤西重要交通枢纽奠定厚实基础，助力创建全国文明城市，也为推动茂湛阳深度合作提供了更为广阔的空间。

茂名的交通建设，无论是高速公路或是铁路建设，无论是城市路网或是乡村道路建设，力度之大、投入之大、速度之快、覆盖面之广、受益面之广，可以说是前所未有的。有关资料显示，目前全市高速公路通车里程达 451.8 公里。刚建成通车不久的云茂高速茂名段，成为粤西地区通往粤港澳大湾区的重要干线，成为连接北部湾经济区的又一出省重要通道，不仅进一步优化改善了茂名北部山区的交通和经济发展环境，也为构建"六横五纵"

立体化高速公路网，打造粤西重要交通枢纽奠定了坚实基础。中德大道、茂化快线东延线、复兴大道等建成通车，东环大道（一期）、复兴大道延长线、茂南大道东延线、潘州大道茂名东货场支线等项目快速推进，为市域"六纵三横"快速路网建设夯实了基础，提供了有力支撑。令人记忆犹新的是，2018年7月1日，深茂铁路江茂段全线开通运营，街头巷尾，彩旗招展，张灯结彩，全市人民群众载歌载舞，欢呼雀跃，万人空巷，沉浸在欢乐的海洋里，粤西终于结束了不通动车的历史。的确，深茂铁路江茂段全线开通，在我市交通建设史上具有里程碑意义，影响深远。茂名人民可坐动车直达广州，不但可以融入珠三角"2小时"经济圈生活圈，享受珠三角辐射带来的红利，获得感、幸福感、安全感满满，而且对塑造"好心茂名"城市品牌和文化品牌，提升城市品位，提高生活质量也颇具现实意义。

近年来，我市高快速铁路建设高歌猛进，通车里程达319公里，其中高快速铁路运营里程达72公里，普通铁路电气化改造、广湛高铁茂名段、茂名东站至博贺港区铁路项目建设有条不紊地推进，深南高铁与广湛高铁茂名至岑溪连接线也正在谋划当中，"五横两纵"铁路网指日可待。2019年12月，博贺湾大桥建成通车，使博贺与电城天堑变通途，连成整体；2021年4月，水东湾大桥正式通车投入使用，标志着茂名向打造国家级滨海旅游目的地、沿海经济带上的新增长极迈出了坚实而可喜的一步，彰显了茂名市委、市政府推动"向海而兴"发展的信心和决心。围绕深水大港目标开展港口航道建设，也为推动茂名"向海而兴"高质量发展抹下了浓墨重彩的一笔。2019年3月22日，茂名博贺新港区顺利开港，茂名实现了百年大港梦；博贺新港区东、西防波堤工程、正源万吨级通用码头扩建工程和博贺新港区港政码头顺利建成；博贺新港区 30 万吨级航道、吉达港区防波堤一期工程、吉达港区航道工程及东华能源 1#、2#泊位等项目建设步伐加快。由此可见，市委、市政府围绕打造粤西重要交通枢纽这篇文章，不但政治站位高，眼光超前，思维创新，而且用心用情，勠力同心，砥砺前行，如椽巨笔谱写"好心茂名"交通建设美丽华章。

古语云：天时不如地利，地利不如人和。作为欠发达的茂名来说，拥有得天独厚的地缘优势和独特的地理环境，而且具有"人心齐、泰山移""敢闯敢干""敢教日月换新天"的魄力和气势，更富有"山海并茂好心闻名"的"好心茂名"城市精气神。然而，从当前的发展现状来看，要真正写好打造粤西重要交通枢纽这篇文章确实不是一件容易的事情，仅凭一个地方党委、政府的力量，单打独斗，显然势单力薄，也不现实。因而，必须从讲政治的高度，整合粤西三市资源，组成强有力的组合拳，形成最大"同心圆"，凝心聚力，勠力同心，众志成城，共同发力，才能从根本上写好打造粤西重要交通枢纽这篇文章，谱写交通建设美丽华章。令人欣慰的是，近年来，茂名、湛江、阳江等地市委、市政府秉持互利共赢宗旨，紧密合作，加强沟通，相互支持，携手共进，拓展合作领域，提升合作质量。自茂湛阳签署《湛江市、茂名市、阳江市协同推进现代化沿海经济带西翼高质量发展合作框架协议》以来，三地互动频繁，动作连连，共同推动特色产业发展，全方位推进基础建设、生态环境、水资源、农业、石化、教育、疫情防控、文化旅游、科技、社会治理等领域合作，成果丰硕，令人瞩目。尤其值得一提的是，茂湛阳三市共同推进广湛高铁建设、湛茂阳城际铁路规划省级立项，粤西三市城市轨道交通高效互联值得期待；快速推进沈海高速改扩建工程、中山至茂名高速公路阳春至信宜段前期工作、沈海高速机场北互通立交及连接线规划建设、茂名至吴川高速公路规划建设、广东滨海旅游公路粤西段建设;茂湛阳三市积极争取粤西沿海高速公路纳入省高速公路网规划和省交通运输"十四五"规划;茂湛阳三市共同推动省政府出台粤西港口群一体化发展规划,促进茂名港、湛江港、阳江港的港口资源整合、资源共享,实现优势互补、错位发展、创新发展,提升粤西港口群的综合竞争力。显然而见,茂湛阳的合作与创新发展,不仅对三地推动产业优化升级、融入国内经济大循环、参与国内国际双循环,实现优势互补、融合发展具有重要历史意义和现实意义,而且为推动粤西交通建设,打造粤西重要交通枢纽提供了重要支撑,也展示了团结合作中催生凝聚澎湃新动能和合作共赢的广阔前景。

聚力湛茂阳,踏上新征程,构建新格局。最近,茂名成功举行湛茂阳党政主要领导参加的第二次联席会议,审议通过了《湛茂阳2021年至2022年合作工作计划》,为推进湛茂阳高质量合作,打造现代化沿海经济带西翼注入新动能,焕发新生机,激发新活力,凝聚新力量。茂名、湛江、阳江三座城市背靠大西南,面向东南亚,城市地理位置相邻,人文语言相通,交通网络相融,具有天然而深厚的合作基础与广阔空间,而且三市地处粤港澳大湾区、海南自贸区、北部湾城市群等国家战略交汇处,在对外开放和广东振兴粤东西北发展中具有重要战略地位,再加上茂名、湛江、阳江都拥有石化、装备制造、海产品加工等临港产业,港口优势突出,做大做强做特主导产业成为三座城市经济发展的共同目标之一。事实证明,团结合作产生新势能,推动新发展,打造新亮点,展现新前景。因此,在实施广东"一核一带一区"区域发展格局战略的大语境下,茂名、湛江、阳江应坚持开放合作、互利共赢的理念,抢抓合作新机遇,应势而动,顺势而为，积极构建"承东启西、沟通南北、连接海外"的湛茂阳区域合作和对外开放新格局，打造互利共赢经济圈，做好顶层设计，科学决策，一张图纸干到底，推动三市合作迈得更宽、更广、更高、更深、更远。可以预见，不久的将来，充满生机、富有活力的现代化沿海经济带西翼必将强势崛起，粤西重要交通枢纽的雄姿也必将展现在世人面前，绽放异彩。

原载《茂名日报》2021.08.17

后　记

　　《鉴江新语》是一部我从读大学到工作跨度30多年的所做所思、所想所悟、所观所感的文学作品集，是继结集出版"故乡三部曲"（经济新闻评论集《明亮专注乡里的双眼》、散文集《美人圆月咱故乡》、文化评论集《独秀故乡曲》）之后而推出的既有纪实性又有议论性、既有文学性又有评论性、既有历史性又有现实性、既有经验性又有实践性、既有教育意义又有现实意义的文学作品集。我中文专业毕业后，从农村基层做起，后到市委党政机关，再入职高校，一路走来，人生经历平平淡淡，对学习的孜孜以求，对工作的认真负责，对生活的丰富体验，对人生的切身感悟，对人性的理性思考，对社会的深度观察，不仅从《鉴江新语》中可以窥见一斑，也可以看到作为一名公职人员的人生轨迹、社会阅历、心路历程和创作经历。

　　出版文学作品集《鉴江新语》是我工作之余的一种寄托和消遣，亦可以说是一种爱好。这部文学作品集收录的文章，是我从1994年到2022年近30年发表的部分作品，大都散见于茂名地方党报《茂名日报》《茂名晚报》，部分作品还获得一、二、三等奖。这些作品紧跟政策时势和新时代步伐，牢牢把握时代脉搏和主旋律，讴歌改革开放，高歌新时代，讲好茂名故事，传播茂名好声音，弘扬社会新风，传递正能量，激发新活力。

聚焦"三农"，为新时代摇旗呐喊，为经济建设鸣锣开道，为乡村振兴鼓与呼，"借古喻今"，托物言志，借景抒情，是《鉴江新语》的最大特色最大亮点。以评论或杂文或散文或纪实的形式，对茂名的政治、经济、文化、社会等进行多角度选题，多维度构思，全方位着笔，立体式创作，有的是情感性的生活小品，有的是总结性的工作纪实，有的是时效性的时事评论，有的是感悟性的工作述评，有的是地方性的文化研究，有的是探讨性的理论思考，等等。文学作品集主题鲜明，结构清晰，内容丰富，思想突出，语言生动形象，文字凝练逼真，文笔细腻流畅，文风纯朴真挚，极富思想性、哲理性、文学性、探索性、情感性，雅俗共享，可读性强。《清风常拂面　初心永不忘》《新春走基层　好心满茂名》《最美"逆行者"　好心茂名人》《新春走基层　憧憬满茂名》《建设万里碧道　助推乡村振兴》《奏响新时代农业农村发展最强音》《从冼夫人文化看"好心茂名"城市品牌的塑造》等文章，从新的角度、新的高度、新的广度写出了茂名新时代翻天覆地的变化，写出了茂名新时代的勃勃生机，写出了茂名新时代的华丽篇章。

文化是一座城市的灵魂，是城市发展的命脉，富有茂名地方特色的文化则是推动城市高质量发展，增强文化自信和文化自觉的重要支撑点和动力之源。富有茂名地方特色的冼夫人文化、荔枝文化、沉香文化、化橘红文化、石油文化等，历史悠久，内涵丰富，意义深远。作品集《鉴江新语》中，从传承优秀家风家训的角度，以"燕山絮语"专题讲述和诠释作为茂名地方特色文化组成部分扶提崇德文化的历史意义和现实意义，用 8 篇文章12000 多字阐发扶提崇德文化，传承家风家训，厚植好心文化，绽放"好心茂名"魅力，擦亮"好心茂名"文化品牌和城市品牌，如绵绵春雨，滋润着茂名人的心田，激励和鞭策着茂名人凝心聚力、凝魂聚气、砥砺前行，奋力谱写茂名新时代产业强市向海而兴滨海绿城新篇章。

作品集按发表时间先后编辑排版，分为6个单元，每个单元各有侧重，风格迥异。作品集《鉴江新语》由著名作家、广东鲁迅文学奖及《中国作家》鄂尔多斯文学奖获得者、茂名市作家协会主席张慧谋作序，茂名市书法家协会主席吴学翔题写书名。茂名日报社尹兆平、杜燕盛、吴彤彤等编辑给予了极大的关心、支持、指导和帮助。值此书面世之际，对各位的关爱和帮助表示衷心的感谢。由于时间仓促，文字差错在所难免，还望读者斧正。

作者
2022 年 5 月于茂名